Beck'sche Elementarbücher

Forschungstechniken für die Hochschuldidaktik

Herausgegeben von
Günther Dohmen

unter Mitwirkung von Gerhard Glück,
Ursula Henk-Riethmüller, Günter Kolb, Walter Mattl,
Klaus Mutschler, Theodor Rütter

VERLAG C. H. BECK MÜNCHEN

ISBN 3 406 03165 X

Umschlagentwurf: Walter Kraus, München

Gesamtherstellung Passavia Passau
Printed in Germany

INHALT

VORWORT

Autoren und Herausgeber dieses Bandes haben im Februar 1971 an der Universität Tübingen ein einwöchiges Kompaktseminar zum Thema

Forschungsplanung und Forschungsinstrumente
im Anwendungsbereich Hochschuldidaktik

durchgeführt.

Thematik und Durchführung des Seminars entsprachen der Bitte einiger Gruppen von Tübinger Dozenten und Studenten, die sich in verschiedenen Fachbereichen für die Durchführung von hochschuldidaktischen Versuchen interessierten. Diese potentiellen hochschuldidaktischen „Projektträger" hatten sich auf Grund einer Umfrage des Rektoramtes gemeldet, die den Umfang des hochschuldidaktischen Interesses und der eventuellen Bereitschaft zur Mitarbeit bei hochschuldidaktischen Forschungsprojekten an der Universität Tübingen feststellen sollte. Diese Erhebung stand im Zusammenhang mit der Vorbereitung eines eventuellen Antrags der Universität Tübingen an die Deutsche Forschungsgemeinschaft zur Errichtung eines Sonderforschungsbereichs Hochschuldidaktik.

Die Umfrage fand ein überraschend großes Echo. Aus den verschiedenen Fachbereichen – besonders der Philologen, der Naturwissenschaftler, Mathematiker, Juristen, Mediziner und Sozialwissenschaftler – kamen etwa 40 hochschuldidaktische Projektvorschläge. Es zeigte sich aber bei genauerer Durchsicht dieser Vorschläge und auf Grund anschließender Gespräche mit den Initiatoren, daß viele Vorhaben ohne Kenntnis dessen, was sich heute mit dem vorhandenen Untersuchungsinstrumentarium in wissenschaftlich verantwortbarer Weise als hochschuldidaktische Forschung realisieren läßt, konzipiert worden waren. Vielfach waren schon die Projektziele so global formuliert, daß ihr Erreichen auf den vorgesehenen Wegen überhaupt nicht möglich bzw. überprüfbar schien. Besondere Schwierigkeiten bereitete den Projektgruppen auch die Umsetzung von Untersuchungszielen in entsprechende Versuchspläne und Versuchsanordnungen und die realistische Einschätzung der Möglichkeiten und Grenzen einer adäquaten Anwendung verschiedener Erhebungs- bzw. Testverfahren. So artikulierte sich aus dieser Befragung und aus der daran anschließenden Diskussion das Bedürfnis und die Bitte an den „Arbeitsbereich Hochschuldidaktik" des Erziehungswissenschaftlichen Instituts der Universität Tübingen, zunächst einmal ein einführendes Seminar durchzuführen, das hochschuldidaktisch interessierten Laien einige notwendige Grundkenntnisse und Kriterien für die Planung und Durchführung eigener hochschuldidaktischer Versuche bzw. Untersuchungen vermitteln sollte.

Die kleine Gruppe derer, die im Tübinger Erziehungswissenschaftlichen Institut gerade begonnen hatte, sich mit der Hochschuldidaktik näher zu befassen, hat diese Anregungen aufgegriffen und ein pragmatisch auf die angedeuteten Bedürfnisse bezogenes Seminar konzipiert, in dem relativ heterogenen Teilnehmergruppen

1. ein erster Überblick über die Möglichkeiten und Grenzen erfahrungswissenschaftlicher Forschungsansätze und Untersuchungsinstrumente im Anwendungsbereich Hochschuldidaktik,

2. ein entsprechendes Problembewußtsein vor allem für die kritische Beurteilung und Verbesserung von hochschuldidaktischen Projektvorschlägen,

3. Anregungen zur Erweiterung, Vertiefung und Objektivierung eigener hochschuldidaktischer Erfahrungen und Einsichten und

4. ein Begriffsschatz, der Gespräch und Kooperation mit Experten der empirischen Sozialforschung ermöglicht,

vermittelt werden sollte.

Das nach dieser Konzeption durchgeführte Seminar fand dann ein so positives Echo, daß die Veranstalter den Vorschlag einer zusammenfassenden Veröffentlichung der wichtigsten allgemeineren Informationen, die für das Seminar und in dem Seminar erarbeitet wurden, aufgegriffen haben.

Es ist sicher nicht unproblematisch, wenn etwas, das aus einem so pragmatischen Anlaß erwachsen ist, zu einer allgemeinen Buchpublikation verarbeitet wird. Da wir aber in der jungen Disziplin der Hochschuldidaktik auf Informationen und kritische Diskussionen über die verschiedenen (viel zu wenigen) Versuche und Ansätze in Forschung und Lehre angewiesen sind, schien es gerechtfertigt, auch die Ergebnisse dieses Seminars zu publizieren und damit zur Diskussion zu stellen.

Wir bitten unsere Leser bei ihrer kritischen Auseinandersetzung mit diesem Band – die wir sehr begrüßen würden –, die folgenden Gegebenheiten bzw. Ausgangspunkte zu berücksichtigen:

1. Bei dem Versuch, Grundlagen für die Forschungsplanung und für die Untersuchungsdurchführung im Bereich der Hochschuldidaktik zu erarbeiten, mußte im wesentlichen auf die allgemeinen Methoden und Erfahrungen der Unterrichtsforschung – unter dem Aspekt ihrer Übertragbarkeit auf den Anwendungsbereich Hochschuldidaktik – zurückgegriffen werden.

2. In einer relativ knappen Einführung, die vor allem für Nicht-Sozialwissenschaftler gedacht ist, konnte der Forschungsstand im einzelnen oft nur angedeutet werden. Die spezieller interessierten Leser werden hier auf die weiterführende Literatur verwiesen.

3. Die Notwendigkeit, auf begrenztem Raum den genannten pragmatischen Bedürfnissen gerecht zu werden, zwang dazu, auf eine ausführliche Darstellung wissenschaftstheoretischer Reflexionen in diesem Band zu verzichten. In der Einleitung wird aber der wissenschaftstheoretische Bezugshorizont, der dann in den einzelnen Kapiteln nicht mehr ausdrücklich formuliert wird, zusammenfassend skizziert.

4. Herausgeber und Autoren sind sich der Tatsache klar bewußt, daß in diesem Band nur *ein* (von der praktischen Unterrichtsforschung ausgehender) Zugang zur Hochschuldidaktik dargestellt wird, der dringend der Ergänzung durch andere Ansätze bedarf. Zum Zeitpunkt des Erscheinens dieses Bandes führen wir zum Beispiel im gleichen Rahmen ein Kompaktseminar durch, das von verschiedenen Ansätzen der modernen Wissenschaftstheorie aus einen ganz anderen Zugang zur Hochschuldidaktik zu erschließen versucht.

Die Erarbeitung der Texte für diesen Band wickelte sich in einem arbeitspsychologisch und arbeitsökonomisch gesehen fruchtbaren Wechsel von Einzelarbeit und Gruppendiskussion ab. Das aus 2 Studenten, 2 wissenschaftlichen Angestellten, 2 Assistenten und einem Ordinarius bestehende Team hat alle wesentlichen Fragenkreise, die in diesem Band dargestellt sind, auf der Basis gleichberechtigten Abwägens rationaler Argumente diskutiert. Auch wenn die Verantwortung für die Formulierung der Beiträge im einzelnen bei den jeweils genannten Autoren liegt, wird doch der Gesamtband in seinen Grundzügen vom Konsens der Gruppe getragen.

Den Tübinger Dozenten, Assistenten und Studenten aus den verschiedensten Fachbereichen, die an dem diesem Band zugrunde liegenden Seminar teilgenommen haben, sind wir zu großem Dank verpflichtet für die vielfältigen Anregungen und kritischen Hinweise, die sie in den Gruppen- und Plenarsitzungen gegeben haben und die wir soweit wie möglich in unsere Texte eingearbeitet haben.

Einem der Seminarteilnehmer, Herrn stud. phil. Rolf Quasebarth, gilt darüber hinaus ein besonderer Dank für seine zuverlässige Hilfe beim Korrekturlesen und beim Zusammenstellen des Registers.

G. Dohmen

EINLEITUNG

Komplexität und Interdependenz der Faktoren im Untersuchungsbereich Hochschulunterricht

Eine Veröffentlichung unter dem Titel „Forschungstechniken für die Hochschuldidaktik“ muß damit rechnen, die Kritik dessen herauszufordern, der vom Primat der Ziel- und Inhaltsprobleme ausgeht und die Erörterung von Methoden und Techniken immer nur von den jeweiligen Ziel- und Inhaltszusammenhängen aus für sinnvoll hält.

Es ist unbestritten (und wohl auch unbestreitbar), daß Ziele, Inhalte, Methoden und Medien des Hochschulunterrichts in einem vielfach verschränkten Wechselverhältnis zueinander stehen und daß sie deshalb auch nicht isoliert voneinander untersucht werden können. In diesem Band geht es aber nicht um die Technik des Unterrichts, sondern um die „Technik“ der Untersuchung von Hochschulunterricht in seiner Verschränkung von intentionalen, inhaltlichen, methodischen und organisatorischen Faktoren. Selbstverständlich lassen sich Lehrmethoden nicht isoliert von den Zielen, Inhalten, Adressaten und Institutionen des Hochschulunterrichts untersuchen. Man kann zum Beispiel nicht einfach mit Hilfe bestimmter Untersuchungsinstrumente die Effizienz zweier Lehrveranstaltungen – etwa einer Vorlesung und einer Übung – vergleichen, wenn beide Lehrveranstaltungen auf verschiedene Primärziele bezogen sind (etwa Vermittlung von Überblickswissen oder von Anwendungssicherheit, Entwicklung kritisch-analytischer Urteilsfähigkeit oder verbaler Kommunikationsfähigkeit usw.) oder wenn in beiden Lehrveranstaltungen verschiedene Gegenstände behandelt, verschiedene Mittler/Medien eingesetzt, verschiedene Adressaten mit verschiedenen Voraussetzungen angesprochen, verschiedene innere und äußere Bedingungen zugrunde gelegt werden usw.

Aber selbst wenn auf der Seite des Untersuchungsgegenstandes wegen der Gleichheit bzw. Kontrolle aller anderen Faktoren die vergleichende Analyse einer bestimmten Variablen möglich wäre, hinge der Einsatz eines bestimmten Untersuchungsinstrumentes auch von den Zielen und Objekten, sowie den inneren und äußeren Bedingungen der Untersuchung selbst ab: Auch im Bereich der Forschung gibt es ein komplexes Interdependenzverhältnis zwischen Untersuchungszielen, Untersuchungsgegenständen, Untersuchungsmethoden bzw. -techniken, Untersuchungsbedingungen und Untersuchungsergebnissen. Auch Forschungsinstrumente und Versuchsanordnungen lassen sich immer nur im Hinblick auf bestimmte Untersuchungsziele, Untersuchungsgegenstände usw. adäquat einsetzen und evaluieren.

Der Interdependenz von Zielen, Inhalten, Methoden, Medien, Adressaten, Situationen, Voraussetzungen auf der Seite des Untersuchungsgegenstandes Hochschulunterricht entspricht eine ähnliche Interdependenz von Gegenständen, Methoden und Bedingungen der Untersuchung selbst.

Wir haben es also, wenn wir hochschuldidaktische Forschungsprojekte durchführen, mit zwei in sich hochkomplexen Bezugssystemen zu tun, die dazu noch in ihren einzelnen Faktoren wechselseitig verschränkt aufeinander wirken und die Untersuchungsergebnisse in einer schwer faßbaren Weise beeinflussen.

Technokratischer Ansatz?

Muß man, um das notwendige Problembewußtsein in diesem komplexen Bereich hochschuldidaktischer Forschung zu wecken, unbedingt von der Erörterung der Ziel- und Inhaltsfragen des Hochschulunterrichts oder der hochschuldidaktischen Forschung ausgehen? Ist jeder, der nicht ein umfangreiches Soll an Grundsatzdebatten über wissenschaftstheoretische, gesellschaftspolitische oder curriculare Probleme absolviert hat, *bevor* er sich mit den Problemen der Forschungsplanung und -methode befaßt, ein „Technokrat"?

Wir sind von der Hypothese ausgegangen: Das notwendige kritische Problembewußtsein gegenüber einer rein technokratischen (d. h.: nur auf die Optimierung der Vermittlungsprozesse ohne Berücksichtigung der übergreifenden Ziel-, Inhalts- und Interessenzusammenhänge bezogenen) Anwendung von Forschungsplänen und -instrumenten, läßt sich auch von einer Analyse der Möglichkeiten und Grenzen des Einsatzes gegebener Untersuchungspläne und Untersuchungsinstrumente selbst her entwickeln. Wir gehen dabei von der Annahme aus, daß es für den Einstieg in das komplexe Wechselwirkungsgeflecht der Hochschuldidaktik keinen systematisch zwingenden linearen Weg (mit einem einzigen Anfangs- und Endpunkt) gibt, sondern daß hier das heuristische Modell eines Regelkreises, in den man von jeder Stelle des Wirkungszusammenhanges aus eindringen kann, angemessener ist.

Nehmen wir das Beispiel der Anwendung von Leistungstests als Instrumente zur Optimierung bestehender Ausleseprozesse – etwa für die Zulassung zu einem durch numerus clausus versperrten Hochschulstudium. Hier läßt sich zunächst noch im „technologischen" Bereich selbst die für die wissenschaftliche Rechtfertigung einer kanalisierenden Zuweisung von Studienchancen unzureichende prognostische Aussagekraft verschiedener Testarten bewußt machen. Eine kritische Analyse könnte zum Beispiel zu der Erkenntnis führen, daß ein Leistungstest nichts Zureichendes auszusagen vermag über die künftige Bewährung in neuen Situationen – etwa weil er die neue Bewährungssituation im allgemeinen nicht zureichend simulieren kann und weil zu viele Irrtumsfaktoren mit ins Spiel kommen, wenn man die Bewährung einmalig-punktuell festzustellen versucht.

Ebenso könnte man durch eine kritische Auswertung vorliegender Erfahrungen mit sogenannten Voraussetzungstests genauer analysieren, wie weit mit Hilfe dieses Instruments bestimmte kenntnis-, verständnis- oder fertigkeitsmäßige Voraussetzungen, ohne die im allgemeinen bestimmte neue Lernschritte nicht erfolgreich mitvollzogen werden können, feststellbar sind. Wir können auf diesem Wege das Problem erkennen, das sich daraus ergibt, daß uns der Einsatz von Voraussetzungstests noch nichts Zuverlässiges darüber auszusagen erlaubt, ob eine bestimmte Testperson, die bestimmte feststellbare Voraussetzungen erfüllt, deshalb entsprechende, auf diesen Voraussetzungen aufbauende neue Lernschritte erfolgreich mitvollziehen kann. Auch ein negatives Ergebnis des entsprechenden Voraussetzungstests sagt uns dann u. U. nicht mit der notwendigen prognostischen Zuverlässigkeit etwas aus über das Versagen einer bestimmten Testperson bei einem folgenden Lernprozeß.

Diese Beispiele sollen verdeutlichen, daß auch ein konkreter Ansatz bei der Analyse der verfügbaren Forschungsinstrumente zu einem Problembewußtsein führen kann, das etwa die Inanspruchnahme des entsprechenden Testinstrumentariums als wissenschaftliche Rechtfertigung für eine administrative Maßnahme wie die Kanalisierung des Hochschulzugangs verbietet. Damit ist aber wiederum nicht gesagt, daß solche Tests an sich – auch nicht im Zusammenhang mit Zulassungsfragen – sinnlos seien, sie könnten zum Beispiel Grundlage für eine Beratung der Bewerber sein. Wegen der unzureichenden prognostischen Aussagekraft des eingesetzten Instrumentariums müßte aber jeder Bewerber dann selbst entscheiden können, wie weit er einem Rat, auf dessen wissenschaftlich unzureichende Fundierung er aufmerksam zu machen ist, folgen will oder nicht.

Man kann in diesem Zusammenhang auch kritisch bewußtmachen, daß die modernen lernzielbezogenen Kriterientests zwar das Erreichen operationalisierter Lernziele – bezogen auf bestimmte Inhalte, Methoden, Medien, Adressaten – prüfen können, daß sie aber eher etwas über die Zulänglichkeit der angewandten Unterrichtsmethoden bzw. der eingesetzten Materialien, Medien usw. aussagen als über die künftigen Leistungsmöglichkeiten einer Testperson.

Noch einen Schritt weiter in einer kritischen Analyse des Testinstrumentariums kämen wir dann mit der Frage, ob man überhaupt Lernziele ohne Rücksicht auf ihre Erreichbarkeit durch gegebene Adressaten festlegen kann und darf – und woher man eigentlich die Maßstäbe für eine solche Zielfestlegung und die Berechtigung für das Zugrundelegen solcher Ziele als Kriterien eines Ausleseverfahrens nimmt. Lassen sich denn spätere beruflich-gesellschaftliche Anforderungen so einfach zu schulischen Qualifikationen in eine plausible Beziehung setzen, daß sich unsere schulische Auslese als Zuteilungsprozedur für verschiedene Berufs- und Lebenschancen rechtfertigen läßt? Auch zu dieser Frage kann man ohne vorgängige Inanspruchnahme gesellschaftspolitischer Grundsatzpositionen auf Grund einer kritischen Analyse der gegebenen Meß- und Beurteilungsinstrumente gelangen.

In das spezifisch politische Entscheidungsfeld kommen wir erst mit der weiterführenden Frage nach Sinn und Berechtigung von Auslese und Leistungsdruck in unserer Gesellschaft überhaupt, wobei man ja im Hintergrund auch die fundamentale Frage sehen muß, wie es überhaupt zu rechtfertigen ist, daß die in schulisch-hochschulischen Ausleseprozessen zugrunde gelegte geistig-intellektuelle Leistungsfähigkeit zugleich als Grundlage für so unterschiedliche Macht-, Besitz- und Prestigeausstattungen in unserer Gesellschaft dient.

Diese Überlegungen sollen die Hypothese begründen, daß es nicht in erster Linie auf den Ausgangspunkt kritischer Analysen und Reflexionen ankommt, sondern darauf, daß die kritische Intention von jedem Einstiegspunkt aus so konsequent durchgehalten wird, daß sie schließlich die weiteren theoretischen und politischen Horizonte ebenso umfaßt wie die Bereiche der technischen Praxis.

Wenn wir wieder auf unser Beispiel zurückgehen, können wir etwa feststellen: Es gibt Berufstätigkeiten, deren Ausübung im gesellschaftlichen Interesse eine vorgängige Feststellung notwendiger kenntnis-, verständnis- und fertigkeitsmäßiger Voraussetzungen für eine selbständige Ausübung dieser Tätigkeiten notwendig machen, um Schaden für betroffene Mitmenschen zu verhindern. Wie und wie weit diese Feststellung aber dann unter Ausschaltung sachfremder Interessen oder Privilegien (d. h. im Zusammenhang einer Gewährleistung gleicher Chancen für alle) möglich ist, dies ist eine wichtige Frage an die kritisch analysierenden Praktiker der Forschungstechnik. Wesentlich ist dabei allerdings die Rückwirkung entsprechender technologischer Grenzerfahrungen auf die Praxis hochschulpolitischer „Auslese"-Maßnahmen: Wenn man erkannt hat, daß das gegebene Instrumentarium nur eine beratende Beeinflussung im Blick auf die im allgemeinen als notwendig angenommenen bzw. erfahrenen individuellen Voraussetzungen für die Ausübung einer bestimmten Tätigkeit erlaubt, dann kann man – zu welcher wissenschaftstheoretischen oder gesellschaftspolitischen Position man sich auch bekennen mag – auf keinen Fall mit diesem Testinstrumentarium eine restriktive Auslese betreiben, die bezogen ist auf eine gegebene Zahl von verfügbaren Studieplätzen, Laborplätzen oder freien Stellen in einem späteren beruflichen Tätigkeitsfeld.

In diesem Sinne die Möglichkeiten, Grenzen und Probleme einer Beziehung von Prüfungen, Tests auf notwendige und feststellbare Voraussetzungen für weiterführende Tätigkeiten zu eruieren, ist eine Aufgabe hochschuldidaktischer Forschung, die selbst weit hinausführt über einen „technokratischen" Ansatz. Sie muß in Angriff genommen werden, auch wenn und so lange die Reflexion und Diskussion über ihren wissenschaftstheoretischen und gesellschaftspolitischen Bezugsrahmen nicht zu einem Ergebnis geführt hat, auf dem man praktisch wie auf einem sicheren Fundament aufbauen könnte. Sie muß allerdings auch stets bezogen sein auf einen umgreifenden wissenschaftstheoretischen und gesellschaftlichen Problemhorizont bzw. „Regelkreis". Auch in diesem Zusammenhang scheint die reine, theoretische, in sich selbst kreisende Grundlagenreflexion fruchtlos zu sein, wenn sie sich nicht in einem dialektischen Wechselverhältnis zur praktischen Versuchserfahrung entwickelt und ständig mit dieser Realitätserfahrung konfrontiert wird – so wie umgekehrt ein naiver Praktizismus ohne ständige theoretische Rückkoppelung und Verarbeitung blind bleibt und daher unverantwortlich ist.

Die weiterführende kritische Funktion einer Analyse forschungstechnischer Möglichkeiten

Hochschuldidaktische Forschung kann sich nicht einfach auf den Gegenstandsbereich Hochschulunterricht, Hochschulprüfung usw. richten; sie muß immer auch die eigenen Instrumente, Techniken, Methoden zum Gegenstand ihrer Untersuchungen machen. Denn hochschuldidaktische Forschung setzt einen verantwortlichen Umgang mit dem hochschuldidaktischen Untersuchungsinstrumentarium voraus. Dies aber ist nicht möglich ohne eine fundierte Kenntnis der Probleme der Forschungsplanung und der Forschungstechnik.

Um hochschuldidaktische Untersuchungen verantwortlich durchführen zu können, brauchen wir

1. eine fundierte Kenntnis einschlägiger Untersuchungsinstrumente im Hinblick auf
— zugrunde liegende Antizipationen,
— Anwendungsmöglichkeiten und Anwendungsgrenzen, sowie
— die Voraussetzungen, die für ihre verantwortliche Anwendung gegeben sein müssen,

2. eine Vertrautheit mit den Problemen der situationsadäquaten Handhabung hochschuldidaktischer Untersuchungspläne und -instrumente in verschiedenen Bedingungsfeldern einschließlich
— der notwendigen flankierenden Maßnahmen,
— der Kontrolle intervenierender Faktoren und Instrumente,

— der notwendigen Vorerprobungen und Kontrolluntersuchungen,
— der Überprüfung von Validität und Reliabilität der Untersuchungsinstrumente,
— der Berücksichtigung bestimmter bei der Anwendung einzukalkulierender Unschärferelationen,
— der Grenzen der Anwendung bestimmter Instrumente bei verschiedenen anthropologischen, sozio-kulturellen, sprachlichen usw. Voraussetzungen der Testpersonen und
— der Möglichkeiten einer Optimierung unzulänglicher Instrumente,

3. ein differenziertes Problembewußtsein in bezug auf die Auswertung von Untersuchungsergebnissen, zum Beispiel hinsichtlich
— der Grenzen einer Übertragbarkeit bzw. Verallgemeinerung von Ergebnissen einzelner Untersuchungen,
— des Deutungsspielraums für verschiedene Untersuchungsergebnisse,
— des Ineinanderwirkens von Beobachtung und experimenteller Behandlung und der Schwierigkeit, geplant beobachtete Wirklichkeit und unbeabsichtigt verursachte Wirklichkeit exakt zu unterscheiden, das heißt
— der Beachtung der durch die Untersuchung selbst provozierten Verhaltensänderung und
— der Grenzen der Verifizierbarkeit von Hypothesen (Eingrenzung auf „es gibt . . .“-Sätze),

4. eine ausreichende Kenntnis der notwendigen Evaluations- und Überprüfungsverfahren zu eingesetzten hochschuldidaktischen Untersuchungsinstrumenten.

Nur im Mitvollzug einer solchen Kenntnis- und Bewußtseinsbildung wird es möglich, den Mißbrauch hochschuldidaktischer Untersuchungen bzw. Untersuchungsinstrumente zur pseudowissenschaftlichen Rechtfertigung von Positionen, die ihrerseits als nicht kritisch hinterfragbar gesetzt werden, zu verhindern. (Dies sollte am Beispiel einer „wissenschaftlichen“ Stützung bestehender Ausleseverfahren und damit verknüpfter Positions- und Besitzprivilegien illustriert werden.)

Da vermutet werden muß, daß Auswahl, Entwicklung und Einsatz von Untersuchungsinstrumenten nie voraussetzungslos möglich sind, muß auf diese Voraussetzungen kritisch zurückgefragt werden. Eine solche kritische Analyse führt dann – auch wenn sie im forschungstechnischen Bereich ansetzt – in den komplexen Problemzusammenhang der Hochschuldidaktik, den wir zu skizzieren versucht haben. So kann dann auch dieser Ansatz eine emanzipatorische, von nicht durchschauten Systemzwängen befreiende Wirkung haben. In diesem Sinne sollen die in den folgenden Kapiteln dieses Buches dargestellten Einzelprobleme immer als Ansatzpunkte für einen weiterführenden Reflexionsprozeß verstanden werden.

Wenn man etwa, um ein Beispiel herauszugreifen, die Voraussetzungen erkannt hat, die mit dem Anspruch auf *Operationalisierung* von Studienzielen verknüpft sind, wird man sich weder einem unkontrollierbaren Denken in überhöhten Bildungsidealen überlassen können – dagegen meldet sich der berechtigte Anspruch, die Beziehung zwischen Idealen und praktischem Verhalten kritisch zu prüfen –, noch wird man nur noch die operational definierten Studienziele als sinnvoll gelten lassen können, deren Erreichen an beobachtbarem Verhalten eindeutig abgelesen werden kann.

Das Instrument der *Taxonomie*, der Klassifizierung von geistigen Tätigkeiten, führt dann wiederum zu der kritischen Frage, welche geistigen Leistungen sich jeweils in bestimmten Verhaltensäußerungen manifestieren – und welche sich zur Zeit kaum in eine plausible Beziehung zu beobachtbaren Handlungen bringen lassen. Daraus kann dann die Einsicht erwachsen, daß geistige Prozesse etwas Abstraktes sind, deren Vorhandensein und deren Verlauf sich nur begrenzt und behutsam aus bestimmten Handlungen bzw. Verhaltensweisen ablesen lassen – und zwar im allgemeinen um so ungenauer, je abstrakter und komplexer die geistigen Prozesse sind. Studienziele wie „geistige Selbständigkeit", „kritische Rationalität", „Emanzipation" usw. sind schwer operationalisierbar. Das kann aber nicht heißen, daß sie deshalb nicht erreichbar oder sinnlos wären.

Ein anderer kritischer Reflexionanstoß könnte sich zum Beispiel aus den im letzten Hauptkapitel dieses Buches dargestellten Problemen der *Versuchsplanung* und *Versuchsanordnung* entwickeln:

— Da wir bei hochschuldidaktischen Untersuchungen im allgemeinen nur bestimmte Äußerungsformen und nicht die befragte Wirklichkeit direkt bzw. „an sich" fassen können,
— da unsere Untersuchungsinstrumente dem Untersuchungsgegenstand immer nur bestimmte Seiten, Aspekte abgewinnen können und
— da die Instrumente oft selbst schon die zu erkennende Wirklichkeit verändern,

können wir die so gewonnenen hochschuldidaktischen Erkenntnisse nicht einfach in apodiktische Handlungsanweisungen für den Hochschulunterricht umsetzen. Das heißt: Die derzeitigen wissenschaftlichen Erkenntnismöglichkeiten im Bereich der Hochschuldidaktik rechtfertigen keinen Systemzwang, sie rechtfertigen viel eher die Erhaltung eines Spielraumes freier Entscheidungen und Verantwortungen für Dozenten und Studenten.

Im Bereich der sogenannten *Lehrobjektivierung*, das heißt der Übertragung bestimmter Vermittlungsfunktionen auf nichtpersonale Medien, ergibt sich daraus zum Beispiel die Konsequenz, nicht geschlossene Lehrsysteme, sondern jeweils flexibel einsetzbare Bausteine zu entwickeln, die vom einzelnen Dozenten und Studenten in verschiedener, der jeweiligen örtlichen und individuellen Situation angemessener Weise in einen bestimmten Studiengang eingesetzt werden können.

Es wäre wohl auch eine Überschätzung der Möglichkeiten einer wissenschaftlich fundierten *Curriculum-Revision*, wenn man damit rechnete, daß es in absehbarer Zeit gelingen könnte, allgemein akzeptierte neue Curricula auf Grund von wissenschaftlich zuverlässig festgestellten Beziehungen zwischen gesellschaftlichen Bedürfnissen, beruflichen Anforderungen, Studienqualifikationen, Lehrinhalten und Vermittlungsverfahren zu erarbeiten. Auch hier zwingt uns eine genauere Kenntnis und eine kritische Analyse des verfügbaren Instrumentariums zu flexibleren, jeden Systemzwang vermeidenden Lösungen.

Wissenschaftliche Hochschuldidaktik und praktische Hochschulpolitik

Hochschuldidaktische Erkenntnisbemühung wird heute vielfach unkritisch mit praktischer Hochschulpolitik vermengt. Das wissenschaftliche Bemühen der Hochschuldidaktik muß sich aber darauf konzentrieren, den Einfluß politischer Voreinstellungen auf hochschuldidaktische Untersuchungen zu analysieren und, soweit wie möglich, zu kontrollieren.

Die Hochschuldidaktik steht als eine junge, noch nicht konsolidierte wissenschaftliche Disziplin vor der Gefahr, von verschiedenen Lagern, die sich heute im hochschulpolitischen Raum gegenüberstehen, rein „technokratisch" in Dienst genommen zu werden. Sie muß sich fragen, wie sie sich davor schützen kann, dazu mißbraucht zu werden, die Durchsetzung und Verabsolutierung einseitiger Interessen und Positionen – und damit dann meist auch die Einengung bestehender Freiheitsräume im Hochschulbereich – durch pseudowissenschaftliche, die eigenen Voraussetzungen nicht kritisch reflektierende Untersuchungen zu stützen.

Eine Situation, die durch die Komplexität des Untersuchungsfeldes und eine eklatante Schwierigkeit, verschiedene Faktoren bzw. Variablen in ihrem Zusammenspiel eindeutig in den Griff zu bekommen, gekennzeichnet ist, begünstigt eine Einflußnahme unaufgeklärter Voraussetzungen. Denn je komplexer und differenzierter ein Untersuchungsfeld ist, desto leichter kann in einer Untersuchung ein bestimmtes erkenntnisleitendes Interesse durch das Herausgreifen einzelner Aspekte und das Einsetzen spezifischer Instrumente zur Geltung kommen.

Dagegen kann sich die Hochschuldidaktik wohl nur mit einer Wissenschaftsauffassung behaupten, die systematisch darauf abzielt, politische Vor-Urteile und erkenntnisleitende Interessen kritisch aufzuspüren, zu analysieren und zu kontrollieren. Das wird zum Beispiel im Rahmen der Versuchsplanung beachtet werden können, wenn man durch ein entsprechendes „experimental design" den Einfluß der politischen Einstellungen von Versuchsplanern und Versuchsleitern auf die Untersuchungsergebnisse unter Kontrolle bringt. Es kann auch dadurch versucht werden, daß hochschulpolitische Überzeugungen (zum Beispiel über die Notwendigkeit bzw. Wirkung bestimmter Traditionen oder Reformen) nicht nur offengelegt, sondern auch so weit wie möglich weiterentwickelt werden zu Hypothesen, die durch gezielte Versuche falsifizierbar sind.

Dabei ist es allerdings nicht mit der Überprüfung von Einzelhypothesen getan. Die komplexen Wirkungszusammenhänge, mit denen wir es im allgemeinen in der Hochschuldidaktik zu tun haben, machen entsprechend komplexe und entsprechend offene Erklärungsmodelle notwendig, auf die die einzelnen Untersuchungshypothesen bezogen werden bzw. aus denen sie abgeleitet werden können.

Hochschuldidaktische Modelle können aber auch über ihre wirklichkeitserklärende, heuristische Funktion hinaus einen prospektiven, wirklichkeitsgestaltenden Charakter haben, – wenn sie zum Beispiel als Planungsmodelle konzipiert werden, in denen verschiedene alternative Möglichkeiten zur Lösung eines Problems im Zusammenspiel verschiedener Faktoren prognostisch-hypothetisch konzipiert werden, um dann durch eine entsprechende experimentelle Erprobung Zug um Zug realisiert und überprüft zu werden. In diesem Zusammenhang kann die auf eine strenge Untersuchungsplanung, Versuchsanordnung und auf den kontrollierten Einsatz der verschiedenen Untersuchungsinstrumente eingestellte hochschuldidaktische Forschung über ihren aufklärenden Charakter hinaus auch einen – allerdings begrenzten – Beitrag zur adäquaten Realisierung von hochschulpolitischen Zielvorstellungen und damit zur planmäßigen Veränderung des Hochschulunterrichts leisten – ohne als *wissenschaftliche* Disziplin fragwürdig zu werden.

Die folgenden Materialien zu möglichen hochschuldidaktischen Forschungstechniken sollen einen ersten begrenzten Ansatzpunkt für die notwendige weiterführende Auseinandersetzung mit den vielschichtigen Problemen der Hochschuldidaktik liefern.

I

GRUNDLAGEN

1. Unterricht als Forschungsobjekt[1]

Der vorliegende Beitrag geht davon aus, daß die Erforschung der Wirkung bestimmter Lehrverfahren, Unterrichtsstrategien, sozialer Gruppierungsformen etc. eine Vorstellung von dem Feld voraussetzt, in dem sich Lehr- und Lernprozesse ereignen. Eine Reflexion darüber, mit welchem Instrumentarium hochschuldidaktische Forschung betrieben werden kann, muß verbunden sein mit der Analyse des didaktischen Feldes, d. h. der Strukturen und Variablen, die Unterricht kennzeichnen und beeinflussen.

Dieser Auffassung liegen mehrere Einsichten zugrunde, die sich beim Versuch, eine empirische Unterrichtsforschung zu konstituieren, herausgeschält haben:

- Bei unterrichtlichen Vorgängen handelt es sich um *dynamische Interaktionsprozesse* zwischen Lehrenden und Lernenden mit ausgeprägter Situationsabhängigkeit, was a) die Übertragbarkeit von in Labor- und Experimentalsituationen gewonnenen Ergebnissen auf reale Unterrichtsbedingungen und b) die Vergleichbarkeit von Ergebnissen, die in Feldsituationen gewonnen werden, außerordentlich beeinträchtigt – und nicht zuletzt einer empirischen Fundierung der Didaktik im Wege steht.[2]
- Unterricht, ob auf Schul- oder Hochschulebene, ist gekennzeichnet durch „*Faktorenkomplexion*" (Winnefeld 1952): Es handelt sich hier um ein Feld, in dem individuelle, soziale, kulturelle, inhaltliche und organisatorische Faktoren aufeinandertreffen.
- Für Unterricht charakteristisch ist die *Interdependenz* dieser Faktoren: Die einzelnen Elemente des Unterrichtssystems beeinflussen sich gegenseitig, so daß die Veränderung eines Faktors auch Veränderungen bei den anderen Faktoren zur Folge hat. Unterricht ist also nicht eine Addition von Einzelphänomenen, die sich säuberlich voneinander

[1] Es wird hier keineswegs der Anspruch erhoben, die hochschuldidaktische Forschung befasse sich ausschließlich mit diesem Gegenstand. Vielmehr ist die Untersuchung von Hochschulunterricht natürlich nur eine Forschungsrichtung der Hochschuldidaktik.

[2] Ein Versuch, sich aus diesem methodischen Dilemma zu lösen, wird im Kap. III „Das didaktische Experiment" dargestellt.

trennen ließen, sondern jede Variable erhält ihren Stellenwert erst aus der Analyse des Gesamtsystems.

— Lehr- und Lernprozesse stellen Kommunikationsprozesse dar, die in ein Feld gesellschaftlicher oder gesellschaftlich vermittelter Variablen eingebettet sind. Deshalb darf sich Unterrichtsforschung nicht auf die Technik der Lernsteuerung beschränken, sondern muß auch mehr „äußere", aber nichtsdestoweniger determinierende Faktoren in ihren Fragenkatalog aufnehmen wie personelle und materielle Voraussetzungen des Unterrichts; Zielvorstellungen und Erwartungen bei Studenten, Lehrkörper, staatlichen Organen; Rollenproblematik und Statusunsicherheit einzelner, am Unterricht beteiligter Gruppen; didaktische Trends in Prüfungsordnungen; Probleme der Effektivitätskontrolle etc. und die Beziehungen dieser Faktoren untereinander.

In diesem Zusammenhang versucht die Didaktik zusehends mehr, Lehr- und Lernprozesse und ihr Wechselverhältnis modellmäßig zu erfassen, d. h. den Komplex Unterricht auf seine Grundstrukturen hin zu untersuchen und deren angenommene Beziehungen untereinander in einen logischen Zusammenhang zu bringen (Heipcke 1970). Die Funktion solcher Modelle besteht darin, als Hilfskonstruktion für die Bildung von erfahrungswissenschaftlich zu überprüfenden Hypothesen zu dienen. Im folgenden wird daher ein didaktisches Strukturmodell vorgestellt, das die angedeuteten komplizierten Feldstrukturen und Funktionszusammenhänge unterrichtlicher Prozesse formal zu veranschaulichen sucht.

Dieses, in Anlehnung an das sog. lehrtheoretische Modell der Didaktik (Heimann 1962, Schulz 1969) dargestellte System stellt natürlich nur eines der möglichen Modelle zur Einordnung der im Unterricht auftretenden Erscheinungen und Bedingungen einschließlich ihrer Auswirkungen dar. Auf andere theoretische Ansätze zu einer erfahrungswissenschaftlichen Erforschung von Unterricht, wie etwa das kybernetische Modell, kann hier nur verwiesen werden (vgl. Blankertz 1969).

Auf eine weitere Frage soll hier kurz noch eingegangen werden, nämlich inwieweit die Hochschuldidaktik ein vornehmlich für die Zwecke einer Theorie der Schule entwickeltes Unterrichtsmodell auf das Lehren und Lernen in der Hochschule übertragen kann, zumal hochschulgemäßes Studium gemeinhin als Gegenbild zum schulischen Lernen gilt.

Nun setzt jede Theorie des Lehrens Theorien von der Veränderbarkeit des Menschen durch Erfahrung, d. h. durch *Lernen*[1] voraus. „Die Veränderung von Menschen durch Erfahrung, nicht also lediglich durch Reifungsprozesse, ist die erklärte Absicht, mit der wir lehren und unterrichten." (Schulz 1969, 67) *Lehren* wird in diesem Sinne als „Anbahnen, För-

[1] Eine erste Einführung in die Lerntheorie gibt Skowronek (1969).

dern, Korrigieren von Veränderungen durch Erfahrung“ verstanden und *Unterricht* als organisiertes, „über den aktuellen Lernanlaß hinaus geplantes Lehren“ (Schulz 1969, 68). Der hier verwendete Unterrichtsbegriff geht also weit über die traditionelle Vorstellung hinaus, wonach es sich bei Unterricht immer um eine typisch „schulische“ Vermittlung von gesicherten Erkenntnissen und Einübung in technische Fertigkeiten handele (vgl. Jaspers/Rossmann 1961), und weist auf einen didaktischen Strukturzusammenhang hin (vgl. Regenbrecht 1969). Da nun auch die an der Hochschule betriebene Lehre Lernprozesse intendiert, ja sich gerade von hochschuldidaktischer Forschung Hinweise auf Strategien zur effektiveren Konstruktion von „Unterricht“ erwartet, der Bedingungen für effektiveres Lernen bereitstellen soll, scheint eine solche Übertragung durchaus legitim.

Auch ein zweiter Einwand könnte in diesem Zusammenhang erhoben werden: Ein solches didaktisches Modell erfasse nur einen Aspekt der wissenschaftlichen Ausbildung, die „Lehre“, und klammere damit den Bereich der „Forschung“ als den eigentlichen Bezugsrahmen hochschulmäßigen Lehrens und Lernens aus. Abgesehen von der Frage, inwieweit an unseren Hochschulen die „Einheit von Forschung und Lehre“ überhaupt gewährleistet ist, erhebt dieses Modell ja keineswegs den Anspruch, das System Hochschule in seinen verschiedensten Komponenten zu erfassen. Es geht hier ausschließlich um das „Studium“, das insofern ein didaktisches Feld darstellt, als hier Lernprozesse intendiert werden und Bedingungen für diese Lernprozesse bereitgestellt werden. So ließe sich denn auch an einem Konzept wie dem des „Forschenden Lernens“ nachweisen, daß es in seiner Intention, durch Teilnahme am „Vollzug der Wissenschaft“ echte wissenschaftliche Ausbildung zu ermöglichen, einen didaktischen Strukturzusammenhang aufbaut: Ziele wissenschaftlicher Ausbildung werden formuliert[1], auf Gegenstandsbereiche, nämlich einzelne Disziplinen, bezogen, Verfahren gesucht, mit denen sich Wissensvermittlung und selbständige Forschungstätigkeit integrieren lassen, eine diesen Zielen und Verfahren adäquate Struktur der Hochschule gefordert (BAK 1970). Daß darüber hinaus die Forschung, wenn sie weniger unter dem Aspekt des subjektiven Erkenntnisprozesses betrachtet wird (wie im „Forschenden Lernen“) als vielmehr unter dem des objektiven Erkenntniszuwachses, mit Problemen ganz anderer methodologischer, politischer, ökonomischer Art konfrontiert ist, steht wohl außer Zweifel.

[1] vgl. S. 25.

Die Strukturelemente des Unterrichts[1]

Unterricht hat es immer zu tun mit einem interdependenten Gefüge von „Intentionen", „Inhalten", „Verfahren" und „Medien". Wenn diese Faktoren jeweils unterschiedliche Wirkungen zeitigen, so deshalb, weil in den Unterricht individuelle und soziale Voraussetzungen als wesentliche Einflußgrößen eingehen, die wiederum u. a. mit den Folgen des Unterrichtsgeschehens zusammenhängen.

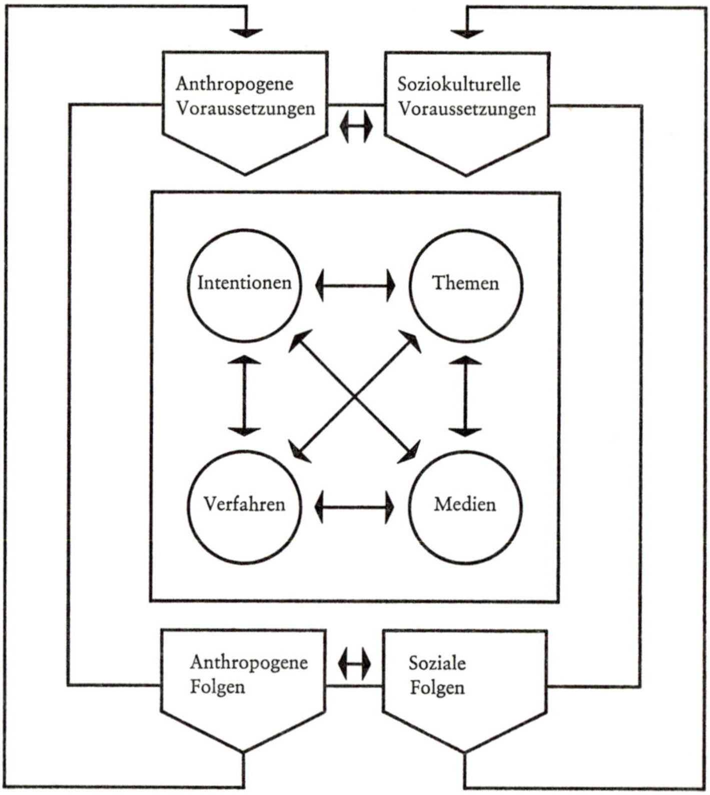

Der innere Kreis stellt den Unterricht, der äußere die Institution dar, in dem sich Unterricht abspielt. Das ganze ist eingebettet in einen gesellschaftlichen Kontext.

Ein Unterrichtsprozeß wird mit einer bestimmten *Intention* oder Absicht

[1] Das nachfolgende Schema lehnt sich an Schulz 1969, 72 an.

in Gang gesetzt. Diese Absicht bezieht sich auf die Art der Verhaltensänderung des Adressaten, etwa in der kognitiven, affektiven oder psychomotorischen Dimension.

Wie solche Intentionen – auf einer höheren Abstraktionsebene – bezogen auf ein Hochschulstudium aussehen können, mag der Vorschlag der BAK „Allgemeine Ziele für ein Hochschulcurriculum" (BAK 1968, 61 ff.) illustrieren, die die Ausbildung folgender Verhaltensweisen intendieren:

— Sachbezogenheit
— Reflexion auf praktische Anwendung und gesellschaftliche Relevanz
— Ökonomie
— Methodische Sicherheit und methodenkritisches Bewußtsein
— Anwendung des Verfahrens „Hypothese – Verifikation und Falsifikation"
— Kontrolle und Kritik
— Kommunikation
— Kooperation
— Motivation
— Kreativität
— Fachspezifische Kenntnisse und Fertigkeiten.

Intentionen in dieser Form nun bleiben abstrakt und formal; sie müssen daher material gefüllt und auf *Themenbereiche,* Gegenstände, Stoffe bezogen werden, die, etwa als Disziplin oder Teilgebiete einer Disziplin, den Erfahrungsbereich ausmachen, in dem sich die intendierte Verhaltensänderung vollziehen kann. Intention und Thematik sind daher nicht unabhängig voneinander zu planen, zu realisieren und zu erforschen. Die Aufgabe, geeignete Themenbereiche auszuwählen und zu strukturieren, erstreckt sich im Hochschulbereich von der Erstellung der Studiengänge bis in die Feinstruktur des inhaltlichen Aufbaues von akademischen Veranstaltungen. Dabei wird das Verständnis und die Gewichtung bestimmter Intentionen jeweils Auswirkungen auf die Festlegung des Gegenstandsbereiches und die Auswahl und Beurteilung einzelner Inhalte haben – wie umgekehrt ein einmal gewählter Inhalt möglicherweise das intendierte Ziel verändert. So ist es z. B. im schulischen Bereich sehr fraglich, ob die bisher praktizierte einseitige Beschränkung des Sozialkundeunterrichts auf Institutionenkunde das offiziell proklamierte Ziel der Einübung demokratischen Verhaltens erreichen hilft (vgl. Teschner, 1968). Traditionelle Lehrpläne, Studienpläne und Prüfungsordnungen decken im übrigen fast ausschließlich den thematischen Bereich ab, ohne die intendierte Verhaltensdimension zu berücksichtigen bzw. offenzulegen. Hierin ist denn auch eine der Hauptursachen für die Mängel in der Unterrichtsplanung wie im Prüfungswesen zu suchen.

Intentionen und Gegenstände sind stets auf *Verfahren* angewiesen, die den Lehr- und Lernprozeß so gestalten, d. h. den Unterricht so organisieren[1], daß die gewünschte Verhaltensänderung auch eintritt. Alle den Lernprozeß steuernden Maßnahmen werden hier unter Verfahren subsumiert. Dazu gehören u. a.:

— Die *Unterrichtsstrategie,* die als methodisches Grundprinzip den Unterrichtsverlauf insgesamt und innerhalb dieses Rahmens die einzelnen Lernschritte determiniert, z. B. das Prinzip des genetisch-exemplarischen Lernens (Wagenschein 1966); das Prinzip des entdeckenden Lernens (Bruner 1966), das dem in Hochschule und Schule noch weithin vorherrschenden rezeptiven Lernen entgegensteht; das von der BAK propagierte Konzept des „Forschenden Lernens" (BAK 1970), welches Wissenschaft als „dynamische(n) Vollzug oder Prozeß der Forschung und Reflexion", nicht als „Besitz bestimmter Kenntnisse und Techniken" (BAK 1970,9) auffaßt und von daher eine möglichst frühzeitige Integration von Lernen, definiert als Erwerb von Kenntnissen und Fähigkeiten, und Forschen fordert; auch die Programmierte Instruktion, eine aus lernpsychologischen Hypothesen und Forschungsergebnissen abgeleitete Strategie der kleinen Lernschritte, der permanenten Rückmeldung und stetigen Verstärkung wäre hier zu nennen;[2]

— die *Sequenzierung* oder Organisation der einzelnen Lernphasen und -schritte innerhalb eines solchen Gesamtentwurfes, für die jeweils Lernhilfen erforderlich werden, die dann etwa bestimmte Richtungen hervorheben, das Denken des Lernenden kanalisieren oder sein Hintergrundswissen mobilisieren sollen.[3] In diesem Zusammenhang sei auch die bekannte Einteilung in Lernphasen von Roth (1965) nach Stufen der Motivation, Informationsdarbietung, Verarbeitung, Übung, Anwendung erwähnt;

— die *soziale Organisation* der Lernenden oder Gruppierungsformen sowohl innerhalb des institutionellen Rahmens (Beispiel Schule: Jahrgangsklasse gegenüber Differenzierung in Leistungskurse; Beispiel Hochschule: Semester- bzw. Jahreskurse gegenüber mehr oder weniger offener Seminarzusammensetzung) als auch innerhalb einer Veranstaltung, etwa die Formen des Frontalunterrichts wie die Vorlesung (teilweise auch das Seminar), oder der Diskussion wie Seminar und Kleingruppen oder des Einzelstudiums (vgl. Sader u. a. 1970, 58 ff.)

Jede Methode enthält eine intentionale wie inhaltliche Vorentscheidung. Gerade diesen Implikationszusammenhang haben Untersuchungen

[1] Deshalb wird in diesem Zusammenhang auch oft der Begriff Unterrichtsorganisation verwendet.

[2] Eine erste Einführung gibt Freudenstein 1970.

[3] vgl. hierzu die von Skowronek (1969, 137 ff.) referierten Untersuchungen von Ausubel.

der Effektivität akademischer Lehrformen oft nicht berücksichtigt (vgl. Schmalohr 1969). So gilt z. B. für die Erreichung von Einstellungsänderungen, daß das Unterrichtsverfahren und die soziale Gruppierung von sehr viel größerer Bedeutung sind als der Gegenstand. Ziele, die mehr auf die Ausbildung kooperativer und kommunikativer Fähigkeiten hin tendieren, werden wohl kaum durch Formen des rezeptiven Lernens (wie in Vorlesung und Frontalunterricht praktiziert) zu erreichen sein, wie umgekehrt auf Kooperation und Kommunikation ausgerichtete Organisationsverfahren eine implizite Zielvorstellung besitzen. Auf Hochschulebene läßt sich hier immer noch eine Diskrepanz zwischen den proklamierten Zielen und der Praxis des Hochschulunterrichts feststellen: Wenn die Übermittlung und Aneignung vorgegebenen Fachwissens im Vordergrund steht, wird Kritikfähigkeit und geistige Selbständigkeit keineswegs gefördert.

So trägt die Entscheidung über eine bestimmte Unterrichtsorganisationsform mit dazu bei, ob ein gesetztes Ziel erreicht bzw. verfehlt, in seiner Intention modifiziert oder gar ein nicht offengelegtes implizites Ziel angestrebt wird.

Damit Lehrende und Lernende sich über Ziele und Inhalte verständigen können, bedarf es der Verwendung von *Medien* als Träger von Informationen. Medien haben einmal einen starken Inhaltsbezug, da sie durch die ihnen eigenen Formqualitäten Inhalte z. B. intensivieren, aber auch verschleiern und verfremden können. Die Art der Vermittlung (also das jeweilige Medium) entscheidet mit über die Wirkung der Sache. So ist im Medizinstudium etwa die Präsentation bestimmter Gegenstände und Abläufe (z. B. der pathologischen Veränderung von Organen) über Fernsehen oder Film der rein sprachlichen Darstellung des Lehrenden sicherlich überlegen. Hieraus entsteht die Frage, mit welchem Medium die gewählten Unterrichtsgegenstände am besten präsentiert werden können und wo das Medium am effektivsten im Unterrichtsprozeß einzusetzen ist. Ebenso wie die Medienwahl sich aus der Art der Intention und des Inhalts herleitet – wobei natürlich bestimmte ökonomische, technisch-räumliche usw. Bedingungen eine große Rolle spielen –, hängt die Art und Weise, wie ein gegebenes Ziel erreicht wird, auch von der Art des Mediums und dem Zeitpunkt seines Einsatzes ab.

Die faktischen Unterrichtsvorgänge werden jedoch in fast allen Richtungen – inhaltlich, intentional, organisatorisch-medial, wie auch hinsichtlich der sozialen Kontakte zwischen Lehrenden und Lernenden und den Lernenden untereinander – in ihrer Art und Wirkung determiniert durch die *anthropogenen und individuellen Voraussetzungen*, die die am Unterricht Beteiligten in diesen einbringen.

Beim *Lehrenden* sind dies z. B.

— Persönlichkeitsvariablen (vgl. Pause 1970)

— Einstellung und Reaktion gegenüber dem Lernenden („Führungsstil" (vgl. Tausch/Tausch 1970).
— Ausbildungsniveau
— sein gesellschaftliches Bewußtsein, das sich u. a. in seinem eigenen Rollenverständnis niederschlägt (vgl. Pross/Boetticher/Laubsch 1970);

beim *Lernenden* neben bestimmten Einstellungen z. B.
— die Lernmotivation, als einer Grundvoraussetzung für Lernen und Verhaltensänderung überhaupt (vgl. Skowronek 1969, 94 ff.)
— die individuellen Lernbedürfnisse
— das Lernverhalten
— der jeweilige Leistungsstand
— der sozioökonomische Hintergrund (vgl. Dahrendorf 1965)
— der jeweiligen Status in der Lerngruppe (vgl. Brocher 1967).

Diese individuellen Voraussetzungen können natürlich nicht losgelöst gesehen werden von den *soziokulturellen und –ökonomischen Voraussetzungen*, unter denen sich Unterricht vollzieht und die diesen in weit größerem Maße beeinflussen als üblicherweise angenommen wird.[1] Dazu zählen u. a.
— die äußeren institutionellen Studienbedingungen einschließlich der personellen und materiellen Ausstattung (vgl. Jenne/Krüger/Müller-Plantenberg 1969)
— die Autoritätsstruktur in der Hochschule[2]
— gesellschaftliche Normen, wie sie sich etwa in der Bewertung des Lernerfolges niederschlagen
— das unterschiedliche Prestige und Selbstverständnis einzelner Disziplinen
— ganz generell die von der Gesellschaft honorierten Fähigkeiten und Fertigkeiten; schließlich sind ja Ziele, Inhalte und Verfahren immer das Resultat der politisch-gesellschaftlichen Auseinandersetzung um die Erziehung und Ausbildung der kommenden Generation.

Die *Folgen* des Unterrichts müssen auf unterschiedliche Fragestellungen bezogen werden:
— die Ergebnisse und Wirkungen des Unterrichts, die am Lernerfolg abzulesen sind
— die sozio-ökonomische Bedeutung des institutionell bescheinigten

[1] vgl. hierzu die Ergebnisse der Längsschnittuntersuchungen von Jenne/Krüger/Müller-Plantenberg (1969).

[2] So hat z. B. der Abbau der hierarchischen Beziehungen zwischen Lehrenden und Lernenden an der Hochschule zu neuen Formen des Studiums in studentischen Arbeitsgruppen bzw. Kleingruppen geführt, während die Vorlesung (zumindest im sozialwissenschaftlichen Bereich) im Schwinden begriffen ist.

Schul- bzw. Studienerfolges und der Zusammenhang von Erlerntem und späterer Lebensleistung[1]

— die Art und Weise, wie der Lernerfolg überprüft wird, was nicht nur die Individuallage des Lernenden verändern, sondern auch den ganzen Unterricht wesentlich beeinflussen kann. Die derzeitige Prüfungspraxis der Hochschule etwa, die eine echte Sachmotivation erschwert – von der mangelnden Objektivität und Validität der Prüfungsverfahren (vgl. Ingenkamp 1971) ganz abgesehen –, behindert nicht nur die Ausbildung kreativer Fähigkeiten, sondern auch die Institutionalisierung belastungsfreierer Unterrichtsverfahren.

Konsequenzen für die Unterrichtsforschung

Das sich hier offenbarende Interdependenzverhältnis zwischen Intentionen-Inhalten-Unterrichtsorganisation-Medien einerseits und den individuellen und soziokulturellen Determinanten andererseits, macht die Schwierigkeiten deutlich, mit denen sich eine empirische Unterrichtsforschung bei dem Versuch, einzelne Variablen voneinander zu isolieren, konfrontiert sieht. Nun liegen dennoch eine Fülle von empirischen Einzelergebnissen und eine Reihe theoretischer Ansätze vor, die es sicherlich erlauben, empirisch prüfbare Hypothesen über unterrichtliche Wirkungsfaktoren zu formulieren, damit zu wissenschaftlich abgesicherten Theorien zu gelangen und so zu einer Verbesserung der Entscheidungskriterien beizutragen.

So sollen *Lernzieltaxonomien*[2] die Intentionen, also die Art der intendierten Lernerfahrung in Form von Verhaltensmerkmalen, die der Lernende am Ende des Unterrichtsprozesses aufweisen soll, beschreiben, um hieraus objektivere Kriterien für die Überprüfung des Lernerfolges zu gewinnen. Die Taxonomie von Gagné (1969) etwa ist wiederum dazu gedacht, die Voraussetzungen zu klären, über die der Adressat im Hinblick auf das Erlernen bestimmter Fähigkeiten verfügen muß (im Sinne von: das Lösen eines bestimmten Problems setzt bestimmte Kenntnisse voraus), woraus dann Hinweise für eine möglichst günstige Organisation des Unterrichts abgeleitet werden sollen. Nun scheint allerdings noch zu wenig geklärt – im Hinblick auf unsere Interdependenzproblematik –, inwieweit sich solche formalen Klassifikationsschemata auf jeden beliebigen thematischen Bereich anwenden lassen bzw. ob sie nicht durch die Eigenart der Sache jeweils wieder modifiziert werden.

Die Auswahl der Themenbereiche für unterrichtliche Intentionen wird nicht allein determiniert durch die der Fachwissenschaft immanente Sach-

[1] vgl. I, 1 „Probleme der Curriculumforschung, S. 38.

[2] vgl. I, 3 „Theorien und Instrumente zur Lernzielbeschreibung".

logik. Die *Fachdidaktik* fragt danach, welcher Umfang fachspezifischen Wissens für bestimmte Zwecke erforderlich ist, wie ein Gegenstand so ausgewählt und strukturiert werden kann, daß der Lernende ihn sich möglichst effektiv aneignen kann. In diesem Zusammenhang sind denkpsychologische Untersuchungen von Relevanz, die darauf hinweisen, daß eine wichtige Bedingung für ökonomische Lernprozesse darin besteht, daß der zu lehrende Gegenstand (oder das zu lehrende Fach) möglichst durchsichtig nach umfassenden, integrativen Begriffen, sog. „basic principles" aufgebaut wird (vgl. Skowronek 1969, 132 ff.). Die *Curriculumforschung*[1] wiederum versucht, vorhandene Lehrpläne, Studiengänge und Prüfungsordnungen kritisch auf ihre gesellschaftlich-wissenschaftliche Relevanz und ihre ideologischen Prämissen hin zu untersuchen und mittels wissenschaftlicher Methoden objektivierte, transparente und damit überprüfbare Lernzielkataloge zu erstellen. Neben der inhaltlichen Reform der Lehrpläne und der Konkretisierung der Ziele soll die ausschließliche Inhaltsbezogenheit traditioneller Lehrpläne und Studiengänge dadurch überwunden werden, daß in ein Curriculum auch Angaben über mögliche Verfahren und Medien eingebaut werden, mit denen die jeweiligen Lernziele zu erreichen sind.

Faßt man den Curriculumbegriff so weit, daß er auch die Realisierung der ausgewählten Inhalte umfaßt, so sind also auch Methodik und Medienwahl Bestandteil des Curriculums. Eine – noch zu formulierende – Theorie des Curriculums kann dann durchaus als didaktische Theorie verstanden werden. Von dem genannten didaktischen Modell unterscheidet sie sich dadurch, daß sie ihren Ansatz bei der Bestimmung und Auswahl der Lernziele hat und nicht vorrangig das System Unterricht analysieren will (vgl. Blankertz 1969, 159 ff.).

Im Bereich der *Verfahrensforschung* liegen die meisten bisher durchgeführten hochschuldidaktischen Untersuchungen. Sie befassen sich zumeist mit der Effektivität bestimmter Lehrverfahren und sozialer Gruppierungsformen und deren Zusammenhänge mit dem Lernerfolg und eventuell noch Persönlichkeitsvariablen der Lernenden. Ähnlich wie bei den Untersuchungen zur Effektivität der Leistungsdifferenzierung im schulischen Bereich läßt sich nach den vorliegenden Ergebnissen solange kein eindeutiger Einfluß auf den Lernzuwachs feststellen, als nicht die umgrenzenden Variablen wie Intentionen, Thematik, Unterrichtsstrategien und Medien, Lehrerpersönlichkeit und Adressatenvoraussetzungen konstant gehalten werden können (vgl. auch Schmalohr 1969).

Die *Medienforschung* (vgl. Dallmann/Preibusch 1970) beschränkte sich bisher fast ausschließlich auf die Untersuchung der Wirkung einzelner Medien auf die Lernenden (nach dem Motto: Präsentationsweise =

[1] vgl. I, 2 „Probleme der Curriculumforschung".

unabhängige Variable, Lernerfolg = abhängige Variable). Da hier ähnlich wie bei der Verfahrensforschung auf Grund der mangelnden Vergleichbarkeit der Untersuchungsbedingungen sehr unterschiedliche und oft kaum generalisierbare Ergebnisse zu Tage kamen, rückt nun allmählich auch hier der Implikationszusammenhang von Ziel-Lernorganisation-Präsentationsweise in den Vordergrund.

Vor allem bei der Erforschung der *individuellen und sozialen Voraussetzungen* muß auf Theorien, Fragestellungen, Ergebnisse und Methoden der benachbarten verhaltenswissenschaftlichen Disziplinen rekurriert werden. Lernleistungen werden ja nicht ausschließlich bestimmt von Merkmalen des Lernstoffes oder einem bestimmten Lernverfahren oder Unterrichtsstil. Entscheidend dafür ist vielmehr die Persönlichkeit des Lernenden, der auf Grund seiner vielfältigen Vorerfahrungen, Bedürfnisse, Fähigkeiten und Erwartungen jeweils anders auf die spezifischen Eigenschaften des Lernmaterials und die jeweilige Lernsituation reagiert. Aus diesem Grunde ist es auch so schwierig, allgemeine Aussagen über Bedingungs- und Wirkungszusammenhänge des Unterrichts zu formulieren. Dies weist aber auch auf die Dringlichkeit einer gründlichen Voraussetzungsprüfung sowohl für die Planung wie für die Erforschung von Unterricht hin.

2. Probleme der Curriculumforschung

Im Zusammenhang dieses Buches können und sollen die Fragen der Curriculumforschung nur überblicksweise angesprochen werden, obwohl es sich dabei um ein „gegenwärtig zentrales Thema erziehungswissenschaftlicher Diskussion und Theoriebildung“ handelt (Achtenhagen-Meyer 1971, 11).

Ziel dieses Beitrags ist es nicht, in diese Diskussion mit einzutreten, sondern lediglich, den Leser mit der zugrunde liegenden Problematik vertraut zu machen. Um dies zu erreichen, soll versucht werden, den immer noch gültigen – wenn auch teilweise überholten – Ansatz Robinsohns und die Grundlinien der amerikanischen Curriculumforschung darzustellen, ohne letztere im einzelnen zu referieren. Dies wäre bei der Fülle der amerikanischen Literatur zu diesem Thema selbst auf größerem Raum nicht zu leisten.

Für die Darstellung des Robinsohnschen Ansatzes spricht, daß er die Curriculum-Diskussion in der BRD weitgehend initiiert hat; die amerikanischen Ansätze müssen einbezogen werden, weil sie, was die Entwicklung konkreter Materialien anbelangt, weiter sind als die Arbeiten in der BRD. Diese Projekte sind allerdings stark pragmatisch akzentuiert, ohne die Entscheidungsproblematik zu reflektieren, während die deutschen

Versuche die Erarbeitung theoretischer Modelle an den Beginn der Arbeit stellen und sich durchweg „als im Ansatz emanzipativ“ verstehen (Achtenhagen-Meyer, 1971, 19). Diese Einschränkung gilt jedoch nicht mehr für die neueren amerikanischen Projekte etwa seit 1965.

Begriff und Theorie des Curriculums

Engerer Begriff des Curriculums: Ähnlich wie die herkömmlichen Lehrpläne, soll ein Curriculum[1] (eines Fachs, einer Schulart, des gesamten Bildungsganges, eines Studiengangs) einen Katalog von Inhalten darstellen, die unter bestimmten Gesichtspunkten ausgewählt sind und in diesem Fach, dieser Schulart usw. gelehrt und gelernt werden sollen.

Vordergründig scheint dieser enge Begriff des Curriculums also nur ein moderner Ersatz für den des Lehrplans zu sein. Die wesentlichen Unterschiede liegen prinzipiell auch nicht nur im fertigen Produkt eines Lehrplans oder Curriculums, sondern fast noch stärker in der Prozedur der Entwicklung.

Theorethischer Ansatz bei Robinsohn:[2] Robinsohn geht in seinem Versuch, eine Theorie des Curriculums zu entwerfen (Robinsohn 1967) davon aus, daß die Schule und jede Erziehung für Lebenssituationen vorbereiten und ausrüsten solle. Aus dieser Prämisse ergeben sich folgende Schritte für die Entwicklung eines Curriculums:

— Lebenssituationen, in denen Schüler sich voraussichtlich bewähren sollen, müssen analysiert und definiert werden.
— Qualifikationen, die für das Bestehen dieser Situationen erforderlich sind, müssen definiert werden.
— Inhalte und Aufgaben, durch die diese Qualifikationen erworben werden können, müssen ausgewählt werden.

Dabei trifft Robinsohn die drei Vorentscheidungen,

— daß das Curriculum als Gesamtcurriculum entwickelt werden müsse (also nicht je eines für Grundschule, Hauptschule bis hin zur Universität; dies wird verständlich von seiner Intention, mittels neuer Curricula eine Reform des Bildungswesens zu erreichen),
— daß die Inhaltsauswahl sich an den Fachwissenschaften zu orientieren habe
— und daß Bereiche außerhalb der Fachwissenschaften ebenfalls berücksichtigt werden müssen.

[1] Der Begriff war bereits in der Pädagogik des Barock gebräuchlich und wird im Anschluß an die angelsächsische Literatur bei uns wieder mehr und mehr an der Stelle von „Lehrplan“ – jedoch mit stark verändertem Inhalt – gebraucht.

[2] Saul B. Robinsohn ist Direktor am Berliner Max-Planck-Institut für Bildungsforschung.

Aus diesem Ansatz geht bereits hervor, daß ein Curriculum nicht frei sein kann von normativen Entscheidungen. Da Lebenssituationen analysiert und entsprechende Qualifikationen definiert werden müssen, kann das nicht nur als bloße Bestandsaufnahme erfolgen, sondern muß zukunftsbezogen sein. Dies verlangt Entscheidungen darüber, was in Zukunft wichtig (und wünschenswert) sein wird, die nicht nur durch Extrapolation von gegenwärtig herrschenden Fakten und Bedingungen aus zu fällen sind. Curriculare Entscheidungen beruhen auf faktischen und normativen Prämissen (Schmidt 1971, 32). Die Frage, inwiefern die Inhalte und Aufgaben – also die Curriculum-Elemente – zu den Qualifikationen führen und so letztlich der Bewältigung der Lebenssituationen dienen, soll später unter dem Stichwort Evaluation des Curriculums angesprochen werden.

Mehr und mehr erweist sich die Robinsohnsche Vorentscheidung, das Curriculum müsse als Gesamtcurriculum entwickelt werden, als problematisch.

Blankertz (1971, 10) verweist darauf, daß die Komplexität einer solchen Problemstellung zu groß sei, und daß solche langfristigen Projekte in Form mittelfristiger, auf einzelne Fächer oder nur Teilbereiche von Fächern zugeschnittenen Curriculumforschung realisiert werden müssen.[1] Die langfristige Curriculumrevision müsse sich zwar an einem Gesamtcurriculum für das gesamte Bildungswesen orientieren, könne in diesem Sinne aber nur „hypothetischen Charakter" haben (Blankertz 1971, 13).

Begriff des Curriculums in den USA: Die amerikanischen Entwicklungen haben ihren Akzent in der Ableitung der Inhalte von den Fachwissenschaften. Huhse (1968, 19)[2] gibt folgende Definition des amerikanischen Curriculumbegriffs: „Es gilt, an Hand von Unterrichtsgegenständen, die den akademischen Disziplinen entnommen sind, die Schüler zu intellektuell akzentuierten Lernerfahrungen zu führen, in deren Verlauf ihnen sowohl die für das betreffende Fachgebiet charakteristischen Grundbegriffe, Modelle und Strukturen einsichtig, als auch die elementaren Arbeitsformen und Methoden verfügbar werden, die der Fachwissenschaftler selbst kennt und benutzt."

Der Nachdruck liegt bei dieser Definition weniger darauf, daß der Lernende sich eine Reihe von Inhalten aneignen soll, die für das Fach reprä-

[1] Dieses Konzept langfristiger Curriculumentwicklung und mittelfristiger Curriculumforschung ist erstmals von Achtenhagen und Menck entworfen worden. S. Achtenhagen-Menck 1970.

[2] Da in dem Bericht von Huhse die Curriculumforschung und -entwicklung in den USA m.E. ausgezeichnet dargestellt ist, verzichten wir in diesem Rahmen auf das Heranziehen der amerikanischen Originalliteratur. Für weiterführende Arbeit findet sich bei Huhse eine umfangreiche Bibliographie.

sentativ sind bzw. es voll abdecken, als darauf, die Methoden und Strukturen, die für ein Fach charakteristisch sind, zu beherrschen. Diese Bestrebungen ergeben sich aus dem ständig wachsenden Umfang der Wissensgebiete und vor dem Hintergrund ständig sich verändernder Berufsanforderungen. Es wird also ein „offenes Curriculum" gefordert, das stärker darauf abzielt, das „Lernen zu lernen".

Die anderen Robinsohnschen Vorentscheidungen – Entwicklung des Curriculums als *Gesamt*curriculum sowie die Aufnahme von Bereichen außerhalb der Fachwissenschaften – finden in den amerikanischen Ansätzen geringere Beachtung. Gesamtcurricula fügen sich quasi von selbst zusammen; entwickelt werden jeweils nur Curricula für einzelne Fächer bzw. Stoffgebiete. Dabei dürfte einerseits die pragmatische Einstellung der Amerikaner zum Ausdruck kommen – andererseits wird in den USA die Curriculumrevision nicht in dem bei Robinsohn intendierten Sinne als Reformanstoß für das gesamte Bildungswesen gesehen.

Die dritte Prämisse – Aufnahme von Inhalten außerhalb der akademischen Disziplinen – ist im amerikanischen Schulwesen ohnehin in Form einer Fülle von „extracurricularen Aktivitäten" – also Sport, musische Betätigung aber auch Erlernen von technischen und praktischen Fähigkeiten usw. – gegeben. Vielmehr wird in der nachdeweyschen Ära gerade wieder eine stärkere Betonung mehr wissenschaftlich orientierten Unterrichts gefordert.

Der Begriff des Curriculums wird allerdings noch weiter verstanden; der Katalog von Inhalten wird erweitert um Hilfen zur unterrichtlichen Umsetzung. Dies heißt konkret, daß gleichzeitig Schüler- und Lehrerbücher, Dias, Filme, Tonbänder etc. zur Verfügung stehen, daß sogar die Lehrer innerhalb von Lehrerfortbildungskursen mit dem neuen Material vertraut gemacht werden. Dazu kommen noch Tests und Aufgabensammlungen, mit deren Hilfe sich der Erfolg des Curriculums überprüfen läßt.[1] „Die verschiedenen Materialien sind aufeinander abgestimmt; sie fügen sich zu präfabrizierten Lehrgängen zusammen" (Huhse 1968, 29). Inwieweit ein so verstandenes Curriculum von der Lehrerschaft aufgenommen wird, weil es einerseits eine Gängelung darstellen kann, andererseits für Neulinge oder fachfremde Lehrer aber eine große Hilfe bedeutet, soll hier nicht diskutiert werden.

Erweiterter Begriff des Curriculums: Bestanden die Lehrpläne alten Stils also in mehr oder weniger eindeutigen, mehr oder weniger verbindlichen Katalogen von Bildungsinhalten – bestehend aus „allgemeinen Postulaten in den Präambeln und einer Addition von Stoffen und Forderungen für die einzelnen Fächer, deren Beziehung zu jenen Postulaten undurchsichtig

[1] Einige dieser Curricula, z. B. das „Harvard Project Physics", stehen in der Bibliothek des Deutschen Instituts für Fernstudien (DIFF) in Tübingen.

bleibt“ (Knab 1971, 164) – so ist das Curriculum zwar ebenfalls ein Katalog, der sich aber in mehrfacher Hinsicht vom Lehrplan unterscheidet:

— Es stellt „eine Beschreibung der Aufgaben der Schule (dar), in Form einer organisierten Sequenz von Lernerfahrungen, die auf beabsichtigte Verhaltensdispositionen gerichtet sind“ (Knab 1971, 159).
— Bildungsinhalte sind in Form von semantisch eindeutigen, operationalisierten d. h. sich in einer Verhaltensänderung niederschlagenden Lernzielen enthalten, deren Erreichen damit prüfbar wird.
— Das zur methodischen Realisierung der Inhalte und Aufgaben bzw. Lernziele nötige Material ist im Curriculum enthalten (vgl. Flechsig u. a. 1971, 246 sowie Nipkow 1971, 2).
— Tests zur Überprüfung erreichter Lernziele werden bereitgestellt.

Dabei handelt es sich zugegebenermaßen um idealtypische Forderungen, die nur graduell zu verwirklichen sind.

Curriculumentwicklung

Auch zum Problem der Curriculumentwicklung soll wieder versucht werden, den Robinsohnschen Ansatz und die amerikanischen Versuche zu skizzieren.

Robinsohns Modell der Curriculumentwicklung: Bedeutet die Erkenntnis der bildungstheoretischen Didaktik (Willmann, Weniger, Klafki), daß die Lehrpläne Ergebnisse einer pluralistischen Interessenstruktur der Gesellschaft seien, bereits einen wesentlichen Fortschritt gegenüber normativen Systemen, die die Auswahl aller Bildungsinhalte von letzten Sinngebungen ableiteten, so fordert die Curriculumentwicklung die Transparenz dieser Interessenstruktur und damit auch die angemessene Berücksichtigung aller Interessenlagen bei der Herbeiführung eines Konsensus.

Robinsohn fordert die intersubjektive Überprüfbarkeit des erreichten Konsensus. Damit wird bereits deutlich, daß er zur Entwicklung von Curricula empirische Methoden heranziehen will, ohne allerdings – entsprechend dem normativen Aspekt curricularer Entscheidungen – auf hermeneutische Verfahren ganz zu verzichten. Sein Hauptproblem liegt dementsprechend in der Entwicklung geeigneter Methoden zur möglichst objektiven Herbeiführung eines Konsensus aller beteiligten gesellschaftlichen Kräfte (Staat, Verbände, Kirchen etc.) über die Auswahl von Bildungsinhalten im Hinblick auf dadurch erreichbare Qualifikationen. Er kommt zu folgendem Modell der Curriculumentwicklung (Robinsohn 1967, 47 ff.).

1. Kriterien für die Auswahl von Bildungsinhalten müssen ermittelt werden.

— Welche Bedeutung hat ein Gegenstand (bzw. Inhalt) im Gefüge der entsprechenden Fachwissenschaft?
— Was leistet der Gegenstand für das Weltverstehen (im Sinne von Lebensbewältigung)?
— Welche Funktion hat der Gegenstand im privaten und/oder öffentlichen Leben?

2. Methodische Verfahrensweisen müssen konstruiert werden:
— Die Relevanz und Adäquatheit der Gegenstände ist an Hand der Kriterien zu ermitteln. Diese Frage kann wissenschaftlich, didaktisch sowie u. U. hermeneutisch gestellt und beantwortet werden.
— Die Bedeutung der Gegenstände für das Weltverstehen kann empirisch überprüft werden.
— Arbeitsplatz- und Arbeitsmarktanalysen sollen Aufschluß über den „Bedarf" an Wissen und Fertigkeiten usw. geben (wobei hier auch der Vorwurf der Verfestigung bestehender gesellschaftlicher Strukturen ansetzt).

3. Instanzen, auf die sich die methodischen Verfahren unter 2. beziehen, sind:
— Vertreter der Fachwissenschaften als Inhaber der sachlichen Kompetenz,
— „Abnehmer" der Schulabgänger (also Vertreter aus Industrie, Behörden, Universitäten etc.),
— Vertreter der anthropologischen Wissenschaften und der Sozialwissenschaften, die in der Lage sind, die Ansprüche anderer Gruppen von den menschlichen Möglichkeiten her zu limitieren und Inhalte für den nichtkognitiven Bereich der Erziehung auszuwählen.

Eine zentrale Stellung in diesem Konzept nehmen die Expertenbefragungen ein. Es geht also nicht darum, den gesellschaftlichen Pluralismus auszuschalten, sondern einen daraus resultierenden Konsensus durch Anwendung von Verfahren der empirischen Sozialwissenschaften intersubjektiv überprüfbar zu machen, die „Experten" – die immer schon im Hintergrund von Lehrplanentscheidungen standen – zu entmystifizieren (Flechsig u. a., 268).[1]

Die Anwendung empirischer Verfahren wird sich weitgehend auf standardisierte Befragungen, Interviews, Inhaltsanalysen u. ä. beschränken müssen.

Der experimentelle Vergleich von alternativen Curricula bzw. Curriculumteilen – bereits eine Frage der Curriculumevaluation – stößt auf große

[1] Eine kritische Bewertung des Robinsohnschen Modells der Curriculumentwicklung und insbesondere der starken Bedeutung des Expertenurteils findet sich bei Dieter Lenzen: „Eine edukative Strategie für Curriculum-Konstruktion" in Blankertz 1971, 118 ff.

methodische Schwierigkeiten und wird sich nur in Ausnahmefällen realisieren lassen.[1]

Ansätze der Curriculumentwicklung in den USA: Auch in den USA wird davon ausgegangen, daß Curriculumentscheidungen gesellschaftsabhängig sind, wenn auch eine geschlossene Theorie des Curriculums und der Curriculumentwicklung nicht existiert (vgl. Huhse 1968, 111).

Wiederum wohl auf Grund des größeren Pragmatismus wurde und wird die Analyse der Determinanten – die zwar gesehen werden – zugunsten der Materialentwicklung und -produktion weniger stark akzentuiert.

Als Determinanten eines jeden Curriculums werden einerseits die Ansprüche der Gesellschaft und die der zu tradierenden Kultur, andererseits die des Kindes gesehen. Je nach herrschender „educational philosophy" werden diese Determinanten gewichtet. Aus diesen Determinanten werden in einer ersten Phase des „policy making" allgemeine Ziele abgeleitet, wie Erziehung zu Mündigkeit, zu Kommunikationsfähigkeit etc., wobei in der Regel als Entscheidungskriterien unausgesprochen die „democratic values" und das „good life" im Hintergrund stehen. In einer zweiten Phase der „content selection" werden dann auf Grund obiger Vorentscheidungen die eigentlichen Inhalte ausgewählt und als Lernziele formuliert. Als methodische Verfahren in beiden Phasen kommen auch im amerikanischen Bereich in erster Linie Arbeitsplatzanalysen, Befragungen (mit Herbeiführung eines Konsensus) und nur in geringem Maß kontrollierte Experimente (wie Vergleich von alternativen Curriculumteilen) in Frage.[2]

Evaluation des Curriculums

Aus der Einsicht, daß „a new curriculum should not be conceived of as an act of faith" (Bloom, zitiert nach Huhse, 1968, 167) ergibt sich die Frage nach der Evaluation, der Überprüfung eines Curriculums hinsichtlich der mit ihm verfolgten Ziele. Das Curriculum wird daran gemessen, in welchem Maße es zur Erreichung dieser Ziele tatsächlich beiträgt. Aufgabe der Evaluationsphase ist daher „die Sammlung, Verarbeitung und Interpretation von Daten mit dem Ziel, Entscheidungen über ein Curriculum zu fällen" (Wulf 1971, 177).

Die Curriculumevaluation wird in der Regel in zwei Phasen verlaufen. Einmal werden im Laufe der Entwicklung ständig Daten im obigen Sinne

[1] Eine kurze Darstellung der bei der Erstellung von Lernzielen verfügbaren Methoden geben Flechsig u. a. (1971, 247 f.).

[2] Die hier stark verkürzte Darstellung läßt den Eindruck puren Pragmatismus mit dem Ziel der raschen Verfügbarkeit komplexer Materialsammlungen aufkommen. In einer ersten Phase war die amerikanische Curriculumforschung auch dadurch charakterisiert. In den letzten Jahren rückt jedoch die Wert- und Zielproblematik stark in den Vordergrund (vgl. Schmidt 1971).

über die einzelnen Curriculumelemente erhoben werden. Dies kann in Laborexperimenten und Unterrichtsversuchen aber auch durch kritischen Vergleich mit bestehenden Lehrplänen und ständige Beurteilungen der Entwicklungsprozesse erfolgen. In diesem Sinne ist Evaluation Bestandteil der Entwicklung.

In einem zweiten Schritt wird das fertig vorliegende Curriculum derselben Überprüfung unterzogen. Empirische Ansätze sind in diesem Bereich allerdings aus methodischen Gründen sehr viel schwerer zu realisieren als dort, wo nur Curriculum-Elemente überprüft werden. Da viele der von einem Curriculum intendierten Lernziele erst langfristig manifest werden – man denke an die emanzipatorische Wirkung, die eines der übergeordneten Ziele jeden Unterrichts sein sollte – und da solche Ziele zudem nicht in operationalisierte Form gebracht werden können, sind sie empirischen Analysen nur schwer zugänglich. Evaluation erschöpft sich deswegen leicht in einer quantitativen Leistungsmessung mittels lernzielorientierter Tests. Es ist daher nötig, Curriculumevaluation in einem theoretischen Rahmen zu betreiben und sie „von Anfang an in der ganzen Breite ihrer Aufgaben, ihrer Bedeutung, ihrer Verfahren“ (Wulf 1971, 176) zu begreifen.

Inwiefern die theoretischen Modelle, die hierzu bereits vorliegen (vgl. Wulf 1971, 187 ff.) diesen Anforderungen gerecht werden und ob sie auf deutsche Curriculumprojekte übertragbar sind, ist vorerst noch nicht zu entscheiden. Gemeinsam ist ihnen, daß sie über die oben kritisierte enge Leistungsmessung hinausgehen und auch die Entscheidungsprozesse, die sich an Normen orientieren, zum Gegenstand der Evaluation machen.

3. Theorien und Instrumente zur Lernzielbeschreibung

Kritik bisheriger Praxis der Studienzielbeschreibung

Daß es notwendig ist, die Studienziele konkreter zu beschreiben und zu begründen als durch hermeneutische Explikationen des Begriffs „akademische Bildung“ dürfte heute jedem an der Hochschule Tätigen selbstverständlich sein.

Die zunehmende Verwendung der Begriffe „Lernziele“ und „Lehrziele“ in der Hochschuldidaktik ist kennzeichnend für eine wachsende Rationalität der Studienplanung und ein Abnehmen des elitären Bewußtseins der Hochschulangehörigen. Intersubjektiv nachprüfbare Lernzielbeschreibungen sind notwendig, wenn Studienreformen rational geplant und durch hochschuldidaktische Untersuchungen überprüft werden sollen.

Die auf der Grundlage des Kreuznacher Hochschulkonzepts definierten allgemeinen Studienziele (Autonomie, Reflexion, Motivation usw.[1]) sind zwar konkreter gefaßt als die bisher üblichen allgemeinen Zielerklärungen von Studienreformen, sie entsprechen jedoch eher einem Katalog als einer in sich konsistenten Theorie der Lernziele. Sader u. a. (1970, 20) haben eine unter psychologischen Gesichtspunkten mögliche Ordnung dieses in sich heterogenen Katalogs vorgeschlagen, wobei Kreativität eine zentrale Rolle spielt.

In der Praxis des Hochschulunterrichts und in den Studienordnungen treten andere Begriffe auf: Hier wird von Kenntnis, Einblick und Überblick gesprochen. Vom Studenten wird erwartet, daß er etwas wissen, anwenden, verstehen bzw. wirklich verstehen können soll. Stärker an psychologischer Theoriebildung orientiert sind die Ziele: Problemlösen, Produktivität und Kreativität. Schließlich wird – meist als umfassendes und übergreifendes Ziel – das kritische Denken bzw. kritische Bewerten von Sachverhalten gefordert.

Für den Studenten wie den Hochschullehrer bedeuten diese Begriffe wohl in seltenen Fällen dasselbe. Das liegt daran, daß sie weder voneinander abgegrenzt noch auf konkret beschreibbare Studienleistungen bezogen sind. Meist bleiben sie (zusammen mit affektiven Zielen wie Leistungsstreben, Wille, positiver Einstellung usw.) eine unverbindliche, von niemand ernst genommene Deklaration, die weder dem Lehrenden in der Planung seines Unterrichts hilft noch den Studenten über die von ihm erwartete Leistung orientiert und somit auch nicht die Lerngewohnheiten des Studenten zu steuern vermag. Beide „Parteien" orientieren sich an den fachwissenschaftlichen Inhalten und diskutieren bei einer Revision der Lehre wiederum meist diesen Inhaltskatalog, ohne die formalen Qualifikationen zu beachten, die bei der Auseinandersetzung mit diesen Inhalten erworben werden sollen. Die Folge dieser Fixierung auf die Inhalte ist notwendig eine Überbetonung des sog. Faktenwissens, dessen Nutzen nicht nur in der Didaktik, sondern auch in der Praxis des Hochschulunterrichts in der Regel für gering erachtet wird.

Für die Erforschung der Determinanten des Hochschulunterrichts sowie dessen wissenschaftlich kontrollierte Neukonzeption ist deshalb eine psychologisch haltbare, möglichst eindeutige Begriffe enthaltende Theorie der Ziele erforderlich. Die so formulierten Ziele müßten zusätzlich ihre Entsprechung bzw. Nichtentsprechung[2] mit übergreifenden allgemeinen Studienzielen erkennen lassen können.

[1] Vgl. die vollständige Darstellung der Studienziele des Kreuznacher Hochschulkonzepts in dem Beitrag über Unterricht als Forschungsobjekt, Kapitel I, 3, S. 25.

[2] Zum ungelösten Problem der „Deduktion" von Teilzielen aus allgemeinen Sinnormen vgl. Meyer (1971, 106).

Überblick über einige Ansätze der Lernzielbeschreibung

Im folgenden soll ein Überblick über die bekanntesten Theorien zur Beschreibung empirisch nachprüfbarer Lernziele mit ihren je charakteristischen Kennzeichen gegeben werden. Die erste Methode steht auf dem Boden einer behavioristischen Lerntheorie, die anderen Systeme machen je spezifische Annahmen über nicht direkt beobachtbare, mit Hilfe psychologischer Theorien jedoch erfaßbare Vorgänge. Nach einem anderen Gesichtspunkt ordnet K. Frey (1971, 239) die Taxonomie nach Bloom eher den Instrumenten und Gagnés Modell eher den Theorien zu. „Instrumente sind Handlungshilfen, deren Gültigkeit sich nur daran erweisen muß, daß sie sachgerecht eingesetzt werden können. Was sachgerecht ist, wird in Verbindung mit dem Einsatzfeld geklärt. Die Theorie muß dagegen ihre Gültigkeit an sich selber belegen. Was aus dieser Theorie abgeleitet wird, ist gültig und muß nicht an einem Außenkriterium überprüft werden" (Frey 1971, 234).

1. Bei der Operationalisierung der Lernziele nach Mager (1969) wird das Endverhalten des Lernenden mit seinen beobachtbaren geäußerten Aktivitäten, dem Verhalten, beschrieben. Diese Methode wird operational genannt, weil die Tätigkeiten (Operationen) angegeben werden, die der Lernende ausführen muß, um zu zeigen, ob er ein bestimmtes Verhalten (= Lernziel) erreicht hat.

2. Wenn man die Art der geistigen Leistung des Studenten klassifizieren will, ist die Verwendung der sog. Bloomschen Taxonomie (Bloom 1956, Krathwohl u. a. 1964) angemessen. Diese Fragestellung ist wichtig, wenn es um die Qualifikation des Studenten für weitere Lernprozesse geht. Auch scheint mit dieser Theorie eine Brücke zu allgemeinen übergreifenden Studienzielen möglich zu sein.

3. Wenn man aus der Zielangabe bereits Informationen zur Organisation des Lehrprozesses, der zu diesem Ziel führt, erhalten will, empfiehlt sich die Verwendung der Lerntypen von Gagné (1969). Mit Hilfe dieser Theorie lassen sich die notwendigen Voraussetzungen bestimmter Lernprozesse beschreiben.

4. Ein mehrdimensionales theoretisches Modell der vollständigen „Struktur des Intellekts" hat Guilford aufgestellt, wobei 5 Denkoperationen, 6 Denkprozesse und 4 Denkinhalte miteinander kombiniert werden können. Diese Theorie wurde bislang in der deutschsprachigen Didaktik kaum verwendet.

Diese vier Ansätze schließen sich gegenseitig nicht aus. Man könnte sogar – im Extremfalle, was aber nicht sehr sinnvoll wäre – alle vier zusammen verwenden. In der Regel wird man eine der drei psychologischen Theorien (b, c oder d) zusammen mit der Operationalisierung auswählen.

Die Operationalisierung der Lernziele ist immer dann notwendig, wenn man ein Untersuchungsinstrument (hier in der Regel einen lernzielorientierten Test)[1] erstellt. Der Test bzw. jede Testaufgabe selbst kann wiederum als operationalisiertes Lernziel interpretiert werden.

So gesehen ist die Operationalisierung der Lernziele immer eine notwendige Voraussetzung bei empirischen Untersuchungen. Allenfalls bei der Planung von Unterricht oder von Curricula könnte man zunächst nur psychologische Lernziel-Taxonomien verwenden und die Operationalisierung der Lernziele erst vornehmen, nachdem der Lehr- bzw. Lernweg konzipiert ist.

Die Ansätze von Mager und Gagné werden im folgenden kurz dargestellt, die Bloomsche Taxonomie des kognitiven Bereichs wird mit ihren Voraussetzungen, Möglichkeiten und Grenzen ausführlicher referiert. Sie wurde in den U.S.A. in sechsjähriger Teamarbeit von 34 Hochschulexaminatoren entwickelt, 1956 veröffentlicht und seither mehrmals unverändert nachgedruckt.

Ich vermute, daß mit der Bloomschen Taxonomie des kognitiven Bereichs ein brauchbarer Ansatz zu einer pädagogischen Theorie[2] allgemeiner Studienziele vorliegt. Während Blankertz (1969, 154) eine Anwendung der Taxonomie nur in sehr beschränktem Umfang[3] für möglich hält, ist Messner (1970) der Ansicht, daß die Taxonomie fruchtbar für Planung und Bewertung von Unterrichtsprozessen eingesetzt werden kann. Der affektive Bereich (Krathwohl u. a. 1964) wird allerdings schwieriger zu rezipieren sein als der kognitive Bereich, da sich seine Systematik mit den im deutschen Sprachbereich üblichen Bezeichnungen wie Interesse, Motivation und Haltung mehrfach überschneidet.

Ein besonderes Problem stellt die Trennung der Lernziele in die drei Bereiche kognitiv, affektiv und psychomotorisch dar. Da für den zuletzt genannten Bereich bislang nur ein Entwurf einer Taxonomie von Dave (1968) vorliegt, werden im folgenden nur die Möglichkeiten der Integration der kognitiven und affektiven Lernziele nach Krathwohl (1964, 45–62) referiert:

Beide Bereiche bilden im Grunde eine Einheit. Die Trennung kognitiv-affektiv ist eher willkürlich als natürlich; sie ist allerdings begrifflich schon längst im pädagogischen Denken vorgenommen worden, so etwa in der Einteilung des psychischen Bereichs in Denken, Fühlen und Wollen. Die Autoren der Taxonomie meinen nun, daß die für analytische Zwecke durchgeführte Trennung der beiden Bereiche einen heuristischen Wert

[1] vgl. Kapitel II, Abschnitt 6 über den lernzielorientierten Test.

[2] Psychologisch konsistenter ist das System von Ausubel und Robinson (1969), vgl. S. 48.

[3] Blankertz' Kritik an behavioristischen Konzeptionen trifft auf Blooms Ansatz nicht zu.

hat. Man kann für jedes Lernziel kognitive und affektive Komponenten finden, wenn man sie sucht. Durch die begriffliche Trennung wird jedoch erst die Interaktion beider Komponenten faßbar. Diese Interaktion kann nun auf verschiedene Weise theoretisch sichtbar gemacht werden:

— Stellt man die beiden Hierarchien nebeneinander, so lassen sich besondere Beziehungen zwischen „gegenüberliegenden" Kategorien feststellen. So impliziert z. B. das Lernziel „Werthierarchie" im affektiven Bereich, daß der Lerner zumindest die Werte versteht, darüber hinaus aber auch die Fähigkeit zur kognitiven Analyse eines Wertkomplexes hat.

— Man kann das Lernen in einem Bereich als Voraussetzung für das Erreichen von Lernzielen in dem anderen ansehen. So kann man z. B. Informationen über einen Sachverhalt vermitteln in der Absicht, die Einstellung zu dieser Sache zu verändern, oder Interesse an einer Sache entwickeln mit der Intention, daß dann das interessant Gewordene gelernt wird.

— Schließlich kann man auch annehmen, daß beide Komponenten gleichzeitig gelernt werden oder ein permanenter Wechsel von vorwiegend kognitiven und affektiven Lernprozessen stattfindet, die sich gegenseitig bedingen.

Abgesehen von Guilfords System enthalten die oben erwähnten Lernzielbeschreibungen keine Inhaltsdimension. Damit soll nicht gesagt sein, daß Inhaltsdimensionen[1] nach Belieben zu Verhaltensdimensionen hinzugefügt werden können. Es wird eine spezifische Interaktion zwischen inhaltlicher und Verhaltensklassifizierung zu beachten sein. Flechsig u. a. (1971) verbinden inhaltlich-thematische und psychologische Dimensionen in einer Matrix, wobei sie für den kognitiven Bereich die Lerntypen Gagnés und für den affektiven Bereich die Kategorien von Krathwohl verwenden.

Operationalisierung der Lernziele nach Mager

Um zu intersubjektiv gültigen Aussagen über das Verhalten von Lernenden zu gelangen, fordert Mager, daß alle Beschreibungen, die viele Interpretationen zulassen, umformuliert werden in solche, die weniger Interpretation zulassen. Begriffe wie „wissen", „verstehen", „analysieren", „zu würdigen wissen", „glauben" und „vertrauen" müssen ersetzt werden durch Verhaltensbeschreibungen wie „schreiben", „auswendig hersagen", „identifizieren", „konstruieren", „aufzählen" und „gegenüberstellen". Dabei ist diese Umsetzung in äußerlich sichtbare Verhaltensweisen wiederum keineswegs eindeutig vorzunehmen.

[1] Vgl. die kurze Zusammenstellung bei Frey (1971, 235).

Dieser Umsetzungsvorgang führt außerdem dazu, daß die für hochschuldidaktische Überlegungen relativ nebensächlichen Unterschiede im Verhalten wie „sagen“ und „schreiben“ herausgehoben werden, während Unterschiede in der Qualität der kognitiven Leistung wie „Fakten wiedergeben“ und „Theorien auf ihre Widersprüche hin analysieren“ in der Verhaltensäußerung nicht mehr erfaßt werden können. Mager diskutiert diese Einschränkung nicht, sondern hebt nur die Vorteile einer eindeutigen Beschreibung hervor.

Mit der Verwendung von Verhaltensbeschreibungen ist ein Lernziel jedoch noch nicht hinreichend genau bestimmt. Nach Mager (1969, 53) ist ein Lernziel dann operationalisiert, wenn folgende weitere Angaben gemacht werden:

— „Bestimmen Sie die wichtigen Bedingungen, unter denen das Verhalten geäußert werden soll (was dem Lernenden zur Verfügung gestellt wird und/oder was er nicht benutzen darf und welche anderen Einschränkungen gelten).“
— „Bestimmen Sie den Beurteilungsmaßstab für das als ausreichend geltende Verhalten.“

Alle drei Bedingungen werden in der Regel von einem Test erfüllt, wobei normorientierte Tests die dritte Bedingung variabel halten durch die Angabe von Prozenträngen oder T-Werten, während Kriterientests den Forderungen Magers voll entsprechen.

Ein Beispiel eines operationalisierten Lernzieles wird nach diesen Kriterien folgendermaßen analysiert:

Bedingung – „Es werden 35 chemische Elemente genannt;
Verhalten – der Lernende muß in der Lage sein, die Wertigkeiten
Kriterium – von mindestens 30
Bedingung – aus dem Gedächtnis
Verhalten – aufzuschreiben“ (Mager 1969, 28).

Wie leicht zu ersehen ist, läßt diese Beschreibung an Eindeutigkeit nichts zu wünschen übrig. Sie gibt dem Unterrichtsplaner jedoch keine Auskunft darüber, welcher Art die Leistung des Lerners war. Die Formulierung „aus dem Gedächtnis“ legt hier die Vermutung nahe, daß es sich – psychologisch gesehen – um ein Reproduzieren eines im „Gedächtnis“ gespeicherten Wissens handelt. Innerhalb behavioristischer Denkweise kann dies aber nur besagen, daß für die Lösung der Aufgabe keine Hilfsmittel zur Verfügung gestellt werden.

Den Didaktiker interessiert aber bei dem obigen Beispiel gerade die Qualität der hier sich manifestierenden geistigen Leistung. Es könnte ja sein, daß der Proband die Wertigkeit der Elemente aus der Kenntnis ihrer Stellung im Periodensystem erschloß. Eine solche Leistung wäre sicher anders zu bewerten, weil sie das Anwenden einer Regel zeigt, als das Wiedergeben auswendig gelernter Fakten.

So könnte das gewünschte Verhalten in diesem Fall auch einfach dadurch herbeigeführt werden, daß der Proband nach dem Reiz-Reaktionsschema die Zuordnung aller Elemente zu ihren Wertigkeitsziffern lernt, ohne sagen zu können, was ein chemisches Element ist und was dessen Wertigkeit bedeutet.

Aus der Erkenntnis, daß die Lernvergangenheit bzw. der Lernweg eines Schülers von nicht zu vernachlässigender Bedeutung für ein Lernziel ist, hat Klafki (1969, 33) Magers Vorschriften um eine weitere ergänzt: „Benennen und beschreiben Sie die Bedingungen und Schwierigkeiten, unter denen die betreffende Verhaltensform bzw. die Verhaltensänderung angestrebt wird."

Damit überschreitet Klafki jedoch den von Mager implizit gesetzten Rahmen behavioristischer Denkweise, wie dies auch in der Bloomschen Taxonomie, die zunächst von operational definierten Lernzielen ausgeht, getan wird.

Die Taxonomie von Lernzielen nach Bloom

Definition:
Die Taxonomie soll ein hierarchisches Einteilungsschema sein für das von einem Lernenden zu erreichende Verhalten. Sie analysiert die Ziele auf dem sog. Zwischenniveau, d. h. taxonomische Kategorien sind einerseits konkreter gefaßt als allgemeine Zielformeln (wie z. B. Mündigkeit, Rationalität, kritisches Bewußtsein), andererseits nicht so speziell, daß man sie auf die gleiche (Konkretions-) Ebene wie die operationalisierten Lernziele stellen kann. Man könnte die taxonomischen Kategorien eher als qualitative Dimension betrachten, die zu einer Dimension, auf der die Lernziele nach dem Grad ihrer Abstraktheit bzw. Konkretisierung angeordnet werden, hinzugefügt werden muß.

Hauptprinzipien der Taxonomie:

1. Pädagogisch. Die Hauptunterscheidungen zwischen den hierarchischen Stufen der Taxonomie sollten die Unterscheidung wiedergeben, die Lehrer beim Beurteilen des Verhaltens der Lernenden machen.

2. Logisch. Die Taxonomie soll logisch in sich stimmig entwickelt sein. Jeder Begriff soll konsequent im gleichen (definierten) Sinne angewandt werden.

3. Psychologisch. Die Taxonomie soll übereinstimmen mit dem gegenwärtigen Verständnis psychologischer Phänomene. Psychologisch unhaltbare Unterscheidungen werden vermieden, auch wenn Lehrer sie regelmäßig machen.

4. Relativ neutral gegenüber Weltanschauungen. Die Taxonomie versteht sich als ein „beschreibendes" Schema und ist in dem Sinne neutral, daß explizite Wertgesichtspunkte vermieden werden. Es sollte jedes päd-

agogische Ziel – sofern es konkret und positiv formuliert werden kann – in dieser Klassifikation enthalten sein, jedoch nicht allgemein gehaltene Ziele wie Verstehen, Einsicht, Wille oder kritisches Bewußtsein.

5. Aufbau. Hierarchie bedeutet, daß die Kategorien nicht nur (anschaulich gesprochen) nebeneinander klassifiziert werden, sondern in einer Reihenfolge angeordnet werden, der ein durchgehendes Aufbauprinzip zugrunde liegt. Der gesamte Bereich pädagogischer Ziele wird in die drei Dimensionen „kognitiv", „affektiv" und „psychomotorisch" eingeteilt, wobei jede Dimension nach einem besonderen Aufbauprinzip konstruiert ist.

Für den psychomotorischen Bereich der Taxonomie gibt es einen Entwurf von Dave (1968) – nach dem Prinzip der zunehmenden *Koordination* der Leistungen aufgebaut – mit den Kategorien

1. Imitation
2. Manipulation
3. Präzision
4. Handlungsgliederung
5. Naturalisierung

Für den affektiven Bereich liegt eine von Krathwohl, Bloom und Masia (1964) herausgegebene Ordnung pädagogischer Ziele nach dem Prinzip der zunehmenden *Internalisation* des Verhaltens vor:

1. Aufnehmen, Aufmerksamwerden
2. Reagieren, Antworten
3. Werten
4. Aufbau einer Werthierarchie
5. Charakterisierung eines Verhaltens durch Werte

Die kognitiven Ziele werden nach zunehmender *Komplexität* der Leistung angeordnet (Bloom 1956):

1. Wissen (Kenntnisse)
2. Verständnis (Übersetzen, Interpretieren, Extrapolieren)
3. Anwendung (Problemlösen)
4. Analyse
5. Synthese (Kreativität)
6. Bewertung, Beurteilung

In den amerikanischen Originaltexten werden zu jeder Kategorie Unterkategorien definiert, bei der Wissensstufe sogar Unterunterkategorien. Diese Spezifizierungen sind sicher nützlich für das Verständnis dessen, was jede Kategorie umfaßt, sie täuschen jedoch andererseits eine mögliche Präzision vor, die vermutlich utopisch ist.

Zweck der Taxonomie:

— Leichtere Kommunikation über Ziele
— Beurteilen von schriftlichen und mündlichen Prüfungen
— Anreiz zur Untersuchung des Lernprozesses

Grenzen der Taxonomie:

— Es werden nur Ziele eingeordnet, nicht jedoch Methoden, Medien und Inhalte. Ebenso sagt die Taxonomie noch nichts über die „Interdependenz" dieser Faktoren. Ob die Kategorien in der vorgegebenen Form für alle Studienfächer gleichermaßen brauchbar sind, muß noch untersucht werden. Man sollte hier pragmatisch verfahren, und die Kategorien teils übernehmen, teils modifizieren, wobei natürlich der Zusammenhang innerhalb eines Faches (psycho-)logisch konsistent bleiben muß.

— Sie ist nicht anwendbar auf allgemein formulierte Erziehungspläne, die Formeln wie z. B. „aufgeklärter Bürger" enthalten.

— Das von Pädagogen nicht gewünschte Verhalten ist in der Taxonomie nicht enthalten, wie z. B. Angst oder Desinteresse. Für den Psychologen, der am Verhalten allgemein interessiert ist, ist sie deshalb – insbesondere im affektiven Bereich – unvollständig.

Beschreibung der Kategorien des kognitiven Bereichs:

Um einen Eindruck von der Hierarchie im kognitiven Bereich zu geben, werden hier die sechs Hauptkategorien in Anlehnung an die Zusammenfassung Blooms (1956, 201 f.) und die Darstellung von Rumpf (1970, 172 f.) erläutert:

— *Wissen* (knowledge): Das Erinnern von Fakten, Begriffen, Methoden, Strukturen und Verfahrensweisen wird als Wissen bezeichnet, wobei hier etwas mehr verlangt wird als das (festgelegte) Reagieren (= Antwort) auf einen Reiz (= Frage). Auch das Antworten auf eine dem Sinn nach gleiche, im Wortlaut aber verschiedene Frage gehört noch zu dieser Kategorie, die von den restlichen fünf, die unter der Überschrift *Fertigkeiten und Fähigkeiten* stehen, abgehoben ist.

— *Verständnis* (comprehension): Hierzu ist eine Verarbeitung der gegebenen Information notwendig. Der Student muß die Information erfassen, d. h. mit seinem eigenen Begriffssystem in Verbindung bringen können. Hier werden Unterkategorien der Übersetzung, Interpretation und Extrapolation unterschieden. Diese Kategorie entspricht der untersten Stufe des umgangssprachlichen „Verstehens".[1] Es wird also noch kein Umstrukturieren oder grundlegendes Analysieren des Materials notwendig.

— *Anwendung* (application): Auf dieser Stufe sollte der Student ihm neue und unvertraute Situationen bewältigen können, diese Stufe entspricht dem psychologischen „Problemlösen". Bisher Undurchschau-

[1] Mit „Verstehen" ist hier also nicht die Zentralkategorie der geisteswissenschaftlichen Pädagogik (im Sinne von Dilthey) gemeint, sondern eine kognitive Leistung, die der dargestellten Kategorie „Verständnis" entspricht.

tes muß derart (in der Terminologie der Gestaltspsychologie) umstrukturiert werden, daß es mit bekannten Regeln, Theorien und Prinzipien geistig verarbeitet werden kann.

— *Analyse* (analysis): Ein vorgegebenes Material muß in seine es konstituierenden Elemente zerlegt werden und Beziehungen zwischen diesen Elementen müssen aufgezeigt werden können. Hier wird das vorgegebene Material distanzierter und bewußter verarbeitet als bei der Kategorie Verständnis.
— *Synthese* (synthesis): Teile sollen zu einem Neuen zusammengefügt werden. Hierzu gehören die Fähigkeiten des kreativen und produktiven Denkens.
— *Bewertung, Beurteilung* (evaluation): Nach vorgegebenen oder selbstgewählten Kriterien soll ein Inhalt beurteilt werden können. Es geht etwa darum, eine Arbeit nach bestimmten Wertmaßstäben (Logik und theoretische Prämissen) zu bewerten und zu beurteilen.

Zur Anwendung der Taxonomie:
Wie kann man nun aber die beobachtbaren Verhaltensformen eines Menschen nach diesen Kategorien einordnen? Es ist ja einem Studenten nicht anzusehen, ob er etwas auswendig Gelerntes wiedergibt oder kreative Leistungen erbringt. Genau genommen müßte man den nicht beobachtbaren Denkprozeß sichtbar oder hörbar machen können. Dann könnte man sagen, daß eine Antwort, die durch ein Umformulieren der Frage, das Suchen nach Regeln zur Lösung und das Anwenden der richtigen Regel zur Lösung zustande kommt, der Kategorie „Anwenden“ zugeordnet werden kann. Eine Ermittlung der Denkvorgänge in dieser Weise wird nur in seltenen Fällen möglich sein und ist auch dann noch mit einigen Unsicherheiten verbunden.

Man erschließt die Komplexität des Denkens deshalb meist indirekt aus einer (nachträglichen oder gleichzeitigen) Befragung, aus schriftlichen Notizen oder aus der Beobachtung (beim Problemlösen folgt einem längeren offensichtlich ergebnislosen Nachdenken manchmal plötzlich ein sog. „Aha-Erlebnis“). Sofern diese Methode auch nicht möglich ist, kann man über die Kenntnis des zurückliegenden Lernprozesses und einigen Annahmen über die Art der Aufgabenbearbeitung die Komplexität einer Leistung einschätzen.

Wollte man exakt sein, müßte der je individuelle Lernweg zur Taxonomie herangezogen werden. In der Praxis wird man sich mit pauschalen Annahmen über den Lernweg und die Art des Denkens bei einer Gruppe von Studenten begnügen müssen. Wie unter solchen Voraussetzungen eine taxonomische Analyse möglich ist, zeigt sich in einer Anwendung dieser Kategorien auf die Aufgaben im Quadriga-Funkkolleg Erziehungswissenschaft (Glück 1972).

Theoretische Probleme

Daß die Taxonomie nach Frey – wie oben schon vermerkt – eher ein Instrument als eine Theorie darstellt, dürfte daran liegen, daß die Kategorien primär nach pädagogischen Gesichtspunkten ausgesucht wurden und die psychologische Konsistenz der Taxonomie, sofern sie ursprünglich überhaupt von den Autoren angestrebt wurde, nicht erreicht wurde. Ausubel hat mit seiner Theorie des bedeutungsvollen (meaningful) Lernens eine Möglichkeit gezeigt, in „roher Übereinstimmung" mit taxonomischen Begriffen ein stringentes System hierarchischer Lernleistungen darzustellen (Ausubel und Robinson 1969, 37):

— Namen lernen (representational learning, naming)
— Begriffsbildung (concept formation)
— Begriffsassimilation (concept assimilation)
— Gesetz- bzw. Regellernen (proposition learning)
— Problemlösen (problem solving)
— Kreativität (creativity).

Lerntypen nach Gagné

Robert M. Gagné hat „eine Taxonomie von acht Lernarten und deren Bedingungen" zusammengestellt, „die eklektisch und ohne überhöhte theoretische Ansprüche von der Fülle der vorliegenden lernpsychologischen Kenntnisse Gebrauch macht. Als allgemeinste und nicht genug zu betonende Einsicht geht daraus hervor, daß Lerngegenstände *hierarchisch* strukturiert sind und daher am Beginn jedes Unterrichtsvorhabens eine Analyse stehen sollte, welche *Voraussetzungen* erfüllt sein müssen und in welcher Weise die Lernschritte aufeinander aufbauen" (Heinrich Roth im Vorwort zu Gagné 1969, 8).

Die acht Lernarten sind:

Typ 1: Signallernen
Typ 2: Reiz-Reaktions-Lernen
Typ 3: Kettenbildung
Typ 4: Sprachliche Assoziation
Typ 5: Lernen multipler Diskriminationen
Typ 6: Begriffslernen
Typ 7: Regellernen
Typ 8: Problemlösen

Hier werden Gagnés Hierarchie und ihre Anwendungsmöglichkeiten aus zwei Gründen nicht näher dargestellt:

— Sie differenziert zwar sehr stark für Bereiche des elementaren Lernens (z. B. beim Spracherwerb des Kindes und beim Erlernen elementarer Kulturtechniken) weniger jedoch im Bereich des Lernens an der Hochschule, wofür im wesentlichen die Typen 6 bis 8 relevant sind.
— Die didaktischen Regeln, die sich aus Gagnés Ansatz gewinnen lassen, müßten für jeden konkreten Inhalt und jede Lernstufe erst auf ihre Nützlichkeit geprüft werden, da die lernpsychologischen Befunde, auf die Gagné viele seiner Ausführungen aufbaut, sich bisher weitgehend auf Tierversuche und einfache menschliche Leistungen, wie z. B. das Erlernen von Folgen sinnloser Silben, stützen (vgl. Messner 1970, 778).

In der künftigen hochschuldidaktischen Forschung wird sich möglicherweise zeigen lassen, daß eine der erwähnten Lernzieltheorien gegenüber allen anderen sich als vorteilhaft erweist. Es kann sich aber auch herausstellen, daß – nach Modifikationen der Theorien – jede Theorie für ein bestimmtes Anwendungsgebiet oder eine bestimmte Fragestellung besonders geeignet ist. In welcher Richtung diese Vorzüge liegen, läßt sich auf Grund der bisherigen Forschungen noch nicht sagen. Dazu fehlt es an Untersuchungen, in denen eine der erwähnten Lernzieltheorien konsequent der hochschuldidaktischen Projektarbeit zugrunde gelegt worden wäre.

II

FORSCHUNGSINSTRUMENTE

1. Vorbemerkungen[1]

Das begriffliche, methodische und technische Instrumentarium einer Forschungsrichtung muß deren Gegenstand angemessen sein.

Unser Gegenstand ist der Hochschulunterricht. Ein Objekt, dessen Konstitutiva sich immer in Wechselbeziehungen durchdringen und Prozeßcharakter haben, auch wenn sie vielfach als eigenständige Elemente hervorgehoben und als stationäre Zustände beschrieben werden müssen.

„Hochschulunterricht" bedeutet mindestens zweierlei: Zum einen kann die Hochschule als Unterrichtssystem im ganzen angesprochen sein, das es zu analysieren und gegebenenfalls durch die Analyse zu verändern gilt. In dieser Perspektive wird etwa die Interdependenz von Forschung und Lehre zum Problem, oder auch die Bindung von Lehre und Studium an hochschulpolitische und gesellschaftliche Trends. Für Untersuchungen in dieser Richtung sind angemessene Modelle und Verfahren erst noch zu entwickeln.

Zum anderen zielen hochschuldidaktische Analysen auf spezielle und fachspezifische Unterrichtssysteme in der Hochschule ab. Für eine solche Unterrichtsforschung in einem engeren Sinn steht heute ein schon recht reichhaltiges Instrumentarium zur Verfügung. Es wird vornehmlich von der empirischen Didaktik, Psychologie und Soziologie angeboten.

Aus diesem Angebot sind im vorliegenden Kapitel die Verfahren ausgewählt, die uns als die für empirische Untersuchungen wichtigsten erscheinen: Beobachtung, Interview, Fragebogen und lernzielorientierter Test[2].

[1] Diese Vorbemerkungen wollen nicht nur zum Problem der instrumentellen Ausstattung der hochschuldidaktischen Forschung überleiten, sondern auch einen gerafften, einleitenden Überblick über die Funktionen heute verfügbarer Instrumente geben. Dementsprechend werden hier schon Einsatzweisen und Gütekriterien angedeutet, welche in den nachfolgenden Abschnitten eingehendere Behandlung erfahren.

[2] M. E. müßte es zutreffender „lehrzielorientierter Test" heißen, da ja durchweg Ziele des *Lehrenden*, von denen man nicht weiß, ob sie sich zu Zielen des *Lernenden* umgesetzt haben, in die Form von Tests gebracht werden. Um den Leser nicht zu verwirren, soll hier der in der didaktischen Literatur verbreitete Begriff „lernzielorientierter Test" beibehalten werden.

Sie alle sind ihrem Gegenstand insofern angemessen, als sie – in verschiedener Weise – das *Verhalten* von Personen, die irgendwie an einem Unterricht beteiligt sind, zu ermitteln gestatten. Ohne behavioristisch in Reiz-Reaktions-Schemata zu denken, kann man doch sagen, daß sich Unterrichtsverläufe und -wirkungen, ja sogar Unterrichtsintentionen letztlich in nichts anderem als im *Verhalten* äußern.

Der vielleicht naheliegende Verdacht, hier handele es sich ja doch um einen platten Behaviorismus, der dem lernenden *Menschen* und dem Lehrenden nicht adäquat sei, soll durch ein Beispiel, das für alle anderen steht, abgewehrt werden: Wollen wir die didaktisch sehr relevante Frage klären, wie ein bestimmter Unterricht auf die Lernmotivation wirkt, so stehen uns dazu die Beobachtung, die Befragung und auch einige motivationserhebende Tests zur Verfügung. Was immer wir aber nun damit ermitteln und festhalten, spontane Äußerungen oder Reaktionen der Lernenden auf unsere Fragen oder Tests, ist nicht „die Lernmotivation" selbst, sondern irgendein Verhalten, das wir als Ausdruck der Motivation *deuten*. „Lernmotivation", „Intelligenz", „Leistung", „Eignung", „Neigung" oder auch „Verständnis", „Kreativität", „Fähigkeit" und dergleichen sind sinnvolle und relevante Deutungen je bestimmten Verhaltens, aber nie als solche unmittelbar zu erkennen. Es sind „Eigenschaften", die wir aus dem Verhalten folgern. Diese Folgerungen sind nicht logisch-deduktiv, sondern sind an unsere begrifflich fixierte Vorstellungswelt, an mehr oder weniger bewährte Modellvorstellungen gebunden. Dem, der sich in bestimmter Weise verhält, legen wir Eigenschaften zu. Diese werden nach dem Fachjargon hypothetische Konstrukte genannt.

Was heißt „Verhaltensermittlung"?

„Verhalten" nennen wir jede überhaupt wahrnehmbare Äußerung einer Person, also etwa Armbewegung, Seitenblick und Stoßseufzer ebenso wie Sprechen, Schreiben oder Musizieren. Für die Unterrichtsforschung ist es sogar zweckmäßig, den Verhaltensbegriff auszudehnen auf „Werke", „Leistungsprodukte" etc. einer Person. Dazu wieder ein Beispiel:

Ein Lernleistungstest wird einer Studentengruppe am Ende einer Unterrichtseinheit zur Bearbeitung vorgelegt. Beobachtet man diese Gruppe nun während ihrer Arbeit am Test, so nimmt man *direkte* Verhaltensäußerungen wahr. Wertet man danach die Testexemplare aus, um Leistungen zu ermitteln, so geschieht das an Hand *indirekter* Verhaltensäußerungen, nämlich der in den Testheften schriftlich fixierten Antworten der Studierenden.

Für indirekte Verhaltensäußerungen findet sich im angelsächsischen Sprachbereich der treffende Ausdruck „frozen behavior".

„Ermittlung" nennen wir die mehr als nur inzidentelle Wahrnehmung, nämlich die intentionale, gezielte Wahrnehmung. Diese ist nicht nur durch ihre Zielgebundenheit charakterisiert, sondern auch dadurch, daß das Wahrgenommene implizit oder explizit eine Deutung erfährt. Überdies grenzt die Intention eine Wahrnehmung ein.

Mit anderen Worten: Wird ein Verhalten ermittelt, so gelangt nicht „das Verhalten" schlechthin, sondern nur eine je nach der Intention des Wahrnehmenden bestimmte Auswahl von Verhaltens*merkmalen* zur Wahrnehmung. Und diese Merkmale werden nach bestimmten Zwecken oder Gesichtspunkten, die dem Ermittlungsziel mehr oder weniger adäquat sind, gedeutet, eingeschätzt, bewertet.

Verhalten als Aktion und Interaktion

Direkte Verhaltensäußerungen brauchen nicht immer nur als Aktionen einzelner Personen gesehen werden. Für die Hochschuldidaktik ist es oft relevanter, das Verhalten von Gruppen und das Wechselspiel der interpersonalen Verhaltensäußerungen in Gruppen zu ermitteln. Man denke nur an den für den Unterricht geradezu konstitutiven Verhaltensaustausch zwischen Lehrenden und Lernenden oder an Interaktionen zwischen Lernenden etwa bei Gruppenarbeiten oder schließlich an die heute noch weithin ungewohnten Interaktionen zwischen Lehrenden z. B. beim Teamteaching.

Von Interaktion sprechen wir in diesem Zusammenhang (im Unterschied zur Terminologie des didaktischen Experiments; vgl. Kapitel III), wenn das Verhalten einer Person oder Gruppe auf das Verhalten einer anderen Person oder Gruppe einwirkt und umgekehrt.

Interaktionen bedürfen (wie auch Verhaltensäußerungen, die sich in Aktionen und „Werken" manifestieren) des Mediums. Neben den *personalen* Medien, also den leiblich-sensorisch-psychischen Kommunikationsmitteln der Personen, werden für den Hochschulunterricht die *apersonalen* Medien immer bedeutsamer. Dazu zählen erstens Kommunikationsmedien, die Informationen nur *übertragen* wie etwa der Rundfunk und Fernsehen in Lifesendungen, zweitens die Medien, welche Informationen auch *speichern* wie z. B. Ton- und Bildaufzeichnung und schriftliches Unterrichtsmaterial, drittens solche Medien unterrichtlicher Kommunikation, die Informationen *verarbeiten* und produzieren, so der Computer.

Ist der Verhaltensaustausch zwischen Personen lediglich an personale Medien gebunden, so haben wir es mit *direkter* Interaktion zu tun. Dagegen liegt irgendeine Form der *indirekten* Interaktion vor, wenn die Kommunikation zwischen Personen von apersonalen Medien mitgetragen wird.

Die systematische *Beobachtung* ist ganz besonders zur Ermittlung direkter Verhaltensäußerungen in Form der Aktion und Interaktion geeignet, hat aber auch ein sehr weites Anwendungsfeld bei indirekten Interaktionen und bei der Erfassung von Reaktionen der Person und der Gruppe auf die Information seitens apersonaler Medien jeder Art.

Verhalten als Zustand und Abfolge

Verhaltensäußerungen können als Zustände und als Abfolge untersucht werden. Der *Zustand* oder das momentan geäußerte Verhalten wird häufig mit dem Test ermittelt. Der Test ruft bestimmte Reaktionen des Probanden hrvor, die als indirektes Verhalten im Testheft und dergleichen fixiert oder auch als direkte Äußerungen in zusätzlichen Beobachtungen oder Befragungen festgehalten werden können. So ermittelte Verhaltensäußerungen werden z. B. als Indikatoren und Prädiktoren für unterrichtsrelevante „Leistungen", „Eignungen" und dergleichen gedeutet und nach ihrem individuellen Ausprägungsgrad bewertet.

Auch das Interview ruft direktes Verhalten hervor, das vom Interviewer fixiert und etwa als Ausdruck von Einstellungen, Meinungen, Haltungen etc. interpretiert wird. Ähnliche Funktionen hat der Fragebogen, der überdies besonders zu statistischen Erhebungen von Personalien und Populationsstrukturen geeignet ist. Er erfaßt indirektes Verhalten, was insofern von Bedeutung ist, als hier im Unterschied zum Interview bei mehrdeutigen oder unklaren oder maskierten Reaktionen nicht sofort nachgefragt werden kann.

Den *Verlauf* oder die fließende Veränderung eines Verhaltens ermittelt man zumeist mit Beobachtungsverfahren, manchmal auch mit Testsequenzen, seltener mit retrospektiven Befragungen.

Die Beobachtung ist am ehesten dazu geeignet, „natürliches" Verhalten sozusagen mitlaufend aufzuzeichnen, ohne es zu unterbrechen oder zu beeinflussen.

Verhaltensermittlung durch Unterrichtspartner oder durch Dritte

Das Verhalten von Lehrenden und Lernenden während des Unterrichtsverlaufs kann durch diese Unterrichtspartner selbst oder auch durch Dritte systematisch ermittelt werden.

Für Untersuchungen direkter *Interaktionen* sind Personen erforderlich, die weder die Rolle des Lehrenden noch die des Lernenden tragen und deren Hilfsmittel nicht zugleich Unterrichtsmittel sind. Hingegen sind für Untersuchungen relativ isolierter Aktionen oder Reaktionen neben Dritten auch die Unterrichtspartner selbst geeignet. Ihre „Ermittlungsinstrumente" können zugleich Unterrichtsmedien sein.

Das ist formell für den Lehrenden schon dadurch realisiert, daß er unterweist und prüft; in der Prüfung, die ja Elemente der Beobachtung, Befragung und des Tests enthält, ermittelt der Lehrende Verhalten der Lernenden und setzt es in Beziehung zur Unterweisung, d. h. zur *Vermittlung* von Verhalten. Eher informell und willkürlich ist für den Lehrenden die Rückführung des ermittelten Verhaltens Lernender auf sein eigenes Verhalten in Unterweisung und Prüfung. Diese Rückkoppelung könnte nicht zuletzt durch hochschuldidaktische Untersuchungen zur formellen Funktion der Prüfung werden (vgl. Rütter 1971, 81 ff.).

Andererseits ist es denkbar – wenn auch bisher nicht oder allenfalls informell realisiert –, daß der Lernende das Verhalten des Lehrenden durch systematische Beobachtung oder auch Befragung oder gar Tests untersucht.

Formell, wenn auch mit Ausnahme der programmierten Unterweisung noch wenig systematisch ausgebaut, hat der Lernende heute eher die Möglichkeit, in der Selbstbeobachtung und Selbstprüfung das Eigenverhalten zu ermitteln und diese Ermittlung wieder auf das Eigenverhalten rückzubeziehen.

Die didaktische Funktion der Verhaltensermittlung besteht darin, zu messen, wieweit ein als erwünschtes Verhalten definiertes und durch Unterweisung zu vermittelndes Lehrziel erreicht worden ist, und damit Lernenden wie Lehrenden Rückinformation zur Korrektur ihres Verhaltens auf dem weiteren Weg zu diesem Ziel und zu daran gebundenen weiterführenden Zielen zu geben.

Hier ist nicht behauptet, die Ermittlung des Verhaltens der Unterrichtspartner diene der Revision des Unterrichtszieles selbst. Ob Beobachtung, Befragung und Test zur Zielkorrektur dienen können, sei dahingestellt.

Behauptet ist lediglich, die Ermittlung des (interaktiven oder aktiven, direkten oder indirekten) Verhaltens der Unterrichtspartner diene der Revision des Unterrichtsweges zu bestimmten Zielen hin. Damit ist die Revision der Themen, Methoden und Medien, der raumzeitlichen und auch der personellen Organisationsbedingungen und somit auch der Formen des Unterrichts gemeint.

Gütekriterien von Instrumenten der Verhaltensermittlung

Welche Gütekriterien müssen Instrumente hochschuldidaktischer Verhaltensanalysen erfüllen?

Die drei entscheidenden *diagnostischen* Gütekriterien sind hier wenigstens anzudeuten:

— *Validität* (oder Gültigkeit)
Ein Verfahren ist dann valide oder gültig, wenn es das Verhalten, das es ermitteln soll, auch nachweisbar ermittelt.

Eine Befragung wäre z. B. dann wenig valide, wenn sie die Einstellungen der Befragten zu einem Unterrichts*thema* zu erheben hätten, de facto aber auch implizit und unbeabsichtigt und unaufgedeckt deren Einstellungen zu *Personen* miterhöbe, die dieses Thema unterrichten.

— *Reliabilität* (oder Zuverlässigkeit)
Ein Verfahren ist dann reliabel oder zuverlässig, wenn es das Verhalten, was es faktisch ermittelt, *genau* ermittelt, ohne Rücksicht darauf, was dieses Verhalten ist.

Am einfachsten läßt sich das mit dem Test verdeutlichen: „Im weitesten Sinne betrifft Reliabilität den Grad, in dem die interindividuelle Streuung der Testergebnisse durch ‚wahre' interindividuelle Unterschiede erklärbar ist, also nicht zufallsbestimmt ist" (Michel 1964, 35 f.).

— *Objektivität*
Ein Verfahren ist dann objektiv, wenn es in seiner Durchführung und in seiner Auswertung von subjektiven Einflüssen der Personen, die mit ihm ein Verhalten ermitteln, frei bleibt.

Die systematische Beobachtung eines bestimmten, gleichen Verhaltens wäre z. B. wenig objektiv, wenn verschiedene Beobachter zu unterschiedlichen Ergebnissen kämen. Es wäre auch dann wenig objektiv, wenn die Beobachter zwar zu gleichen Ergebnissen oder Rohdaten kämen, diese dann aber unterschiedlich interpretieren würden.

Der theoretische Gehalt und die Interdependenz der angedeuteten Gütekriterien kann hier nicht ausgebreitet und problematisiert werden. Es gibt mehrere Arten der Validität, der Reliabilität und auch der Objektivität. Etwas näher wird in den weiteren Abschnitten dieses Kapitels darauf eingegangen.

Neben den *diagnostischen* sind in der Unterrichtsforschung auch *didaktische* Gütekriterien zu beachten, die Beobachtung, Befragung und Test aufweisen sollten. Man kann sie in ein Prinzip zusammenfassen: Didaktische Valenz hat ein Verfahren der Ermittlung von Verhalten in dem Maße, wie es die vom jeweils zu untersuchenden Unterricht intendierte *Vermittlung* von Verhalten unverfälscht läßt. Grober: Unterricht als Gegenstand der empirischen Untersuchung darf von den Untersuchungsverfahren nicht beeinträchtigt werden. Die Verfahren sind mit Taktgefühl einzusetzen und sollen nicht demotivierend wirken. Sie sind zu rechten Zeitpunkten und in angemessenen, nicht zu langen Zeitspannen zu verwenden und sollen nie als störende Fremdkörper oder unzumutbare Belastungen auf die Unterrichtspartner wirken.

Zur Interdependenz von Gegenstand und Instrument einer Untersuchung

Wir gingen bisher davon aus, daß Untersuchungsinstrumente dem Untersuchungsgegenstand adäquat sein müssen. Diese Forderung wirft aber eine Frage auf. Welchen heuristischen Wert hat die Vorstellung, a priori trete ein „Gegenstand" als ein Problem in unser Bewußtsein und a posteriori seien adäquate Hilfsmittel zur Erkundung dieses Gegenstandes zu entwickeln oder auszuwählen? Ist es nicht fruchtbarer, von einem konträren Denkmodell auszugehen, wonach wir zuerst über gewisse Methoden und Instrumente verfügen, mit deren Hilfe wir dann erst Forschungsgegenstände hervorbringen oder Probleme produzieren?

Die Dialektik einer solchen Fragestellung soll hier nicht weitergetrieben, sondern nur zu einer vorläufigen Synthese gebracht werden: Gegenstände und Instrumente hochschuldidaktischer Forschung hängen wechselseitig voneinander ab.[1] Es genügt wohl, daß der Leser sich diese Interdependenz als ein Motiv seiner wissenschaftstheoretischen Reflexion bewußt hält, wenn er das vorliegende Kapitel durchgeht.

Eine Bemerkung noch zum Instrumentarium selbst. Verfahren und Medien empirischer Untersuchungen sind nie im ersten Entwurf schon „fertig". Sie sind es auch nicht nach einer beliebig großen Zahl von Revisionen. Ebenso wie die hinter ihnen stehenden Begriffe, theoretischen Konzepte und Modelle und die wiederum hinter diesen wirkenden erkenntnisleitenden und innovationsfordernden Interessen haben sie offen zu bleiben für die aus der systematischen oder unvermuteten Erfahrung auf sie zurückwirkenden Einflüsse.

Erst wenn in diesem Sinne die Hilfsmittel zur Ermittlung und zweckgebundenen Bewertung von Verhalten ihrerseits der permanenten kritischen Bewertung unterzogen sind, können wir die nachfolgenden Abschnitte als einen Beitrag zur didaktischen Evaluation verstehen.

[1] Ein Beispiel für die Definition eines Forschungsgegenstandes durch das Forschungsinstrument: „Intelligenz"kann man sehr weit und auch sehr eng fassen! Setzt man in einer didaktischen Untersuchung einen der verschiedenen vorliegenden Intelligenztests ein, so ermittelt man nicht „die" Intelligenz, sondern nur solche ihrer Dimensionen, wie sie durch die jeweiligen Testaufgaben angesprochen werden. Der Untersucher mag von Intelligenz schlechthin sprechen. Er trifft diesen Gegenstand seiner Untersuchung aber nur so, wie sein Instrument diesen Gegenstand vorweg definiert. Selbstverständlich gilt das generell und nicht nur für Instrumente mit geringer Validität.

2. Methoden der Beobachtung

Zweck der Beobachtung

Mit Tests lassen sich kognitive Leistungen sowie Einstellungen und Interessen messen.[1] Wenn sich das Lernziel auf vorwiegend psycho-motorische Fertigkeiten und die Fähigkeit zur Kommunikation bezieht, ist eine Beobachtung die angemessene Methode zur Messung des individuellen oder – wenn eine Gruppe als Ganzes interessiert – kollektiven Lernerfolgs. Es ist allerdings anzumerken, daß zur Diagnostik sozialer Beziehungen z. Z. ein noch relativ wenig entwickeltes Instrumentarium (im Vergleich zu den Intelligenz- und Leistungstests) zur Verfügung steht (vgl. Spitznagel 1964, 805).

Man verwendet in der Regel die Methode der Beobachtung, wenn der Untersuchungsgegenstand das direkte Verhalten ist. Es ist im Einzelfall schwer zu beurteilen, ob eine andere Erhebungsmethode (Fragebogen, Interview oder Test) validere, d. h. dem Untersuchungsziel besser entsprechende Ergebnisse bringt. Oft wird eine Beobachtung einer Testkonstruktion vorangehen; denn bereits mit einer wenig strukturierten Beobachtung kann man geeignete Methoden der Leistungserfassung identifizieren und mögliche Umwege über ungeeignete Methoden vermeiden.

Als Ergänzung zu einem Test ist eine Beobachtung des Unterrichts, auf den der Test sich bezieht, unumgänglich, wenn man – in einem Experiment zum Beispiel – ermitteln will, ob geplanter und realisierter Unterricht übereinstimmen oder wenn man die Aufgaben eines Tests taxonomisch klassifizieren will.

Kurze Definition der (wissenschaftlichen) Beobachtung

Nach Jahoda – Deutsch – Cook (1966, 77) sollen im wesentlichen vier Kriterien für eine wissenschaftliche Beobachtung beachtet werden:

— Sie dient einem bestimmten Forschungszweck.
— Sie ist systematisch geplant und bleibt nicht dem Zufall überlassen (obwohl auch durch ungeplantes Beobachten wissenschaftliche Entdeckungen von großem Wert gemacht werden können).
— Sie wird systematisch aufgezeichnet und auf allgemeinere Urteile bezogen.

[1] Diese Einschränkung gilt nur für den Bereich didaktischer Forschung. In der psychologischen Diagnostik werden Tests für einen weit größeren Anwendungsbereich eingesetzt (vgl. Heiss 1964).

— Sie wird wiederholten Prüfungen und Kontrollen hinsichtlich ihrer Gültigkeit, Zuverlässigkeit und Objektivität unterworfen.

Nach Scheuch (1958, 210) ist eine Beobachtung „die planmäßige Erfassung sinnlich wahrnehmbarer Tatbestände, wobei der Forscher dem Untersuchungsobjekt gegenüber eine rezeptive Haltung einnimmt. Durch diese rezeptive Haltung unterscheidet sich die Beobachtung sowohl vom Interview wie auch vom Experiment, indem nämlich darauf verzichtet wird, durch verbale und andere Reize die erwünschten Reaktionen hervorzurufen."

Bei Beobachtungsmethoden wird eine Reduktion derart vorgenommen, daß nur die Aspekte des Verhaltens protokolliert werden, die – der Fragestellung entsprechend – als relevant angesehen werden. Bei Tests wird zwar auch nur ein Ausschnitt des Verhaltens gemessen, jedoch geschieht dies bei Tests derart, daß durch gezielte Reize (im allgemeinen: Aufgaben) das als relevant angesehene Verhalten hervorgerufen und – oft von den untersuchten Personen selbst – aufgezeichnet wird.

Klassifikation und Beschreibung verschiedener Methoden

Die Erfüllung der oben angeführten vier Kriterien einer wissenschaftlichen Beobachtung wird bei den aufgeführten Methoden nicht im gleichen Maße möglich sein. Bei Untersuchungen im „Feld" wird in der Regel die Objektivität und Zuverlässigkeit der Beobachtungsprotokolle nicht so groß sein wie in der Laborsituation, während die Übertragbarkeit der Beobachtungsergebnisse auf die hochschuldidaktische Praxis bei Feld-Beobachtungen besser möglich ist.

Eine Einteilung der Beobachtungsverfahren kann nach verschiedenen Gesichtspunkten erfolgen:

1. nach dem zeitlichen Arrangement
   — gelegentliche, anekdotische Beobachtung,
   — systematische Kurzzeitbeobachtung,
   — Längsschnittbeobachtung (mit/ohne Unterbrechung);
2. nach der Situation, in der sich die Beobachteten befinden
   — standardisierte Laborsituation (damit ist eine optimale Kontrolle und Herstellung experimentell erzeugter Variablen möglich).
   — (nicht standardisiertes sog.) „Feld"; d. h. die Beobachteten werden in einer normalen alltäglichen Lage beobachtet;
3. nach der Stellung des Beobachters zu den Vpn
   — teilnehmend; d. h. bewußte und systematische Teilnahme (soweit dies die Umstände erlauben) an dem aktiven Leben sowie gelegentlich an den Interessen und Empfindungen einer Gruppe von Personen. Zweck: Die Vpn sollen sich nicht beob-

achtet fühlen, damit keine Verfälschung durch den als Kontrolle empfundenen Beobachter stattfindet,
- im gleichen Raum wie die Vpn, jedoch mit der Anweisung, möglichst wenig Kontakt mit den Vpn aufzunehmen,
- nicht im gleichen Raum (z. B. hinter einer Einwegsichtscheibe oder durch Auswertung von Ton- und Bildbandaufzeichnungen);

4. nach den Hilfsmitteln für die Aufzeichnung der Beobachtung
   - keine Hilfsmittel („freier" Bericht),
   - Protokollbogen (wie z. B. für die Interaktions-Analyse nach Bales, vgl. S. 64),
   - Protokollbogen, deren Zeitablauf durch mechanische Apparate fixiert wird,
   - Ton- und Bildband, die eine beliebige Wiederholung des einmal aufgezeichneten Verhaltens erlauben;
5. nach den Handlungsanweisungen an den Beobachter, d. h. welche Reduktion er vorzunehmen und zu protokollieren hat
   - Zeichensysteme. Der Beobachter hat das Auftreten eines vorher genau festgelegten Ereignisses aufzuzeichnen, z. B. die Häufigkeit und Dauer der Redezeit jeder Vp,
   - Kategoriensysteme, wobei jedes Verhalten daraufhin eingeschätzt werden muß, in welche der vorgegebenen Kategorien es am besten paßt. Ein Beispiel dafür sind die Kategorien von Bales zur Analyse der Interaktion.[1] Die Leistung dieses ausgefeilten Systems für die Beobachtung von Lernprozessen ist allerdings noch offen,
   - Schätzskalen (Rating-Verfahren). Der Beurteiler muß hier den Grad der Ausprägung bestimmter Eigenschaften einschätzen, z. B. auf einer 5er Skala das Ausmaß der konflikt-hervorrufenden Beiträge jeder Vp, wobei nur die beiden Pole der Skala qualitativ beschrieben werden:

	1	2	3	4	5	
paßt sich an, vermeidet Konflikte						paßt sich nicht an, ruft Konflikte hervor

Diese fünf Klassifikationsgesichtspunkte (1 bis 5) sind natürlich nicht unabhängig zu wählen. So ist z. B. eine Längsschnittbeobachtung nur im Feld sinnvoll möglich und dazu wird man meistens einen teilnehmenden Beobachter verwenden. Auch sind die Kategorien nicht vollständig disjunktiv: Zwischenformen sind z. B. denkbar bei der teilnehmenden/nicht teilnehmenden Beobachtung. Bei den Hilfsmitteln ersetzen Ton- und Bildband die Protokollfragen nicht, sie erlauben nur, daß das Protokollierte besser nachgeprüft werden kann.

[1] Vgl. Abschnitt 3 dieses Kapitels, S. 64.

Beobachtungsfehler

(nach Hasemann 1964, 825 ff. und nach Cranach/Frenz 1969, 273 ff.)

Da soziale Ereignisse meistens sowohl nach Art als auch nach Anfang und Dauer beurteilt werden müssen, ist die Aufgabe des Beurteilers sehr komplex, was zu beachtlichen Unterschieden in den Protokollen führen kann. Die Abweichungen verschiedener Beobachter bei demselben Objekt lassen sich insbesondere durch folgende Fehler erklären:

— *Information:* Verschiedenes Ausmaß der Information über die zu beurteilenden Vpn ändert die Aufzeichnungen.
— *Motivation* des Beurteilers: Hohe Motivation ist günstig, deshalb läßt man in der Regel die Beurteiler an der Ausarbeitung der Skala mitarbeiten.
— *Mildeeffekt:* Bekannte oder sympathische Vpn werden besser beurteilt als andere.
— Fehler der *zentralen Tendenz:* Er entsteht dann, wenn der Beobachter extreme Urteile vermeiden will und deshalb bei allen Vpn die mittleren Zahlen in einer Schätzskala bevorzugt.
— *Halo-(Lichthof)Effekt:* Thorndike nannte so die Tendenz, Teilurteile über eine Person aufgrund des allgemeinen Gesamteindrucks zu geben.
— *„Logische" Fehler:* Sie entstehen, wenn der Beurteiler meint, daß zwei Eigenschaften logisch zusammengehören und deshalb bei allen Vpn dafür ähnliche Wertungen gibt (Beispiel: Aktivität und Leistung).
— *Einstellungsfehler:* Sie ergeben sich, wenn der Beobachter meint, die Vpn wären ebenso geartet wie er selbst oder wenn er ihnen seiner eigenen Wesensart gegenteilige Eigenschaften zuschreibt und sie entsprechend klassifiziert.

Wegen dieser Fehleranfälligkeit ist es notwendig, die Beobachter sorgfältig zu schulen und die Zuverlässigkeit der Beobachtung (gemessen durch die Übereinstimmung zweier unabhängiger Beobachter) zu ermitteln.

Planung und Überprüfung einer Beobachtung

Meist werden sich erst bei der konkreten Arbeit im Beobachtungs-„Feld" die Gesichtspunkte herausstellen, die in einer spezifizierten Beobachtung systematisch zu erfassen notwendig ist. Deshalb ist es sinnvoll, sofern man nicht von einer anerkannten Theorie ausgeht oder eine ganz bestimmte Theorie widerlegen will, zunächst mit einer naiven, unsystematischen Beobachtung[1] zu beginnen. Schulz u. a. (1970, Sp. 645) unterscheiden in diesem Sinne drei zeitliche nacheinander folgende Stufen:

Naive Beobachtung

↓

Hypothesenbildung (mit Berücksichtigung eines theoretischen Bezugsrahmens)

↓

Systematische (bzw. wissenschaftliche) Beobachtung

Bevor die Ergebnisse einer systematischen Beobachtung interpretiert und die Hypothesen beibehalten oder verworfen werden, müssen die empirisch gewonnenen Daten – wie bei der Befragung und beim Test – auf Validität und Zuverlässigkeit geprüft werden (nach Schulz u. a. 1970, Sp. 657–661).

— Bei einer Prüfung der *Inhaltsvalidität* wäre festzustellen, ob die Beobachtungsmerkmale den in den Untersuchungshypothesen formulierten Begriffen entsprechen. Diese Aufgabe wäre möglichst von „Experten" vorzunehmen, die an der Planung der Untersuchung nicht direkt beteiligt waren.

— Die *empirische* oder *Kriterien-Validität* bezieht sich auf die Übereinstimmung der Beobachtungsergebnisse mit dem früher, gleichzeitig oder später mit anderen Methoden erfaßten Verhalten, wobei dieselbe oder eine vergleichbare Stichprobe verwendet werden kann.

— Die *Reliabilität* wird durch die Übereinstimmung verschiedener Beobachter zu verschiedenen Zeiten ermittelt. Die Reliabilität gibt also den Grad der Genauigkeit der Beobachter und den Grad der Situationsunabhängigkeit der Beobachtung (das letztere wird auch Stabilitätskoeffizient genannt) wieder.

Anwendungsbereich der Beobachtung in der Hochschuldidaktik

Beobachtungsverfahren können sich auf die vom Studenten zu erwerbenden Verhaltensformen beziehen. Das betrifft vor allem die Studiengänge, die direkt auf einen berufsqualifizierenden Abschluß vorbereiten. Aus der Fülle der möglichen Berufssituationen seien – ohne Anspruch auf Repräsentativität – einige genannt:

— Die Anamnese des Arztes am Krankenbett

[1] Damit soll nicht gesagt sein, daß eine unsystematische Beobachtung ohne gewisse theoretische Vorannahmen über den Untersuchungsgegenstand möglich ist.

— das Plädoyer eines Juristen vor Gericht
— die Verhandlungsleitung in einer Streitfrage (dürfte in allen Berufssparten vorkommen)
— die Katechese des Theologen
— das Entwickeln eines Gedankenganges (mit Tafelanschrieb) vor einer Schülergruppe
— das therapeutische Einzel- und Gruppengespräch
— die sachbezogene Teamarbeit.

Das Beobachtungsverfahren kann sich auch auf den Hochschulunterricht direkt beziehen mit dem Zweck, das Verhalten der Lehrenden, der Lernenden und deren Interaktion zu erfassen.

Man kann das in der Absicht tun, die Vorstellungen oder Vorbilder mit dem tatsächlichen Verhalten der Lehrenden und Lernenden zu vergleichen. Eine andere Fragerichtung ist gegeben, wenn Ursache und Wirkung des Verhaltens ermittelt werden sollen mit dem Ziel, Hypothesen über spezifische Gesetzmäßigkeiten zu prüfen.[1]

Angesichts dieser – vielleicht allzu große Hoffnungen weckenden – Perspektiven empirischer Forschung muß darauf hingewiesen werden, daß die Unterrichtsbeobachtung eine gegenüber Tests und Befragung noch wenig entwickelte Methode ist, von deren Anwendung zunächst noch keine schlüssigen „Beweise“ über die besten Methoden des Hochschullernens und -lehrens zu erwarten sind. Nach Auffassung des hochschuldidaktischen Ausschusses der Bundesassistentenkonferenz (Huber 1969, 9) sind Beobachtungsverfahren hier geeignet, auf „neuralgische Unterrichtssituationen“ angewandt zu werden und die Diskussion über bisher noch wenig erfaßte sozialpsychologische Kategorien in Gang zu bringen. In dieser Verwendung wären die Ergebnisse der Beobachtung nicht als *Beweis* sondern als *Hinweis* zu verwenden, und diese diagnostische Funktion der Unterrichtsbeobachtung könnte die Voraussetzung sein für eine „Therapie“ des Hochschulunterrichts.

3. Beispiele zu Beobachtungsverfahren

Vorbemerkungen

Die folgenden vier Beispiele sind aus dem Zusammenhang ihrer Verwendung herausgenommen und können als Kategorienraster allein nicht auf ihre Brauchbarkeit beurteilt werden. Ihre Darstellung hier ist nur gerechtfertigt durch die Absicht, dem Leser ein Bild davon zu geben, wie ein ent-

[1] Vgl. dazu Abschnitt III.

wickeltes Beobachtungsinstrument aussieht. Dahinter steckt manchmal eine lange – oft Jahre dauernde – Entwicklungsarbeit, die wiederum auf Theorien und Vorentscheidungen beruht, die hier auf kleinem Raum nicht wiedergegeben werden können.

Der jeweilige Anwendungs- und Aussagenbereich wird zu jedem Verfahren kurz skizziert. Beim zweiten Beispiel wird eine mögliche Codierung angegeben.

Schätzskala zur Ermittlung des Kontaktverhaltens bei Schülern in der Hauptschule von Dietrich (1969, 133)

Kontaktverhalten (Kontaktbereitschaft; Kontaktfähigkeit)

1. Beständig durchhaltender, dabei sehr intensiver Kontakt mit allen Gruppenmitgliedern (sehr gesellig; tiefe und intensive Mitschwingungsfähigkeit).
2. Intensiver Kontakt mit den anderen Gruppenmitgliedern meistens vorhanden; erkennbare Kontaktbereitschaft und Kontaktfähigkeit, jedoch ohne die Intensität, Nachhaltigkeit und Tiefe wie unter Punkt 1.
3. Kontaktverhalten nach Intensität und Dauer schwankend zwischen den Punkten 2 und 4; flache Intensität der Kontakte; flach mitschwingungsfähig.
4. Geringe Intensität und Nachhaltigkeit des Kontaktverhaltens; Kontakt besteht nur zu einem Gruppenmitglied; Rückzugstendenz; schüchtern; kontaktspröde, ist lieber für sich.
5. Sehr geringe Intensität und Nachhaltigkeit des Kontaktverhaltens; kontaktschwierig, kontaktgestört; sich verschließend; teilnahmslos.

Interaktionsanalyse nach Bales (1966)

Dieses Verfahren eignet sich zur Ermittlung der Sachbezogenheit und „Atmosphäre“ in Diskussions- und Problemlösegruppen bei verschiedenen Adressaten (Politiker, Lehrer, Hausfrauen, Jugendgruppen usw.).

Kategorien	Zeitablauf in Minuten (0 – 1 – 2)
1. *Zeigt Solidarität,* bestärkt den anderen, hilft, belohnt	
2. *Entspannte Atmosphäre,* scherzt, lacht, zeigt Befriedigung	B
3. *Stimmt zu,* nimmt passiv hin, versteht, stimmt überein, gibt nach	A
4. *Macht Vorschläge,* gibt Anleitung, wobei Autonomie des anderen impliziert ist	A C–A
5. *Äußert Meinung,* bewertet, analysiert, drückt Gefühle oder Wünsche aus	B
6. *Orientiert,* informiert, wiederholt, klärt, bestätigt	B
7. *Erfragt Orientierung,* Information, Wiederholung, Bestätigung	
8. *Fragt nach Meinungen,* Stellungnahmen, Bewertung, Analyse, Ausdruck von Gefühlen	
9. *Erbittet Vorschläge,* Anleitung, mögliche Wege des Vorgehens	
10. *Stimmt nicht zu,* zeigt passive Ablehnung, Förmlichkeit, gibt keine Hilfe	
11. *Zeigt Spannung,* bittet um Hilfe, zieht sich zurück	
12. *Zeigt Antagonismus,* setzt andere herab, verteidigt oder behauptet sich	

Codiert werden die beobachteten Personen mit Ziffern oder Buchstaben (wie oben). Hintereinander folgende Beiträge werden mit Strichen verbunden, so daß der Ablauf eines Gesprächs rekonstruiert werden kann.

Protokollbogen zur Beobachtung des Klassenklimas nach Flanders (zitiert nach Schulz u. a. 1970, Sp. 703 f.)

<table>
<tr><td rowspan="2">Lehreräußerungen</td><td>indirekte Beeinflussung</td><td>1. Akzeptiert Empfindung: akzeptiert und klärt die Gefühlshaltung der Schüler, ohne zu drohen. Die Gefühle können positiv oder negativ sein. Das Voraussagen von oder Sich-Erinnern an Gefühlshaltungen sind eingeschlossen.
2. Lobt oder ermutigt: lobt den Schüler für seine Handlungsweise oder sein Verhalten oder ermutigt ihn; Scherze zur Verminderung der Spannung, jedoch nicht auf Kosten eines anderen; Kopfnicken und Äußerungen wie „Hm“ oder „weiter“ sind eingeschlossen.
3. Akzeptiert und verwendet Ideen von Schülern: klärt und entwickelt Anregungen von Schülern; wenn der Lehrer mehr eigene Ideen verwendet, benutzen Sie Kategorie 5.
4. Stellt Fragen: stellt Fragen nach Inhalt und Verfahren, die die Schüler beantworten sollen.</td></tr>
<tr><td>direkte Beeinflussung</td><td>5. Führt neuen Stoff ein: Nennt Tatsachen oder Meinungen über Inhalte und Verfahren; äußert seine eigenen Gedanken, stellt rhetorische Fragen.
6. Steuert den Unterricht: befiehlt, ordnet an, steuert den Unterricht und erwartet, daß die Schüler Folge leisten.
7. Kritisiert oder rechtfertigt Autorität: will mit seinen Äußerungen das Verhalten des Schülers in seinem Sinne verändern, schreit einen Schüler an, gibt die Gründe für sein Verhalten an, extreme Selbstdarstellung.</td></tr>
<tr><td colspan="2">Schüler-äußerungen</td><td>8. Schüler antwortet: Schüler antworten dem Lehrer. Lehrer initiiert den Kontakt oder bittet um Schüleräußerung.
9. Schüler spricht freiwillig: Schüler sprechen auf eigenen Wunsch hin. Wenn der Lehrer nur aufruft, um die Reihenfolge der Sprecher festzulegen, müssen Sie entscheiden, ob der Schüler etwas sagen wollte. Wenn ja, benutzen Sie diese Kategorie.</td></tr>
<tr><td colspan="2"></td><td>10. Ruhe oder Lärm: Pausen, kurze Perioden der Ruhe und Perioden des Durcheinanders, in denen der Beobachter nichts verstehen konnte.</td></tr>
</table>

Zur Beobachtung des Lehrer- und Schülerverhaltens wurde von Medley und Mitzel in den USA ein umfangreiches Instrument entwickelt, das vor allem zur Untersuchung des Unterrichts von Junglehrern angewandt wurde. Im folgenden wird ein Teil der dabei verwandten Beobachtungskategorien wiedergegeben (Schulz u. a. 1970, Sp. 719 f.):

A0 (Lehrer Schüler – Schüler Lehrer)
A1 Lehrer arbeitet mit einem Schüler
A2 Lehrer arbeitet mit kleiner Gruppe
A3 Lehrer fragt, Schüler antwortet
A4 Lehrer beantwortet Schülerfrage
A5 Lehrer ignoriert die Frage des Schülers
A6 Lehrer leitet Gesang, Exkursion oder Spiele

B0 (Lehrer Schüler)
B1 Lehrer trägt vor
B2 Lehrer liest oder erzählt Geschichte
B3 Lehrer spricht zur Klasse
B4 Lehrer veranschaulicht etwas an der Tafel
B5 Lehrer erläutert an der Landkarte oder an Tabellen
B6 Lehrer demonstriert etwas
B7 Lehrer zeigt Filme, Diapositive oder spielt Platten
B8 Lehrer gibt Zeitungen oder Bücher herum

C0 (Lehrer)
C1 Lehrer arbeitet am Pult
C2 Lehrer säubert oder schmückt den Raum
C3 Lehrer schreibt an der Tafel oder schmückt sie
C4 Lehrer spricht mit Besucher
C5 Lehrer verläßt oder betritt den Raum

D0 (Schüler)
D1 Schüler ließt oder studiert an seinem Platz
D2 Schüler schreibt oder arbeitet manuell an seinem Platz
D3 Schüler malt oder baut oder zeichnet usw.
D4 Schüler arbeitet an der Tafel
D5 Schüler schmückt den Raum oder die Tafel
D6 Schüler säubert den Raum oder die Tafel
D7 Schüler macht Pause oder frühstückt
D8 Schüler verläßt oder betritt den Raum
D9 Schüler stützt den Kopf in die Hände

4. Interview und Fragebogen

Einleitende Bemerkungen

Definition: „Unter Interview als Forschungsinstrument sei hier verstanden ein planmäßiges Vorgehen mit wissenschaftlicher Zielsetzung, bei dem die Versuchsperson durch eine Reihe gezielter Fragen oder mitgeteilter Stimuli zu verbalen Informationen veranlaßt werden soll" (Scheuch 1967, 138).

Eine solche weite Definition erklärt das Interview als eine in interpersonaler Kommunikation aufgebaute Reiz-Reaktions-Beziehung zwischen mindestens zwei Partnern, deren Verhalten sich gegenseitig determiniert. Interviews in diesem Sinne sind für die empirische Sozialforschung vor allem dann relevant, wenn sie in kontrollierter Form vollzogen werden. Diese Forderung jedoch setzt eine weitgehende Standardisierung voraus, d. h. Objektivierung, Reliabilität und Validität des Meßinstruments.[1] Dem Postulat der Standardisierung wird vor allem durch zwei Verfahren nachgekommen:

— durch die Strukturierung des Informationsaustauschs mit Hilfe spezifischer Fragebogen
— durch die weitgehende Standardisierung des Verhaltens der Interviewenden durch eine intensive Schulung (vgl. Kunz 1969, 502).

Typen des Interviews

Innerhalb einer Vielzahl von Interviewformen unterscheiden wir als Forschungsinstrumente vor allem folgende vier Haupttypen:

1. *Psychoanalytisches Interview:* Gespräch, das sich vorwiegend in der Art freier Assoziationen ohne gegebenes begriffliches Instrument entwickelt. (Anwendungsbereich: psychologische Diagnostik, klinische Psychologie).

2. *Unstrukturiertes oder Tiefeninterview:* Dieses Vorgehen entspricht einem natürlichen und informellen Gespräch zwischen Partnern. Die Fragen sind begrifflich nicht festgelegt, nur die Leitlinie des Gesprächs ist dem Interviewer bekannt (= sog. Interviewer-Leitfaden; Anwendungsbereich: Psychotherapie, empirische Sozialforschung z. B. als Motivforschung).

3. *Halbstandardisiertes oder halbstrukturiertes Interview:* Bei diesem Typus liegt das Instrument weitgehend fest. Wortlaut und Reihenfolge der

[1] Vgl. Abschnitt 1 dieses Kapitels.

Fragen sind durch ein Gerüst oder Schema fixiert, wobei zumeist „offene" Fragen (vgl. weiter unten) gestellt werden. Diese Form dient häufig als Vorinstrument für das strukturierte Interview.

4. *Strukturiertes oder standardisiertes Interview:* Dieses Interview zeichnet sich durch die Festlegung jedes einzelnen Stimulus aus. Dabei werden alle Fragen und Stimuli von allen Interviewern allen Befragten im gleichen Wortlaut, der gleichen Frageform und -folge „gegeben", wobei alle Reaktionen verbaler Art schriftlich festgehalten werden. Dieses Vorgehen sichert durch die Standardisierung eine relativ hohe Vergleichbarkeit der gewonnenen Daten und wird als das wissenschaftlich exakteste Beweisverfahren angesehen (vgl. Kunz 1969, 504).

In Verbindung mit hochschuldidaktischer Forschung sind die beiden erstgenannten Interviewformen kaum von Interesse, weshalb im folgenden nur auf die beiden letztgenannten Typen eingegangen werden soll.

Bei einer allgemeinen Abgrenzung dieser beiden Interviewtypen sprechen folgende Kriterien zugunsten des standardisierten Interviews:

„a) es verbindet sich mit einem Grundprinzip der Messung, die Informationen von Fall zu Fall vergleichbar zu machen,

b) es ist zuverlässiger,

c) es reduziert Fehler beim Wortlaut der Frage auf ein Minimum."

Zugunsten des nicht-standardisierten Interviews kann angeführt werden:

„a) es gestattet die Standardisierung von Bedeutungen eher als die der oberflächlichen Aspekte der Reizsituation,

b) es ist insofern zuverlässiger, als es zu lebensnäheren Antworten ermutigt,

c) es ist elastischer" (Maccoby/Maccoby [5]1966, 40).

Der Fragebogen als Forschungsinstrument

Vorgehen:

Jeglicher standardisierten Befragung, mag sie als direktes Interview oder in schriftlicher Form durchgeführt werden, liegt ein festgelegtes Frageninstrumentarium zugrunde. Sowohl für die Konzipierung eines solchen Fragebogens als auch bei dessen Einsatz und Auswertung obliegt dem Forscher die Aufgabe, folgende Schritte zu durchlaufen:

1. Festsetzen des Untersuchungsziels, d. h. auch allgemein Abgrenzung des Projekts;

2. Beschreibung des relevanten Problems im Kontext einer Theorie, sofern diese existiert, bzw. zur konkreten Untersuchung entworfen wurde;

3. Hypothesenbildung und „Programmfragen"; letztere sind nur forschungsrelevant (also nicht adressatenspezifisch);

4. Operationalisierung des Gegenstands und Transformierung in „Testfragen", die schließlich das eigentliche Instrument darstellen;

5. Vortest, der die Aufgabe hat, das Instrument (also nicht den zugrunde liegenden Forschungsansatz) kritisch zu prüfen;

6. Einsatz des endgültigen Instruments in folgenden möglichen Situationen (vgl. dazu Scheuch 1967, 165 ff.).

— persönliches Einzelinterview,
— Gruppeninterview durch einen oder mehrere Interviewer,
— schriftliche Befragung unter Anwesenheit eines oder mehrerer Interviewer,
— postalische schriftliche Befragung;

7. Auswertung und Interpretation der gesammelten Daten (vgl. unten).

Fragetypen:[1]

Der Fragebogen ist nach drei Kriterien zu unterscheiden:

— dem Frageinhalt, bei dem je nach Zielsetzung zwischen Fakten- oder Tatsachenfragen (oft demographische Merkmale), Verhaltensfragen, Einstellungs- und Meinungsfragen unterschieden werden muß;
— der instrumentellen Funktion der einzelnen Fragen,wobei in der Regel nach Einleitungsfragen (z. B. zur Motivation), Pufferfragen (um zu einem anderen Themenbereich zu gelangen), Übergangsfragen (um die thematische Richtung zu spezifizieren) und Filterfragen (um die Befragten nach Merkmalsgruppen zu trennen) aufzugliedern ist;
— der Meßeigenschaft von Fragen, wobei sich direkte Fragen, die dem Befragten kaum Schwierigkeiten bei der Beantwortung bereiten, von den indirekten unterscheiden. Letztere werden oft in projektiver Form gestellt, da der Inhalt dem Befragten Antworten abverlangt, die sozial negativ normiert sind (z. B. über Sexualität u. ä. m.).

Frageformen:

Die Formulierung der Fragen hängt weitgehend vom Untersuchungsgegenstand und dem Befragten ab. Dabei sind gerade auch schichtspezifisches Sprachvermögen und Verständnisniveau des einzelnen zu berücksichtigen, will man verläßliche und gültige Aussagen erzielen. Unter diesem Aspekt ist Voraussetzung, die Adressatengruppe nach ihren Merkmalen genau zu definieren.

Innerhalb der Frageformen unterscheiden wir zwischen:

— Offenen Fragen, die am ehesten dem informellen Gespräch gleichkommen und die Reaktionsmöglichkeit des Befragten nicht von vornherein einengen, was eine Verzerrung zur Folge haben könnte. Diese Form ist jedoch quantitativ schwer zu analysieren und erfordert

[1] Vgl. Abschnitt 5 dieses Kapitels.

sowohl vom Befragten als auch vom Forscher mehr Anstrengung. Wichtig scheint dabei, daß der Interviewte sich frei erinnern muß im Unterschied zur geschlossenen Frage.

— geschlossene Fragen, die ihrerseits wieder in dichotomisierte (oder alternative) Fragen und Auswahl-, Listen- und Karteifragen zu trennen sind. Für beide Arten spricht deren bessere quantitative Auswertungsmöglichkeit, wobei der Befragte nur wiederzuerkennen braucht und es damit leichter hat als bei der offenen Frage. Gleichzeitig ist die Standardisierungsmöglichkeit des Verhaltens des Interviewers größer. Eine mögliche Verzerrung kann dadurch auftreten, daß man dem Befragten unterstellt, Sachverhalte seien in dessen Bewußtsein strukturiert, was nicht immer der Fall zu sein braucht.

In der praktischen Sozialforschung verwendet man grundsätzlich beide Frageformen, wobei im Vortest den offenen Fragen der Vorzug gilt, im eigentlichen Interview jedoch den geschlossenen.

Die „Mikro- und Makroplanung“ (Scheuch) eines Fragebogens

Die Mikroplanung eines Fragebogens setzt sich mit der Anordnung von Fragen auseinander, deren Formulierung, Typen und Formen innerhalb eines Themenbereichs. Hierbei bemüht man sich, einer Gesprächssituation möglichst nahezukommen, Ermüdungen zu vermeiden und gegenseitige Einflüsse von einzelnen Fragen zu verhindern. Deswegen ist sowohl die Abwechslung in der Frageform als auch die Stellung einzelner Fragen innerhalb einer Fragenfolge auf ihre Wirkungen hin im Interview zu überprüfen. Um etwaige Einflüsse dieser Art auszuschalten, bedient man sich häufig der Technik des „Trichterns“, „bei der man von allgemeineren zu immer spezifischeren Fragen führt“ (Scheuch 1967, 150) und umgekehrt.

Für die Makroplanung gelten ähnliche Prinzipien bei der Anordnung der sogenannten Fragebatterien. Hinzu kommen die äußere Aufmachung des Fragebogens und die Länge des Interviews als weitere Planungskriterien. Neuere Erkenntnisse zeigen, daß die Länge von 1 bis 1 1/2 Stunden den Befragten nicht überfordern, wobei die Spannungskurve im mittleren Drittel ihren Kulminationspunkt zu erreichen scheint, weswegen gerade hier oftmals die komplexen und schwierigen Fragen plaziert werden (vgl. Scheuch 1967, 151).

Die Zuverlässigkeit und Gültigkeit von Interviewdaten

Wie bei allen empirischen Forschungsmethoden so auch beim Interview ist das Problem der Zuverlässigkeit und Gültigkeit von Aussagen von großer Bedeutung; jedoch muß angefügt werden, daß es noch kaum allgemein abgesicherte Untersuchungsergebnisse in Verbindung mit der Zuverlässigkeit und Gültigkeit von Interviewdaten gibt. Dennoch werden die genannten Kriterien annäherungsweise kontrolliert.

Wenn wir Zuverlässigkeit allgemein als die Unabhängigkeit der gemessenen Resultate von dieser einmaligen Messung definieren, so ist dieses Kriterium dadurch zu kontrollieren, daß wiederholte Befragungen des gleichen Adressatenkreises durch die gleichen Interviewer mit dem gleichen Fragebogen durchgeführt werden. Der Grad der Verläßlichkeit eines Instruments ist nur dann anzugeben, wenn die wiederholte Befragung in einem zeitlich nicht zu großen Abstand erfolgt, da in der Zwischenzeit tatsächliche Veränderungen eingetreten sein können, die die Ergebnisse de facto verändern.

Definieren wir Gültigkeit als Kriterium, das den Nachweis erbringt, daß der Fragebogen auch das erfragt, was er zu erfragen vorgibt, so lassen sich hier einige mögliche Gültigkeitsnachweise nennen:

— „Ein Vergleich der tatsächlichen Aussage der Befragten mit Aussagen Dritter oder mit einem objektiven Nachweis der in Betracht gezogenen Tatsache
— Die Vorhersage des zukünftigen Verhaltens aufgrund der Aussagen der Befragten über ihre Pläne und Erwartungen
— Die Konsistenz von Aussagen, die sich auf die gleiche Einstellung beziehen
— Indirekte Nachprüfung: die Korrelation der Interviewdaten mit Daten, die in einer bekannten Beziehung stehen" (Maccoby/Maccoby ^{5}1966, 78 ff.).

Die Auswahl der Stichprobe
(Vgl. Parten 1966, 181–210)

Aus Gründen der interindividuellen Vergleichbarkeit von Aussagen ist die methodisch gelenkte Auswahl von Individuen, die stellvertretend für die Grundgesamtheit mit dem Forschungsinstrument konfrontiert werden, notwendige Voraussetzung für die Durchführung von Befragungen.

Wir unterscheiden in der praktischen Sozialforschung folgende Hauptformen des Sample:

- Zufallsstichprobe: ein nach statistischer Wahrscheinlichkeitsberechnung ausgewähltes Sample, das die Population annäherungsweise in allen ihren Aspekten widerspiegelt. Jedes Individuum der Grundgesamtheit hat die gleiche Chance, in die Stichprobe zu gelangen.
- Schichtenstichprobe: Die Grundgesamtheit wird in zwei oder mehrere Schichten eingeteilt, aus denen je einzeln eine Zufallsstichprobe gezogen wird.
- Quotenstichprobe: Sie ist eine Auswahl, die aufgrund bereits vorliegender statistischer Angaben, mit Hilfe von Durchschnittswerten und relativen Häufigkeiten im Bezug zur Gesamtheit hergestellt wird.
- Unsystematische Stichprobe: Ohne jeden Plan zusammengestelltes Sample, welches oft aus Bequemlichkeit angewendet wird, jedoch nicht den statistischen Erfordernissen entspricht.
- Verschiedene Mischformen, die Vor- und Nachteile der einzelnen Auswahlverfahren zu egalisieren versuchen.

Rollenbeziehungen im Interview

Die Interaktion im Interview vollzieht sich nach dem fortlaufenden Schema von Aktion (Interviewer) und Reaktion (Befragter). Im Gegensatz zu den geläufigen Tests finden in der Befragungsphase interpersonale Beziehungen statt, wobei das Verhalten der Kommunikationspartner von ihren jeweiligen Vorstellungen bestimmt wird. In diesem Zusammenhang hört man oft die Forderung, soziale Kontakte während des Interviews nicht zu fördern, da sich verändernde Rollenbeziehungen innerhalb der Test-Situation die Ergebnisse u. U. verzerren.

Inwieweit man sich jedoch des „weichen" (persönlich auf den Befragten eingehend), des „neutralen" (Interviewer nimmt unpersönliche Haltung ein) oder des „harten" Interview (oft kontrollierendes, aggressives Verhalten des Interviewers) bedient, hängt sowohl vom Gegenstand als auch von Adressaten ab.

Da also eine ganz spezifische Rollenstruktur innerhalb des Interviews dominiert, sind die Rollenträger und deren Interaktion als mögliche Fehlerquellen im Prozeß der Datenerhebung anzusehen. Als typische *Interviewerfehler* sind zu nennen:

- Auftreten und Gebaren
- Formulierung der Fragen
- Auswirkung der Einstellung des Interviewers zum Befragten und zum Gegenstand
- Auswirkung der Erwartungen des Interviewers
- Unterschiedliche Aufzeichnung von Daten (vgl. Maccoby/Maccoby 1955, 74 ff.).

Der *Befragte* als Fehlerquelle:
— Unwahre Angaben
— Stimmungsschwankungen
— Raten bei vorgegebenen Antworten
— Überschätzung von Gedächtnisleistung
— Empfindlichkeit gegenüber bestimmten Themen (vgl. Scheuch 1967, 164 f.).

Auswertung der gesammelten Daten

Da hier nicht der Ort ist, um detailliert auf die Auswertung erhobener Interviewdaten einzugehen, weil dies in einem höchst komplexen statistisch begründeten Verfahren geschieht, sollen dennoch die einzelnen Schritte schematisch expliziert werden, da der Leser immer wieder auf folgende Begriffe stoßen wird. (Als erste gute Einführung empfehle ich den Schlußteil von R. König [5]1966 – „Auswertung", 271–346).

Folgende Schritte werden nach Abschluß der Datenerhebung in der Regel durchlaufen:

1. *Klassifizierung und Kategorisierung* der gegebenen Antworten, die so erschöpfend sein müssen, daß sie alle gegebenen Antworten repräsentieren. Die einzelnen Kategorien (in Auswahlantworten schon vorgegeben) sollen ausschließlich sein, so daß eine Antwort jeweils nur in eine Kategorie fällt. Kategorienreihen werden aus Klassifizierungsprinzipien gewonnen, was gerade bei unstrukturierten Interviews eine überaus komplizierte Arbeit ist.

2. Im Anschluß an die Kategorisierung werden die Daten in *Symbole verschlüsselt,* um die maschinelle Verarbeitung der Daten vorzubereiten (= technisches Verfahren der Kategorisierung).

3. Das *Tabulieren* ist schon Teil der statistischen Analyse der Daten. Hier wird die Anzahl der Fälle zusammengezählt, die unter die einzelnen Kategorien fallen, wobei man spezifische Häufigkeiten erhält, die schon teilweisen Aufschluß über manche Problembereiche des Forschungsgegenstandes geben können.

4. *Die mehrdimensionale Tabulierung* setzt durch Zwei- oder Mehrfachkorrelaturien verschiedene Variablen in Beziehung und stellt deren Zusammenhang (von positiv nach negativ) fest.

5. Die *Interpretation* des statistisch aufbereiteten Informationsmaterials ist der letzte und zugleich der schwierigste Schritt innerhalb der Auswertung.

Mögliche Anwendungsbereiche von Interview und Fragebogen in der Hochschuldidaktik

Sicher wird sich der Leser des vorliegenden Beitrags fragen, welchen Zweck und welchen Anwendungsbereich ein solches Verfahren innerhalb der Hochschuldidaktik haben kann. Um diese Frage an einigen Beispielen unsystematisch zu beantworten, erinnern wir uns an die einleitenden Artikel (U. Henk-Riethmüller und W. Mattl), die etliche Anwendungsbereiche nennen:

— die Erfassung emotionaler oder affektiver Verhaltensweisen im Lehr- und Lernprozeß. Da es kaum lernzielorientierte Tests gibt, die den Bereich der affektiven Lernziele (vgl. G. Glück, Lehrzielbeschreibung) überprüfen können, wäre mit dem hier vorgestellten Forschungsinstrument eine Möglichkeit gegeben, solche Lernziele annäherungsweise zu evaluieren;
— die Erfassung der sozio-kulturellen Voraussetzungen von Lehrenden und Lernenden;
— für die Prozedur der Entwicklung eines Curriculums (Expertenbefragung);
— zur Erforschung der künftigen Lebenssituation des Studierenden; z. B. um notwendige Qualifikationen zu analysieren, die ein Student mitbringen muß, um diese Situation meistern zu können;
— zur Offenlegung der Interessenstruktur der am Lehr- und Lernprozeß in der Hochschule beteiligten Institutionen.

Als spezifisches Anwendungsgebiet der Befragung innerhalb hochschuldidaktischer Forschungsthemen bietet sich z. B. die Analyse von Kleingruppen an. So könnte mit Hilfe eines Fragebogens u. a. folgende Probleme erörtert werden:

— gruppendynamische Prozesse in kleinen Arbeitsgruppen
— Konfliktbildung, Konfliktlösung und Konsensusbildung in diesen Gruppen
— verschiedene Arbeitsweisen einzelner Gruppen
— soziale Verhaltensweisen der Gruppenmitglieder
— individuell empfundener Schwierigkeitsgrad von Aufgaben
— Einstellungen gegenüber anderen Lehrveranstaltungen.

Ohne Zweifel ließen sich die möglichen Anwendungsbereiche von Interview und Fragebogen um ein Vielfaches erweitern. Wichtiger jedoch scheint mir abschließend der Hinweis, daß das hier skizzierte Forschungsinstrument andere Instrumente nicht ersetzen kann, ja daß es geradezu im Bereich hochschuldidaktischer Forschung der Ergänzung anderer in diesem Band beschriebener Forschungstechniken bedarf.

5. Beispiele zu Fragetypen und Frageformen

Fragetypen: Frageinhalt

Die Fragen entstammen (mit einer Ausnahme) einem Fragebogen, der in einem Praktikum der empirischen Sozialforschung des Soziologischen Seminars der Universität Tübingen[1] entworfen wurde und an dem der Verfasser mitgearbeitet hat.

Fakt- oder Tatsachenfragen:
Im wievielten Hochschulsemester befinden Sie sich im SS 1968?
(Semesterzahl notieren! . . .)
Welcher Konfession gehören Sie an?
Evangelisch . . .
Katholisch . . .
Andere Konfession . . .
Konfessionslos . . .
KA[2] . . .

Verhaltensfragen:
Wissen Sie schon, welche Bücher Sie im nächsten Semester lesen wollen – ich meine, außer denen, die Sie gerade für eine Klausur oder ein Referat benötigen?
ja . . .
nein . . .
KA . . .

Einstellung- und Meinungsfragen:
Sollte Ihr Partner ein Studium im gleichen Fach oder ein anderes Hochschulstudium abgeschlossen haben, sollte er Abitur besitzen, oder spielt die Ausbildung keine Rolle?
Studium im gleichen Fach . . .
Anderes Studium . . .
Abitur . . .
Ausbildung spielt keine Rolle . . .
KA . . .

[1] „Praktikum zur Sozialforschung I und II" im SS 1969 und WS 1969/70 unter der Leitung von Dr. H. Braun.

[2] KA = Keine Antwort.

Fragetypen: Instrumentelle Funktion

Einleitungsfrage:
Darf ich vielleicht mit der Frage beginnen, welches Fach Sie studieren? (Hauptfach notieren): ...

Übergangsfrage [Es war vom Studienablauf des Befragten die Rede, nun geht man über zum Studienort (bleibt noch im Themenbereich!)]:
Ist Tübingen Ihre erste Universität oder studierten Sie zuvor schon an einer anderen Universität oder vielleicht schon an mehreren? (Informell feststellen an wievielen.)
Tübingen erste U ...
eine andere ...
zwei andere und mehr ...
KA ...

Pufferfragen [Vorher Frage, ob Student ein Gehalt beziehen soll]:
Darf ich jetzt auf etwas persönlichere Dinge zu sprechen kommen. In welchem Jahr sind Sie geboren? ...

Filterfrage:
Sind oder waren Sie verheiratet?
Ist verheiratet ...
War verheiratet ...
Nicht verheiratet ...
KA ...
(Nun werden alle Unverheirateten mit den nächsten Fragen nicht konfrontiert.)

Auswahlfrage:
Haben Sie vielleicht eine ungefähre Vorstellung davon, wieviel etwa, sagen wir einmal, ein dreißigjähriger verheirateter Facharbeiter in der Metallindustrie heute so durchschnittlich im Monat verdient?
Unter 500 ...
500 bis unter 600 ...
600 bis unter 700 ...
700 bis unter 800 ...
800 bis unter 900 ...
900 bis unter 1000 ...
1000 bis unter 1100 ...
1100 bis unter 1200 ...
1200 bis unter 1300 ...

1300 und mehr ...
WN ...
KA ...

Listenfrage:
Welchen Beruf hat (oder hatte) Ihr Vater?
(Beruf notieren
Informell feststellen, ob:)
Arbeiter ...
Mittlerer Angestellter ...
Leitender Angestellter ...
Mittlerer Beamter ...
Gehobener Beamter ...
Höherer Beamter ...
Kleinerer selbständiger Unternehmer ...
Größerer selbständiger Unternehmer ...
Freiberuflich tätig ...
KA ...

Fragetypen: Meßeigenschaft

direkte Frage:
Ist es Ihrer Ansicht nach besser, die Kinder in den ersten Jahren der Ehe zu haben oder später?
Erste Ehejahre ...
Später ...
Kommt darauf an ...
KA ...
indirekte Frage:
Sollte man Kinder mit Schlägen bestrafen, wenn ... (vgl. Kunz 1969, S. 508)
(nicht also: Würden Sie Ihre Kinder bestrafen, wenn ...)

Von den Frage*typen* sind nun noch sogenannte Frage*formen* zu unterscheiden:

Frageformen: offene Frage

Was an der Universität hat Ihnen persönlich in Ihrem Studium besondere Schwierigkeiten bereitet? (Antwort notieren!)

Frageformen: geschlossene Frage

Dichotomische Frage:
Haben Sie sich für die Arbeit zu Hause oder in der Bibliothek auch einen gewissen Stundenplan zurechtgelegt, oder arbeiten Sie lieber, wenn Sie sich dazu fit fühlen?
Hat einen Stundenplan . . .
Hat keinen Stundenplan . . .
KA . . .

Kartenfrage:
vorgegebene Karten und Symbole; siehe Ende dieses Abschnitts!
Darf ich Ihnen hier eine Liste überreichen: Sie finden dort 10 Eigenschaften. Nennen Sie mir bitte die drei, die Ihrer Ansicht nach für einen Studenten auf alle Fälle zutreffen sollten. (Karte B[1] überreichen) . . .
KA . . .

Wenn man einmal politische Einstellungen sehr vereinfacht und sie mit den Schlagworten rechts und links kennzeichnet, wo würden Sie auf dieser Skala Ihre politische Einstellung einsetzen? (Karte C[2] überreichen) . . .
KA . . .

Und hier darf ich Sie noch einmal bitten, mir zu sagen, welcher dieser Auffassungen Sie zustimmen würden? Bitte nennen Sie mir nur die Zahl vor dem entsprechenden Satz. (Karte G[3] überreichen) . . .
KA . . .

[1] 1. Fleißig. – 2. Nonkonformistisch. – 3. Gesellig. – 4. Ehrgeizig. – 5. Aufgeschlossen. – 6. Gebildet. – 7. Kritisch. – 8. Ordentlich. – 9. Fortschrittlich. – 10. Selbständig.

[2]

A	B	C	D	E

links rechts

[3] 1. Sexualität hat ihren rechten Platz eigentlich nur in der Ehe. – 2. Wenn das Verhältnis nicht nur vorübergehend ist und eine echte Gefühlsbindung zwischen den Partnern besteht, ist gegen sexuelle Beziehungen nichts einzuwenden. – 3. Im Grunde sind sexuelle Beziehungen zu rechtfertigen, wenn die Beteiligten gefühlsmäßig übereinstimmen. – 4. Sexuelle Beziehungen haben ihre Berechtigung auch ohne eine feste Bindung oder ein gefühlsmäßiges Engagement der Partner.

6. Der lernzielorientierte Test

Einschränkende Vorbemerkungen

In diesem Beitrag werden Fragestellung, Aufbauprinzipien und Gütekriterien des lernzielorientierten Tests im wesentlichen unter dem Aspekt seiner Verwendung zu Forschungszwecken erläutert. Die durch die Forschungsabsicht gegebenen Bedingungen sind teilweise vereinbar mit didaktischen Zielsetzungen, zum Teil sind nicht zu vereinbarende Intentionen gegeben.

So ist unter didaktischen Gesichtspunkten eine wiederholte Prüfung kleineren Umfangs mit sofortiger Rückmeldung (evtl. mit Selbstkorrektur) sinnvoller als der bei Forschungsvorhaben meist am Schluß einer Studieneinheit eingesetzte umfangreiche Test, dessen Auswertung so kompliziert ist, daß der Einsatz von EDV-Anlagen unter ökonomischen Gesichtspunkten notwendig wird.

Die Zuverlässigkeit spielt bei Tests in empirischen Untersuchungen eine viel größere Rolle, als bei den vom Studenten selbst auswertbaren Tests, sofern letztere nicht zu einer für den Lernweg des Studenten ausschlaggebenden Individualdiagnose verwendet werden sollen.

Unter didaktischem Gesichtspunkt braucht eine Prüfung auch nicht zwischen den Individuen optimal zu differenzieren, sie kann im Extremfall ergeben, daß alle Personen alle Aufgaben lösen können, d. h. ein definiertes Lernziel voll erreicht haben. Ein solches Prüfungsergebnis hätte den großen Vorteil, daß allen Lernenden sowie dem Lehrer eine maximale Erfolgsrückmeldung gegeben werden könnte, die sich wiederum günstig auf die Motivation zu weiterem Lernen auswirken wird.

Für Forschungszwecke ist es dagegen in der Regel notwendig, daß sich eine optimale Differenzierung der einzelnen Testpersonen bezüglich ihrer Testresultate ergibt, da man ja gerade die interindividuellen Unterschiede im Lernen erfassen will in bezug auf die Faktoren, die diese Unterschiede bedingen. Kann man vorhersehen, daß ein definiertes Lernziel von allen Personen einer untersuchten Stichprobe erreicht wird, so wird man in den Test auch einige Fragen aufnehmen, die eine schwierige Übertragung des Gelernten auf neue Bereiche prüfen, um somit diejenigen Personen ermitteln zu können, die mehr als die Kriteriumsleistung gelernt haben.

Unter einem Gesichtspunkt treffen sich die Anforderungen didaktischer und forschungsmethodischer Zwecke: Die inhaltliche Validität eines Tests muß auf jeden Fall gegeben sein, sonst ist er nutzlos.

Eine zweite Einschränkung dieses Beitrags ist im Titel schon angedeutet: mit lernzielorientierten Tests sind hier diejenigen Tests gemeint, die sich auf die kognitiven (und in geringerem Umfang affektiven) fachspezifischen Leistungen[1] beziehen, die innerhalb kurzer Zeit (einem oder mehrere Semester) fast ausschließlich durch das Studium erreicht werden. Dieser Beitrag bezieht sich also nicht auf sog. „(Lern-)Fähigkeitstests", die allgemeine Intelligenz, Kreativität oder Begabung schlechthin messen.

Die dritte Einschränkung ist im Titel expliziert: Bezugspunkt ist das Lernziel (mit seiner formalen und inhaltlichen Komponente), nicht jedoch der Lehr- bzw. Lernweg.

Anwendungsbereiche lernzielorientierter Tests

Je nach Fragestellung eines hochschuldidaktischen Forschungsvorhabens werden einer oder mehrere der folgende Bezüge des lernzielorientierten Tests interessieren. Jedesmal handelt es sich um einen Vergleich, denn die Ergebnisse von Testerhebungen an sich besagen wenig; sie tragen allenfalls zu einer Datensammlung im Sinne des naiven Empirismus bei.

Bei jedem dieser Vergleiche kann ein diagnostischer oder prognostischer Aspekt im Vordergrund stehen. Bei der Diagnose interessieren die Faktoren, die den Lernerfolg oder –mißerfolg bedingen. Sie können z. B. in den Voraussetzungen des Lerners, den Verfahrensweisen des Unterrichts oder in den gesellschaftlich-ökonomischen Verhältnissen liegen. Bei der Prognose verwendet man dieselben Vergleiche, um Vorhersagen über den Studienerfolg machen zu können. Ohne Anspruch auf Vollständigkeit werden einige der wesentlichsten Vergleichsmessungen[2] bei lernzielorientierten Tests genannt:

— Enthält der Test mehrere voneinander abgrenzbare Teile, können diese miteinander verglichen werden.
— Das Testergebnis kann mit einem oder mehreren vorweg operational definierten Lernzielen verglichen werden.
— Interessiert der Leistungszuwachs, so müssen Testergebnisse, die vor und nach einer Unterrichtsphase erhoben werden, aufeinander bezogen werden.

[1] Im primären und sekundären Bildungsbereich hat sich dafür der Begriff „Schulleistungstest" eingebürgert. Michel (1964, 34) schlägt dagegen für den Bereich der kognitiven fachspezifischen Leistungen die Bezeichnung „Tests zur Prüfung von Kenntnissen und Fertigkeiten" vor, da der Terminus „Leistungstest" schon mehrere andere Bedeutungen hat (Fähigkeitstest im weiteren Sinne, Test für nicht-intellektuelle Fähigkeiten und Test für allgemeine psychische Leistungsfähigkeit).

[2] Statistisch genau müßte es bei diesen Beispielen Lösungshäufigkeit, erreichte Punktzahl oder mittlere erreichte Punktzahl oder auch Korrelation heißen. Wegen der Vielfalt möglicher Rechenvorgänge lassen wir die statistische Spezifizierung offen.

— Unterschiede zwischen Individuen sind von Bedeutung, wenn diese durch Eingangsvoraussetzungen oder Persönlichkeitsvariablen erklärt werden können.
— Sehr oft stehen im Mittelpunkt hochschuldidaktischer Untersuchungen die Wirkungen verschiedener Unterrichtsmethoden, Inhalte und Lehrereigenschaften auf den Lernerfolg von Studenten. Dann werden im Rahmen von didaktischen Experimenten (vgl. III) die Ergebnisse von Gruppen von Studenten im lernzielorientierten Test (der dann als abhängige Variable betrachtet wird) miteinander verglichen.

Die Konstruktion und Auswahl von Aufgaben für einen lernzielorientierten Test

Bei der folgenden Matrix wird davon ausgegangen, daß ein Lernziel nach taxonomischen und operationalen Kriterien[1] definiert ist. In den seltensten Fällen wird es nun möglich sein, den lernzielorientierten Test so zu konstruieren, daß seine Komponenten (die Aufgaben) das ganze Lernziel abdecken. In der Regel wird eine Auswahl bzw. eine Stichprobe möglicher Aufgaben den Test bilden, da ein Test in ökonomisch vertretbarer Zeit durchgeführt werden muß. Diese Stichprobe sollte repräsentativ für eine gedachte oder gegebene „Grundgesamtheit“ von Aufgaben sein, die alle zusammen das Lernziel bilden. Hätte man eine solche Grundgesamtheit von bereits konstruierten (und vielleicht auch schon erprobten) Aufgaben zur Verfügung, so könnte man – ähnlich wie bei der Auswahl von Personen aus einer Grundgesamtheit – eine Zufallsstichprobe oder eine geschichtete Zufallsstichprobe von Aufgaben zu einem Test zusammenstellen.

In diesem Fall könnte die Repräsentanz der Aufgaben für das Lernziel statistisch geprüft werden. Es ist zwar geplant, sog. „Lernzielbänke“ zu erstellen, beim derzeitigen Stand der Testentwicklung wird man für ein hochschuldidaktisches Projekt fast alle Aufgaben für einen lernzielorientierten Test neu entwickeln müssen. Diese Entwicklungsarbeit ist dann eher der Aufstellung einer Quotenstichprobe[2] als der Ziehung einer Zufallsstichprobe zu vergleichen.

Zur Prüfung der Repräsentativität der Testelemente empfiehlt sich die Verwendung einer dreidimensionalen Matrix. Man kann daraus ersehen, welche Bereiche über- oder unterrepräsentiert sind. Die Bezeichnung der

[1] Vgl. Kapitel I, Abschnitt 3, S. 44 f., und zu den Aufgabentypen den folgenden Abschnitt 7.

[2] Zu Definition und Anwendungsbereich der Begriffe Zufalls-, Schichten- und Quotenstichprobe vgl. Kapitel III, Abschnitt 9, S. 135–138.

drei Dimensionen erfolgt in Anlehnung an Flechsig (Flechsig/Ritter 1970, 19. Flechsig u. a. 1971, 272 f.).

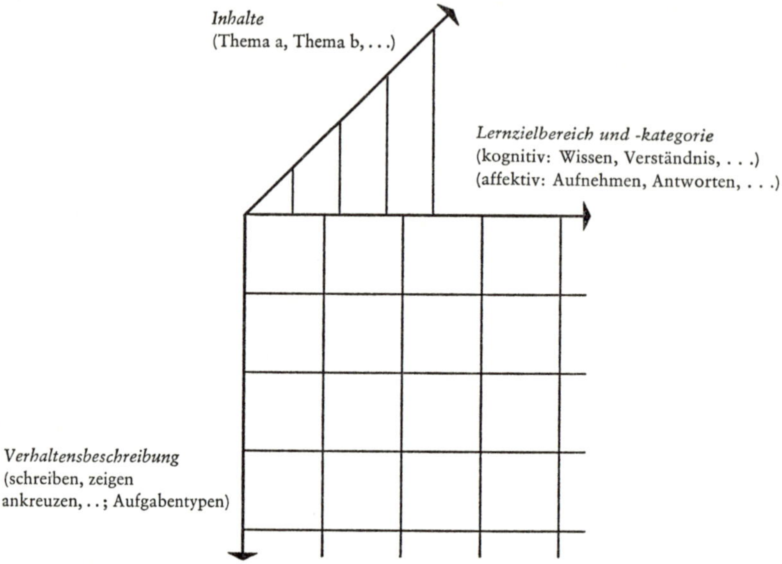

Zur Entwicklung lernzielorientierter Tests

Die ersten Schritte einer Testkonstruktion wurden oben schon dargestellt (zum Teil schon im Beitrag über Lernziele; Kapitel I, Abschnitt 3). Diese ersten Schritte tauchen in dem Flußdiagramm (S. 83) noch einmal auf, das in Anlehnung an ein Schema von Brown (1970, 31) entstand. Wo einzelne Schritte mehrmals durchlaufen werden, wird dies durch eine mit einem nach oben weisenden Pfeil bezeichnete Schleife symbolisiert. Eine solche Schleife muß immer dann begangen werden, wenn der Test eines der weiter unten noch näher definierten Gütekriterien nicht erfüllt.

Was geschieht nun, wenn man nicht genügend Aufgaben findet oder wenn die Gütekriterien auch bei einer mehrmaligen Revision des Testentwurfs nicht erreicht werden können? In diesem Falle könnte man die Untersuchung abbrechen. Sinnvoller wäre es, vorher zu prüfen, ob nicht durch eine Änderung der Fragestellung, der Zweckbestimmung des Tests, der inhaltlichen, taxonomischen oder Aufgabentypenspezifizierung ein verwendbarer lernzielorientierter Test erstellt werden kann. Natürlich muß dann geprüft werden, ob der geänderte Forschungsansatz noch genügend Relevanz für die Theorie und Praxis der Hochschuldidaktik hat, daß seine Durchführung gerechtfertigt ist. Diese mögliche Revision des For-

Flußdiagramm zur Testentwicklung

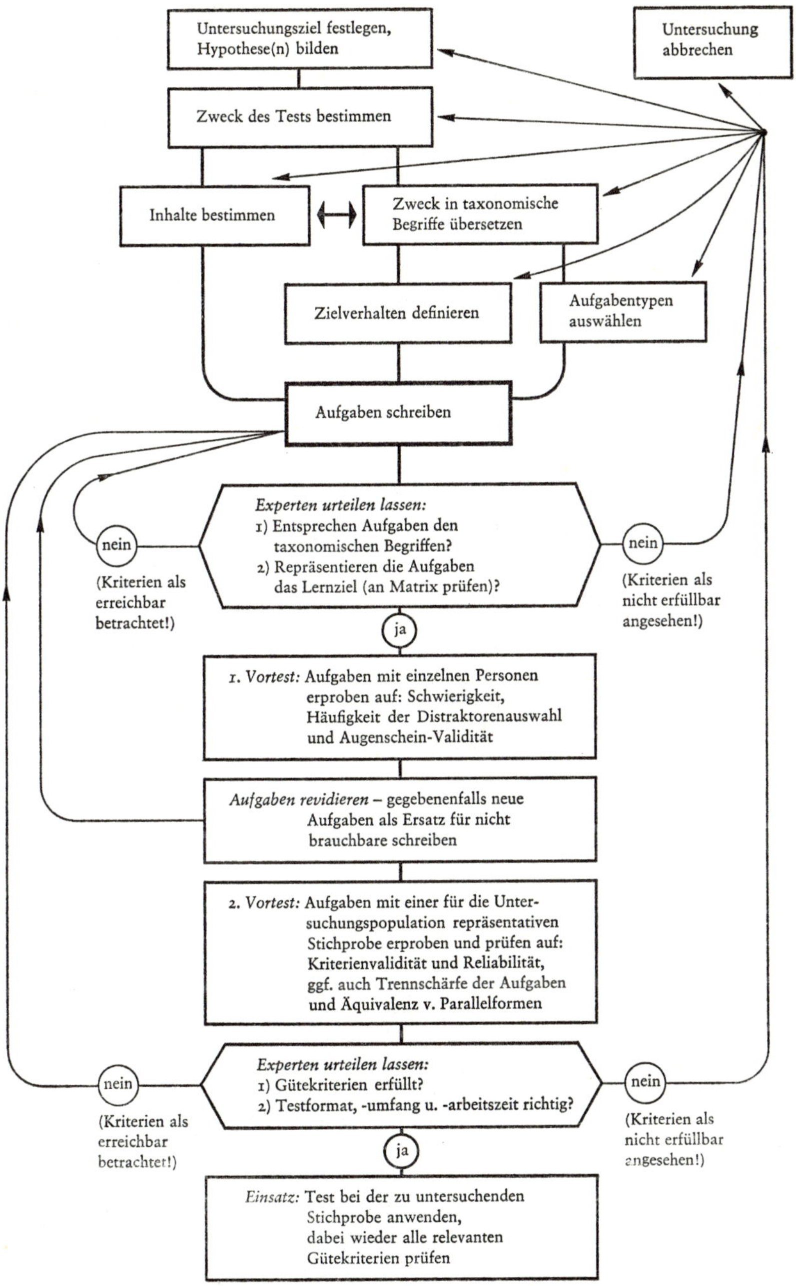

schungsansatzes bzw. der Testspezifizierung wird bei der Graphik (auf S. 83) durch die Pfeile auf der rechten Seite dargestellt.

Zum Verständnis des Flußdiagramms muß noch hinzugefügt werden, daß hier vornehmlich unter dem Aspekt der Reihenfolge der Arbeitsschritte eine Testentwicklung beschrieben wird. Diese Graphik soll dem Anfänger in der Testentwicklung eine Anleitung zu einem zielbewußten Vorgehen geben. Die Interdependenz der Teilbereiche der Testkonstruktion ist nur an einer Stelle (durch einen Doppelpfeil) angedeutet worden: Inhalte und taxonomische Kategorien können nicht unabhängig voneinander festgelegt werden (vgl. I, 3, S. 42). Da solche Wechselverhältnisse in den einzelnen Beiträgen angesprochen werden, wurde darauf verzichtet, sie im Flußdiagramm (aus Gründen der Übersichtlichkeit) noch einmal darzustellen.

Exkurs über das Messen

In diesem Zusammenhang (d. h. bei Test, Befragung und Beobachtung) wird Messen definiert als ein Zuordnen von Objekten, Personen oder Beobachtungen zu Zahlen.

Beispiel: Bereits die Zuordnung der Alternativantworten „ja“ und „nein“ bei einer Interviewfrage zu den Zahlen 1 und 0 ist nach der oben angeführten Definition ein Messen.

Quantifizieren heißt jedoch nicht Verzicht auf Qualität, denn jede quantitative Größe bzw. Meßskala muß noch inhaltlich spezifiziert werden, wie die folgenden Beispiele zeigen sollen (eine Zahl allein besagt gar nichts!):

— Student A erhält in einem Test zur Messung der Fähigkeit, mathematische Probleme folgender Art ... zu lösen, 7 Punkte.
— Student B hat sich während der Zeit X in einer Seminarsitzung 15mal zu Wort gemeldet.
— Student C antwortet auf die Fragebogenfrage: „Konnten Sie den Dozenten akustisch verstehen?“ mit „ja“.

Es gibt je nach Präzisionsgrad des Messens verschiedene Skalentypen: Nominal-, Ordinal-, Intervall- und Verhältnisskalen, für die jeweils bestimmte statistische Verfahren verwendet werden müssen. In der folgenden Tabelle[1] werden die wesentlichen Einteilungs- und Zuordnungsgesichtspunkte wiedergegeben, wobei in der Spalte der Definitionen und statistischen Operationen die Angaben für die vorangehenden Skalentypen in

[1] Zur näheren Definition und Erklärung der Skalentypen und statistischen Operationen vgl. die einführende Literatur: McCollough/Atta 1970, Mittenecker 1966, Clauss/Ebner 1970, Sixtl 1967 und Guilford 1956.

den nachfolgenden enthalten sind. Das bedeutet z. B., daß der Median auch bei Intervallskalen berechnet werden kann.

Skalentyp	Definition	Mögliche statistische Operationen (im Bereich deskriptiver Statistik)
1. Nominalskala	Messwerte können mit Namen bezeichnet werden	Häufigkeiten je Nominalklasse, Vierfelderkoeff. zur Korrelation
2. Ordinalskala	Messwerte können in einer Rangreihe angeordnet werden	Median, Rangkorrelation
3. Intervallskala	Messwerte haben gleiche Abstände. Skala hat willkürlichen Nullpunkt	Mittelwert, Varianz (ein Streuungsmaß), Produktmomentkorrelation
4. Verhältnisskala	Skala hat festen Nullpunkt, Messwertverhältnisse sind interpretierbar	Prozentwerte, geometrisches Mittel

Beispiele zu den Skalentypen:

zu 1: Alternative Antworten auf eine Frage, alternative Prüfungsentscheidungen wie z. B. Versetzung-Nichtversetzung.
Manchmal kann jedoch eine solche Nominalskala als stark reduzierte Ordinalskala interpretiert werden.

zu 2: Punktzahlen bei informellen Tests und Klassenarbeiten, Schulnoten

zu 3: Intelligenztests, manche Leistungstests

zu 4: Einige Messungen in Physik und Psychophysik, es gibt keine Beispiele dazu in der Pädagogik.

Ein derzeit theoretisch nicht befriedigend gelöstes Problem besteht darin, die Gleichheit der Intervalle bei Testpunktverteilungen nachzuweisen. Bisher ging man davon aus, daß bei Normalverteilung und Homogenität der Items die Daten Intervallcharakter haben. Bei Leistungstests lassen sich durch entsprechende Aufgabenauswahl diese beiden Forderungen meist erfüllen. Jedoch stellt sich die Frage, ob nicht entweder eine Gewichtung der Einzelaufgaben nach Schwierigkeit oder eine Zufallsauswahl der Items aus einer Grundgesamtheit die Verwendung einer Intervallskala rechtfertigen kann.

Gütekriterien des lernzielorientierten Tests[1]

Als Gütekriterien eines Tests im engeren Sinne (bei Lienert 1969 werden sie „Hauptgütekriterien“ genannt) kann man

— *Validität (Gültigkeit)*,
— *Reliabilität (Zuverlässigkeit)* und
— *Objektivität*

bezeichnen.

Testgütekriterien im weiteren Sinne sind:

— *Differenzierung* zwischen leistungsstarken und leistungsschwachen Lernern im Hinblick auf ein Lernziel.
— Differenzierung eines Testmesswerts in *Untertestmesswerte*, die eine Profildarstellung der Ergebnisse ermöglichen.
— *Normierung, Vergleichbarkeit, Ökonomie und Nützlichkeit*, die von Lienert (1969, 12) als „Nebengütekriterien“ bezeichnet werden.

Die Aufgabenkennwerte Schwierigkeitsgrad und Trennschärfe werden nicht zu den Gütekriterien gezählt. Ihre Bedeutung ergibt sich meist zwingend aus den oben angeführten Gütekriterien, sie stellen insofern keinen selbständigen Aspekt einer Analyse des ganzen Tests dar, haben jedoch große Bedeutung für die Analyse der einzelnen Aufgabe.

Diese Gütekriterien wurden im Bereich der Testpsychologie entwickelt, die auf eine lange Geschichte empirisch orientierter Methodik zurückblikken kann. Nachdem in der Erziehungswissenschaft erst seit etwa 1960 eine stärkere „realistische Wendung“ zu verzeichnen ist, haben sich im Bereich der didaktischen Forschung in der Schule noch keine allgemein anerkannten Gütemerkmale eines lernzielorientierten Tests herauskristallisiert, deren Übertragung auf die noch ganz in den Kinderschuhen steckende hochschuldidaktische Forschung möglich wäre. Es kann somit im folgenden nicht mehr geleistet werden, als eine – mehr oder weniger eklektische – Auswahl von psychologischen Testgütekriterien vorzunehmen und deren Relevanz für die hochschuldidaktische Forschung aufzuzeigen.

Die *Validität (Gültigkeit)* ist das wichtigste Gütekriterium eines lernzielorientierten Tests, das gilt für die psychologische und didaktische Forschung in gleichem Maße. Man unterscheidet zwei methodisch verschiedene Zugänge, die inhaltliche und die empirische Validitätsbestimmung, die unter der allgemeinen Definition von Lienert (1969, 16) zusammengefaßt sind: Die Validität gibt den Grad der Genauigkeit an, mit dem ein

[1] In diesem Abschnitt wird im wesentlichen auf die bei Lienert (1969) dargestellten Testgütekriterien Bezug genommen. Neuere Ansätze, wie sie z. B. bei Fischer (1968) oder Lord/Novick (1968) zu finden sind, werden nicht referiert.

Test „dasjenige Persönlichkeitsmerkmal oder diejenige Verhaltensweise, das (die) er messen soll oder zu messen vorgibt, tatsächlich mißt."

Bei der *inhaltlichen Validität* muß durch eine Interpretation der Testaufgaben geprüft werden, in welchem Maße der Inhalt dem angegebenen Lernziel entspricht.

Beispiel: Die Aufgabe „Ist Nt das chemische Symbol für Natrium? Ja / Nein" kann man vom Inhalt her als gültig für das Lernziel „Wissen des chemischen Symbols für Natrium" bezeichnen (vgl. II, 7, S. 98).

Die *Kriterienvalidität* wird durch die empirisch meßbare Korrelation des Tests mit einem bereits validierten Meßwert bestimmt. So bezieht sich ein Test manchmal auf ein gleichzeitig oder später vom Lerner zu realisierendes Verhalten. Wenn man dieses Verhalten ebenfalls quantifizieren kann, dann kann man mit Hilfe der Korrelationsstatistik die Übereinstimmung zwischen Testergebnis und sog. „Kriteriums-Verhalten" quantitativ bestimmen. Das Maß der Übereinstimmung zwischen Test und Kriterium nennt man Kriterienvalidität.

Beispiel: Ein Studieneingangstest, der die Fähigkeit, das Studium erfolgreich zu absolvieren, prüfen soll, wird verglichen mit den tatsächlichen Studienerfolgen; wobei hier vorausgesetzt wird, daß es ein valides Meßinstrument für den Studienerfolg gibt, da die im derzeitigen System verwendeten Examensnoten dafür sicher nicht verwendbar sind.

Die *Reliabilität (Zuverlässigkeit)* hat bei Tests, die zur Evaluation des Lernerfolgs einer Gruppe verwendet werden, nicht dieselbe Bedeutung wie bei Tests, die zur Individualdiagnose eingesetzt werden, womit manchmal eine Selektion nach Lernwegen verbunden ist. In aller Regel wird es auch in der didaktischen Forschung empfehlenswert sein, die Ermittlung dieses Gütekriteriums in den Forschungsplan aufzunehmen, da es mit der Validität zusammenhängt (vgl. Graphik S. 89). Die Reliabilität eines Tests wird definiert als der „Grad der Genauigkeit, mit dem er ein bestimmtes Persönlichkeits- oder Verhaltensmerkmal mißt, gleichgültig, ob er dieses Merkmal auch zu messen beansprucht (welche Frage ein Problem der Validität ist)" (Lienert 1969, 14).

Wie kommen nun *Meßfehler* überhaupt zustande? Der nicht in empirische sozialwissenschaftliche Methodik eingeführte Laie versteht in der Regel den bei einer Untersuchung konkret ermittelten Meßwert (z. B. 17,5 Punkte in einem Leistungstest) als wahren Meßwert. Mindestens drei Fehlerquellen lassen sich angeben, die bei jedem Test notwendigerweise in Kauf genommen werden müssen:

— Einmal stellen die Aufgaben des Tests immer nur eine Stichprobe der möglichen Aufgaben dar, die zu einem Lernziel gehören. Auch wenn die Aufgaben eines Tests unter Berücksichtigung aller relevanten Gesichtspunkte eine repräsentative Zufallsauswahl aus den möglichen Aufgaben darstellen, werden einzelne Lernende, je nachdem, was sie besonders gut gelernt oder behalten haben, bevorzugt oder benachteiligt werden.

— Zum anderen erfaßt ein Test immer nur eine Zeitstichprobe des Verhaltens der Lernenden. Praktisch läßt sich unter diesem Gesichtspunkt nie eine Zufallsstichprobe des Verhaltens erfassen. Der Aufwand für Versuchsleiter und Versuchspersonen wäre viel zu groß. So beeinflußt die zur Testzeit vorhandene individuelle Disposition (wie Müdigkeit, Konzentration oder Ablenkung durch andere Gedanken) das Testergebnis.

— Schließlich kann die Tatsache des Testens selbst die Leistung beeinflussen. Je nach äußeren Umständen und individuellen Erwartungshaltungen kann der Getestete Angst empfinden, die seine meßbare Leistung vermindert oder in seltenen Fällen auch erhöht.

Einen Teil der genannten und weitere Fehlerquellen kann man empirisch erfassen mit den drei Methoden zur quantitativen Bestimmung des Gütekriteriums der Reliabilität, der Wiederholungs-, Paralleltest- und Halbierungsreliabilität, wobei jeweils auch ein Standardmeßfehler berechnet werden kann.

Wiederholungs-Reliabilität. Ein Test wird mit einem zeitlichen Abstand zweimal gegeben und das Maß der Übereinstimmung wird als Zuverlässigkeit interpretiert. Diese Methode ist bei Leistungstests nicht sehr sinnvoll, wenn angenommen werden muß, daß der Proband nach der ersten Testung sich nach den Fragen erkundigt, die er nicht beantworten konnte oder wenn er beim zweiten Testtermin sich an die von ihm gegebene Lösung so gut erinnert, daß der zweite Test dann im wesentlichen die Erinnerungsfähigkeit, nicht jedoch die originale Leistung prüft.

Paralleltest-Reliabilität. Es werden zwei möglichst inhaltlich ähnliche Parallelformen eines Tests erstellt, die mit einem geringen zeitlichen Abstand dem Probanden gegeben werden. Das Ausmaß der Übereinstimmung wird dann als Zuverlässigkeit interpretiert.

Testhalbierungs-Reliabilität. Hier wird ein Test in zwei nach inhaltlichen Gesichtspunkten ähnliche Hälften bei der Auswertung aufgeteilt und jede Hälfte so behandelt als wäre sie ein Test für sich. Diese Methode entspricht im Prinzip der Paralleltestmethode, wobei der zeitliche Abstand allerdings minimal ist. Mit dieser Methode wird die Homogenität eines Tests bestimmt (vgl. Lienert 1969).

Die *Objektivität* eines Tests wird von Lienert (1969, 13) definiert als der „Grad, in dem die Ergebnisse eines Tests unabhängig vom Untersucher sind.“ Man unterscheidet nach den Phasen der Erhebung und Auswertung eine *Durchführungs-*, *Auswertungs-* und *Interpretations*objektivität. Mit der Objektivität ist hier also nicht Gerechtigkeit der Beurteilung schlechthin gemeint.[1]

Man erreicht eine hohe Objektivität, wenn man die Anweisungen für jede der drei Phasen so spezifiziert, daß verschiedene Mitarbeiter bei denselben Testheften bzw. Testpersonen zu denselben Ergebnissen kommen. Wählt man geschlossene Antwortformen (vgl. I, 7, S. 97 f.), so ist die Auswertung – abgesehen von Übertragungs- und Rechenfehlern – vollkommen objektiv.

Zusammenhang der drei Hauptgütekriterien Validität, Reliabilität und Objektivität: Unter Verwendung eines Korrelationskoeffizienten (Rang- oder Produkt-Moment-Korrelation) lassen sich für einen gegebenen Test die drei Gütekriterien quantitativ bestimmen. Für diese empirisch ermittelten Werte gelten folgende praktische Regeln:[2]

— Ein Test kann nicht valider sein, als er reliabel ist.
— Ein Test kann nicht zuverlässiger sein (gemessen mit der Paralleltest- und Wiederholungsmethode), als er objektiv ist (bezogen auf die Durchführung und Auswertung, nicht auf die Interpretation).
— Ein Test mit hoher Validität muß notwendigerweise auch eine hohe Reliabilität und Objektivität haben. (Die Feststellung einer hohen Validität entbindet in gewissem Umfang von der Überprüfung der anderen Hauptgütekriterien).

Dieser Zusammenhang der Hauptgütekriterien läßt sich graphisch mit konzentrischen Kreisen veranschaulichen. Validität als wichtigstes Güte-

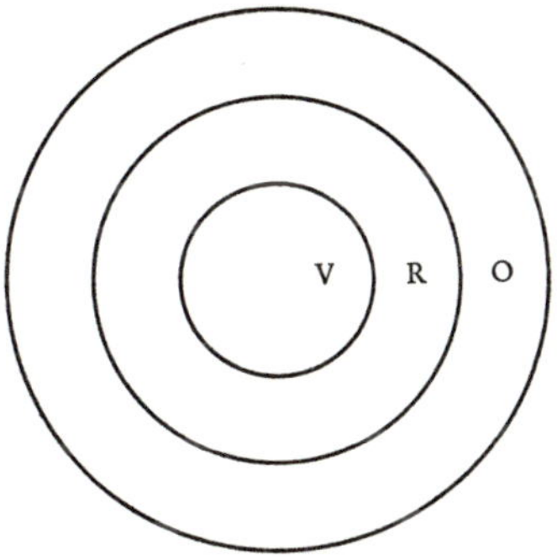

V = Validität R = Reliabilität O = Objektivität

[1] Vgl. dazu die Widerlegung der Einwände gegen die Verwendung objektiver Tests, S. 92.

[2] Diese praktischen Regeln wurden aus Lienert (1969, 20) übernommen; theoretisch ist es z. B. möglich, daß der Validitätskoeffizient größer als der Reliabilitätskoeffizient ist.

kriterium ist durch den inneren Kreis symbolisiert. Die Kreisflächen entsprechen der Größe der Korrelationskoeffizienten.[1]

Ein fiktives *Beispiel* soll die mögliche Abstufung der drei Korrelationskoeffizienten veranschaulichen: Bei einem Leistungstest, der den Lernerfolg einer Lehreinheit messen soll und nur Mehrfachwahlaufgaben enthält,wird die Auswertungsobjektivität $r = 1{,}0$ betragen und die Durchführungsobjektivität (gemessen mit 3 verschiedenen Versuchsleitern) $r = 0{,}97$. Die Reliabilität (gemessen mit einer Parallelform des Tests im Abstand von 3 Tagen) beträgt $r = 0{,}85$. Es wird schwierig sein, für die Testvalidität ein valides Außenkriterium zu finden, wenn der Test – wie oft bei hochschuldidaktischen Untersuchungen wahrscheinlich – selbst das definierte valide Kriterium darstellt. Es ließe sich aber ein Fall denken, in dem die Anwendung der im Test isoliert geprüften Kenntnisse, Fertigkeiten und Fähigkeiten bei der Erstellung eines selbständigen, umfangreichen wissenschaftlichen Referats interessierte. Angenommen es wäre möglich, die Güte eines solchen Referats durch den Einsatz mehrerer Beurteiler einigermaßen zuverlässig (etwa $r \geq 0{,}7$) und valide zu bestimmen, so könnte man den Zusammenhang zwischen Testergebnis und Güte des Referats als kriterienbezogene Validität interpretieren. Hierfür würde sich bei diesem erfundenen Beispiel ein Wert von $r = 0{,}6$ ergeben.

Tests, die in der Psychologie vornehmlich zur Individualdiagnose verwendet werden, sollen optimal zwischen den Individuen differenzieren.[2] Mit statistischen Überlegungen ergibt sich daraus die Forderung, daß die einzelnen Aufgaben verschiedene Schwierigkeitsgrade[3] haben sollen (etwa zwischen $p=0{,}2$ und $p=0{,}8$), der Test insgesamt eine „mittlere" Schwierigkeit ($p = 0{,}5$) besitzen soll und die Testrohwerte normal verteilt sein sollen.

Diese *Differenzierungskraft* eines Tests steht in der didaktischen Forschung nicht so sehr im Mittelpunkt der Überlegungen zur Testkonstruktion. Wenn es nur interessiert, wieviel Lerner ein definiertes Lernziel erreicht haben, werden sog. Kriterientests konstruiert, denen oft ein 90/90-Standard zugrundegelegt wird. Das bedeutet, daß 90% der Lerner 90% der Aufgaben lösen können. (Dabei wird der Test Aufgaben mit einer anderen Schwierigkeitsverteilung als bei der optimalen Differenzierung enthalten; die mittlere Schwierigkeit der Aufgaben eines solchen Kriterientests könnte etwa bei $p = 0{,}85$ liegen!)

Ein zwischen den Lernern differenzierender Test wird in der didakti-

[1] Mit Objektivität ist in diesem Falle die Auswertungs- und Durchführungsobjektivität in Abgrenzung von der Interpretationsobjektivität gemeint. Die Reliabilität ist hier nach der Paralleltestmethode zu ermitteln.

[2] Vgl. Vorbemerkungen zu diesem Abschnitt, S. 79.

[3] Der Schwierigkeitsgrad einer Aufgabe wird definiert als der Prozentsatz der Löser einer Aufgabe in bezug auf diejenigen Personen, die die Aufgabe bearbeiteten.

schen Forschung immer dann jedoch notwendig werden, wenn man die Unterschiede zwischen verschiedenen Lehrmethoden erforschen will. Dann will man auch messen, wieviel Lerner über ein definiertes Lernziel hinaus in welchem Maß durch eine Lehrmethode gelernt haben. Wenn man über Richtung und Ausmaß der Unterschiede bei der Testkonstruktion noch nichts weiß, wird man bei der Auswahl der Aufgaben zunächst probierend vorgehen müssen, um den Test so zu konstruieren, daß er für die eingesetzten Lehrmethoden optimal differenziert.

Die Unterteilung eines Testwerts in *Untertests* (oder Teiltests), die verschiedene inhaltliche oder formale Bereiche (z. B. taxonomische Ebenen) repräsentieren, hängt von der Spezifizierung der Fragestellung des Forschungsvorhabens ab. Darüber läßt sich nichts allgemein Gültiges sagen. Für das Minimum der Zuverlässigkeit von solchen Untertestmeßwerten gibt Lienert (1969) eine Faustregel an: $r \geq 0{,}5$. Dieses Minimum variiert mit der Stichprobengröße, für die man eine Aussage machen will, und es müßte im Einzelfall geprüft werden, welche differenzierten Aussagen sich statistisch rechtfertigen lassen.

Normierung, Vergleichbarkeit, Ökonomie und *Nützlichkeit* werden von Lienert (1969, 12) als „Nebengütekriterien" eines Tests bezeichnet. Sie spielen bei publizierten Testverfahren, die einen breiten Anwendungsbereich haben, eine Rolle. Bei Tests in der hochschuldidaktischen Forschung wird die über das konkrete Forschungsvorhaben hinausgehende Anwendungsmöglichkeit in der Regel gering sein. So würde nur bei einer hinreichenden Standardisierung der Lernziele im Hochschulbereich eine Normierung im Sinne einer für alle oder wenigstens einige Hochschulen oder Hochschullehrer repräsentativen Erhebung der Studienleistungen sinnvoll sein.

Dem stehen das Grundrecht der Freiheit des Lehrens und Lernens im tertiären Bereich entgegen, ebenso die Methoden des Projektstudiums und des Forschenden Lernens. Eine teilweise Vereinbarung beider Prinzipien, der Standardisierung der Lehre und Normierung von lernzielorientierten Tests mit der Freiheit des Lehrens und Lernens wäre etwa möglich durch einen Pluralismus bei der Erstellung und Evaluierung von Lehrmaterial, womit jeder örtlichen Studiengruppe die freie Wahl unter Alternativen eingeräumt wäre.

Es ist ohnehin selbstverständlich, daß nur für einen Teil des Studiums solche „vorgefertigten" Materialien zu erstellen möglich und sinnvoll wäre. Ein nicht unwesentlicher Teil des Studiums sollte den je gegebenen örtlichen Möglichkeiten (vorhandene Praxisfelder etc.) und persönlichen Interessen entsprechend in einem Projektstudium verwirklicht werden können.

Drei häufig vorgebrachte Argumente gegen die Verwendung von Tests (und deren Widerlegung)

1. Erfahrungsgemäß variiert die individuelle Leistungsfähigkeit, der Test kann jedoch nur in einem begrenzten Zeitraum angewandt werden. Das Ergebnis ist somit verfälscht durch die augenblicklich gegebene Stimmung, Müdigkeit, Konzentration und anderes mehr.

Wiederlegung: Dieser Einwand ist prinzipiell richtig, bedenkt jedoch nicht, daß ein solcher Meßfehler theoretisch erfaßt und empirisch geprüft werden kann. Durch die Anwendung von Paralleltests mit dem Abstand von ein paar Tagen ist ein mittleres (oder besser: wahrscheinliches) Ausmaß der Verfälschung des Testresultats durch situative Bedingungen berechenbar.

2. Objektive Tests sind nicht gerecht, denn sie behandeln die Personen gleich, die unter ganz verschiedenen Bedingungen lernen.

Widerlegung: Der Einwand ist wiederum prinzipiell richtig. Der Anspruch der „Gerechtigkeit" in dem oben genannten Sinne wird aber von keinem wissenschaftlichen Testverfahren erhoben. Ein Test kann allenfalls objektiv, d. h. unabhängig vom subjektiven Ermessen des Versuchsleiters und Testauswerters messen; dies kann als Teilbereich einer „gerechten" Beurteilung angesehen werden.

Im übrigen ist es ja prinzipiell möglich, alle bekannten Lernvoraussetzungen, die die interindividuellen Unterschiede bedingen, zu ermitteln und damit in die Bewertung des Testresultats mit einzubeziehen. Insofern ist die Verwendung eines Tests nicht ungerechter als die Beurteilung durch einen Lehrer, die alle verfügbaren biografischen Daten des Lerners berücksichtigt.

3. Mit objektiven Tests, die nur Aufgaben mit geschlossenen Antworten enthalten, kann nur das Reproduzieren von Faktenwissen, nicht jedoch das denkende Verarbeiten einer Information gemessen werden.

Widerlegung: Es gibt genug Aufgabenbeispiele, die zeigen, daß auch die Fähigkeit zum Verständnis, zur Anwendung und zur Analyse mit geschlossenen Antworten geprüft werden kann (vgl. Bloom 1956, Glück 1972, Chauncey/Dobbin 1968, 126 f. und die Aufgabenbeispiele im Abschnitt 7). Allerdings ist es nicht leicht, Anwendungs- und Analyseaufgaben zu konstruieren.

7. Aufgabenformen für den lernzielorientierten Test

Die Bemühungen, Testleistungen möglichst objektiv zu ermitteln, beginnen nicht erst bei der Testauswertung, sondern bereits bei der Konstruktion der Aufgaben, aus denen der Test besteht. Uns steht heute eine ganze Palette unterschiedlicher Aufgabenformen zur Verfügung, die eine objektive Auswertung gestatten. Die Kunst der Testautoren liegt nun darin, beim Arrangement von Tests die Vielfarbigkeit der Palette auch auszuschöpfen und dabei die einzelne Aufgabe so zu gestalten, daß ihre Form nicht den intendierten Inhalt und ihr Inhalt nicht die intendierte Form überfremden. Die Gestaltung von Aufgaben bleibt eine Kunst, auch wenn sich Aufgabenformen systematisch darstellen und sich diese Formensysteme systematisch nützen lassen.

In diesem Kapitel sollen Aufgaben zum kognitiven Bereich behandelt werden.

System der Aufgabenformen in Kurzübersicht

Wir können drei Klassen von Aufgaben mit steigender Auswertungsobjektivität – und damit verbunden auch im allgemeinen mit steigender Auswertungsökonomie – unterscheiden: Aufgaben mit ungebundener, mit halbgebundener und mit gebundener Antwort.

Erste Klasse:	Aufgaben mit ungebundener Antwort
Erste Gattung:	Aufsatzthemen
Zweite Gattung:	Interpretationsaufgaben
Zweite Klasse:	Aufgaben mit halbgebundener Antwort
Erste Gattung:	Kurzantwortaufgaben
Zweite Gattung:	Ergänzungsaufgaben
Dritte Gattung:	Substitutionsaufgaben
Dritte Klasse:	Aufgaben mit gebundener Antwort
Erste Gattung:	Alternativaufgaben
Zweite Gattung:	Antwortauswahlaufgaben
Dritte Gattung:	Reihenfolgeaufgaben
Vierte Gattung:	Zuordnungsaufgaben
Fünfte Gattung:	Auswahlreihenfolgeaufgaben
Sechste Gattung:	Aufgaben mit interdependenter Antwortauswahl

Siebte Gattung: Aufgaben mit vorgegebenen Konstruktionselementen
Achte Gattung: Stellvertreteraufgaben.

Die drei Aufgabenklassen sind in Gattungen unterteilt, diese in Aufgabenarten und diese schließlich in Varietäten, wie noch gezeigt werden soll.

Aufgaben mit ungebundener Antwort

Die erste Gattung dieser Aufgabenklasse stellen die altvertrauten Aufsatzthemen dar, die zwar den geringsten Aufwand bei ihrer Formulierung erfordern, aber auch die geringste Auswertungsobjektivität bieten, wie das in mannigfachen empirischen Untersuchungen gezeigt werden konnte (vgl. Ingenkamp 1971). Sie kommen daher für den Test nicht in Frage. Der Vollständigkeit halber sei angemerkt, daß bei dieser Aufgabengattung drei Arten unterscheidbar sind: erstens Themen für reine Sachdarstellungen wie z. B. die Aufforderung, Bindungseigenschaften des Kohlenstoffatoms abzuhandeln, zweitens Themen für bloße Stellungnahmen wie z. B. die Aufgabe, zu einer politischen Tagesparole einen „Besinnungsaufsatz" zu schreiben, drittens Themen für Sachdarstellungen mit angeschlossener Stellungnahme wie z. B. die Aufgabe, die wissenschaftliche Nutzung von Isoprenderivaten darzustellen und dann zur Krebsgefährdung der Bevölkerung Erwägungen anzustellen.

Interessanter für den Test ist die zweite Gattung, nämlich die Interpretationsaufgabe. Bei ihr wird eine Komplexinformation zunächst unaufgeschlüsselt vorgegeben, so etwa eine kurze Geschichte, eine Situationsschilderung, eine Krankengeschichte, ein Röntgenbild, eine technische Zeichnung und dergleichen mehr. Im Anschluß daran wird eine Frage oder eine Reihe von Fragen oder Aufforderungen gestellt, wodurch der Proband gezielt veranlaßt wird, die komplexe Information nach bestimmten Aspekten aufzuschließen und in eigenen Worten zu verwerten, kurz: zu interpretieren.

Je nach Stringenz der gestellten Anforderungen läßt sich die Interpretationsaufgabe schon eher dem Konsens verschiedener Auswerter nahebringen. Wir sollten aber immer bedenken, daß hier wenigstens zwei Leistungsarten in die Antwort des Probanden eingehen: das eigentliche Meistern der Sache und die Fähigkeiten zu deren Verbalisation bis hin zum Schriftbild, das die Bewertung beeinflussen kann. Und beide Leistungsarten stehen in Interaktion. Determinanten des Sprachvermögens, der Sprachlichkeit überhaupt, determinieren auch die Sachleistung selbst.

Die Interpretationsaufgabe eignet sich für die Erhebung taxonomisch anspruchsvollerer Leistungen wie Analyse und Synthese, Originalität und

Kreativität, und sie ist so gut wie frei von Lösungen durch blindes Raten. Andererseits ist sie zur feindiagnostischen Isolierung begrenzter Einzelmerkmale des Verhaltens in aller Regel ebensowenig angebracht wie zur rationellen oder gar computerunterstützten Testauswertung. Trotz des relativ großen Konstruktionsaufwandes kommt sie aber gerade wegen ihres problemkomplexen Charakters durchaus für Tests in Frage.

Formal sind zwei Arten der Interpretationsaufgabe zu unterscheiden, nämlich Aufgaben mit Einfachinterpretation und Aufgaben mit Mehrfachinterpretation. Im letzteren Fall ist die vorgegebene Komplexinformation nacheinannder unter verschiedenen Aspekten zu interpretieren.

Aufgaben mit halbgebundener Antwort

Auch bei dieser Aufgabenklasse formuliert der Proband seine Antworten selbst, allerdings kürzer und viel enger an den Aufgabentext gebunden als bei Interpretationsaufgaben.

Beispiele für die Kurzantwortaufgabe:[1]

(1 –) Was enthält das Tabakblatt?

Als Antwort wird erwartet: „Nikotin". Da die Frage aber für diese Antwort zu unpräzise gestellt ist, könnte die Frage geschickter lauten:
(1 +) Wie heißt das Hauptalkaloid des Tabakblattes?[2]

(2 –) Welches Leberleiden wird durch Alkohol verursacht?

Als Antwort wird erwartet: „Leberzirrhose". Auch diese Frage ist ungeschickt formuliert, da sie dem Probanden eine zu simple Kausalität aufdrängt. Besser könnte folgende Formulierung sein:
(2 +) Welches Leberleiden tritt mit statistisch signifikanter Häufung bei Alkoholikern auf, die sich unzureichend ernähren?[3]

(3 –) Welche Mindestmenge an Milch sollte ein 14jähriger Knabe täglich zu sich nehmen?

Als Antwort werde erwartet: „500 ccm". Die Schwäche dieser Formulierung besteht darin, daß kein genauer Mengenmaßstab angegeben ist und der Auswerter z. B. unsicher wäre, ob die Antwort „4 Tassen" zureicht. Dem könnte folgende Formulierung abhelfen:

[1] Im folgenden werden einige negative Beispiele (mit Minuszeichen hinter der Aufgabenziffer) und positive Beispiele gegeben. Dabei ist selbstverständlich vorausgesetzt, daß man eine Aufgabe sehr oft nur mit Rücksicht auf den der Aufgabenstellung vorausgehenden Unterricht als negativ oder positiv ansehen kann.

[2] Verändert aus Thorndike/Hagen 1969, 88.

[3] Verändert aus Thorndike/Hagen 1969, 89.

(3 +) Wieviel ccm Milch sollte ein 14jähriger Knabe täglich mindestens zu sich nehmen?[1]

Beispiele für die Ergänzungsaufgabe:

(4 –) Die Leber . . . überflüssige Glukose als Glykogen.

Hier wird die Antwort erwartet: „speichert“. Da diese Antwort aber irrelevant für das eigentlich zu erfragende Problem ist, wäre die Aufgabe etwa so umzustellen:

(4 +) Im normalen Stoffwechsel wird überflüssige Glukose aus dem Blut in der Leber gespeichert, und zwar als . . .[2]

(5 –) In der Nomenklatur werden die Amine anders behandelt als die Alkohole. Die Ausdrücke . . ., . . ., und . . . beziehen sich auf die . . . der . . . am . . .

Dieser Ergänzungstext besteht fast nur aus Lücken, und darin liegt sein Mangel, denn eine so fragmentarisierte Information ist nicht lösbar. Angemessen wäre es, so zu formulieren:

(5 +) In der Nomenklatur werden die Amine anders behandelt als die Alkohole. Die Ausdrücke „primär“, „sekundär“ und „tertiär“ beziehen sich auf die Zahl der . . . am . . . .

Die Beispiele repräsentieren übrigens zwei verschiedene Arten der Ergänzungsaufgabe: Aufgabe (4) ist eine Aufgabe mit Einfachergänzung, Aufgabe (5) eine Aufgabe mit Mehrfachergänzung.

Beispiele für die Substitutionsaufgabe:

(6) Carbonsäuren enthalten die Carboxylgruppe 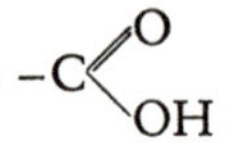 und dissoziieren in wäßriger Lösung in Hydroxoniumionen und Säurekationen 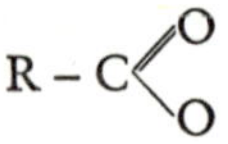 .

Wie diese so enthalten alle Substitutionsaufgaben einzelne Falschinformationen, die vom Probanden durch richtige Informationen ersetzt werden sollen. Im Beispiel (6) ist „Säurekationen“ durch „Säureanionen“ zu substituieren. Hier liegt eine Substitutionsaufgabe von der *Art* der Einfachsubstitution vor, und zwar als bestimmte *Varietät*: Die Substitution ist nicht gekennzeichnet, d. h. „Säurekation“ ist im Aufgabentext nicht hervorgehoben.

(7) Carbonsäuren enthalten die *Carbongruppe* – 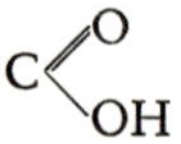 und dissozi-

[1] Verändert aus Thorndike/Hagen 1969, 90.
[2] Verändert aus Thorndike/Hagen 1969, 90.

ieren in *alkoholischer* Lösung in Hydroxoniumionen und *Säurekationen*

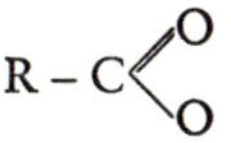 .

Diese Substitutionsaufgabe ist von der *Art* der Mehrfachsubstitution und der *Varietät* der gekennzeichneten Substitution: Die drei zu substituierenden Falschinformationen sind hervorgehoben. Würde man im Beispiel (6) oder (7) die Einzelinformation 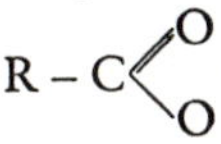 noch mit einem Minuszeichen für die negative elektrische Ladung versehen, so könnte dies als sog. cue oder hint, als Lösungshinweis, fungieren, der in diesem Fall nicht wie die graphische Hervorhebung der Falschinformationen syntaktischen Typs, sondern semantischen Typs ist. Durch dererlei Detailtechniken kann man das vorgesehene Schwierigkeitsniveau einer Aufgabe gezielt variieren. Aufgaben mit halbgebundener Antwort eignen sich nicht etwa nur für taxonomisch unterste Niveaus wie Kenntnis und Verständnis, sondern können sehr wohl auch Verhaltensmerkmale ermitteln, die man als Anzeichen für die Fähigkeit zu analytischer und synthetischer Leistung, zur Problemlösung und sogar als Äußerung der Kreativität deutet. Was die *einzelne* Aufgabe dieser Klasse hier im Unterschied zur *einzelnen* Interpretationsaufgabe nicht leistet, kann immerhin mit einer Aufgabenserie erreicht werden. Wie die Interpretationsaufgabe so bleibt auch die Aufgabe mit halbgebundener Antwort – wenn sie nur gut konstruiert ist – frei von bloßem Erraten der richtigen Lösung. Die halbgebundene Antwort hat einen *Vorteil* und einen Nachteil gegenüber der gebundenen Antwort (deren Varianten wir noch behandeln werden): Probanden formulieren ihre Antwort selbst. Das kann bei bestimmten Anforderungen vorteilhaft sein. Aber es können dadurch solche Antworten gegeben werden, die den Auswerter in Verlegenheit bringen, weil er sie nicht vorgesehen hat und vielleicht unsicher ist, ob sie als richtig, beinahe oder teilweise richtig oder als falsch zu werten sind. Daher gibt man in Tests den Aufgaben der folgenden Klasse im allgemeinen doch den Vorzug:

Aufgaben mit gebundener Antwort

Diese an Gattungen, Arten und Varietäten reichste Klasse umfaßt Aufgabenformen, die im englischsprachigen Bereich oft kurzerhand „objective items" genannt werden. Vor den Beispielen soll hier noch vermerkt sein, daß das, was wir bisher und im folgenden als „Aufgabe" bezeichnen, im Angelsächsischen präziser „exercise" heißt. Diese kann aus einem oder mehreren sog. „items" bestehen, womit die kleinste Einheit der Bewertung gemeint ist,[1] was gleichbedeutend ist mit der einzelnen Entscheidung „Richtig/Falsch", die der Auswerter zu treffen hat.

In Aufgaben mit gebundener Antwort wird dem Probanden zunächst das Problem oder der Problemkern dargeboten, und zwar in Form einer Frage, Aufforderung oder Behauptung. An diesem Aufgabenteil, den sog. Aufgabenstamm, schließt sich dann direkt das sog. Antwortfeld an, das aus vorgegebenen Antworten oder Antwortelementen besteht, aus denen der Proband die erwünschten Antworten auszuwählen und/oder zusammenzustellen hat, was im einfachsten und zugleich häufigsten Fall durch Ankreuzen geschieht. Die Antwort des Probanden ist also gebunden, er formuliert entweder gar nicht, oder aber er formuliert in vorgegebenen Wendungen und Symbolen, nicht mit eigenen Worten.

Die verschiedenen Gattungen, Arten und Varietäten dieser Aufgabenklasse wollen wir uns auch wieder sogleich in Beispielen anschauen, zunächst die einfachste Gattung:

Beispiele für die Alternativaufgabe:

(8) Ist Nt das chemische Symbol für Natrium?
   a) Ja
   b) Nein

(9) Nt ist das chemische Symbol für Natrium.
   a) Richtig
   b) Falsch

Beides sind Beispiele für die Art der Aufgabe mit *Einfach*alternative. Aufgabe (8) gehört zur Varietät der Ja/Nein-Einfachalternative, Aufgabe (9) zur Varietät der Richtig-Falsch-Einfachalternative. Ein Vorteil kann hier in der unaufwendigen Konstruktion gesehen werden, die allerdings auch einen entscheidenden Nachteil hat: Der Proband gelangt durch blindes Raten mit der gleichen Wahrscheinlichkeit ($P = 0.50$) zur richtigen wie zur falschen Antwort. Das gilt für die einzelne Aufgabe ebenso wie für den ganzen Test, wenn er aus lauter Alternativaufgaben besteht.

Übrigens ist in den Beispielen (8) und (9) die Aufgabe (exercise) zugleich auch kleinstmögliche Bewertungseinheit, d. h. der Auswerter kann für richtiges Ankreuzen (z. B. 8 b) *einen* Punkt und für falsche Ankreuzungen (z. B. 8 a) keinen Punkt anrechnen. Wir sprechen hier kurz von 1/0-Punktbewertung.

Anders sieht das in der folgenden Aufgabe aus:

(10) Das Volumen eines Gases
   a) wächst mit steigender Temperatur   Richtig/Falsch
   b) wächst mit steigendem Druck   Richtig/Falsch

[1] Vgl. Ebel 1966, 185

c) kann konstant gehalten werden,
indem der Druck erhöht und die Temperatur
erniedrigt wird Richtig/Falsch

d) kann auf Null reduziert werden,
indem der Druck erhöht und die Temperatur
erniedrigt wird Richtig/Falsch[1]

Hier sind mehrere sachlich engstens zusammenhängende Problemstellungen zu einer Aufgabe (überdies noch mit einem gemeinsamen Aufgabenstamm) verbunden worden, die aus vier Items besteht. Jede der vier Entscheidungen der Probanden kann 1/0 – punktbewertet werden. Ob nun tatsächlich bei vollständig richtiger Lösung am Ende vier Punkte vergeben werden, hängt davon ab, welches didaktische Gewicht und welchen vermutlichen oder empirischen Schwierigkeitsgrad die Aufgabe erhält. Im Beispiel (10) könnte der Aufgabenautor auch so argumentieren: Da die sachlogische Interdependenz der vier Items vereinfachend und redundant wirkt, wird bei vier richtigen Entscheidungen *ein* Punkt, ansonsten *kein* Punkt vergeben. Davon unbeschadet kann aber in der reinen (maschinellen oder manuellen) *Auszählung*, die der Leistungsbewertung ja vorangeht, die Antwort zu jedem einzelnen Items mit 1/0 protokolliert werden. Beispiel (10) gehört nach unserer Nomenklatur übrigens zur Varietät der Aufgaben mit Mehrfachalternative.

Die nächsten Beispiele zählen zu der Aufgabengattung, die als multiple-choice-Form weitbekannt ist.

Beispiele für die Antwortauswahlaufgabe:

(11) Wie heißt die Bundeshauptstadt von Australien?
a) Adelaide
b) Sydney
c) Melbourne
d) Canberra
e) Brisbane[2]

Hier besteht das Antwortfeld aus fünf Vorangabeantworten (engl.: „responses“) mit einer sog. Richtigantwort (engl.: „answer“) und vier sog. Ablenkern oder Distraktoren (engl.: „distractor“). Das Beispiel gehört zur Art der Aufgaben mit Einfachantwortwahl und zur Varietät der Aufgaben mit Richtigantwortwahl. Aufgaben dieser Form sind durchaus nicht darauf beschränkt, bloße Kenntnisse zu ermitteln, sondern eignen sich auch gut für Probleme, die Verständnis, Anwendung von Kenntnissen und Verständnissen, auch analytische und sogar synthetische Leistungen erfordern. Die Zahl von fünf Vorgabeantworten dürfte konstruktiv besonders

[1] Verändert aus Ebel 1966, 195.
[2] Verändert aus Allinger/Busch/Gross/Rütter 1970, 9.

günstig sein, da die Ratewahrscheinlichkeit für die Richtigantwort nur P = 0.20 beträgt und vier plausible, naheliegende und sinnvolle Ablenker vom sachkundigen Autor allemal gefunden werden können. Wo letzteres nicht möglich sein sollte, ist es besser, *weniger* Ablenker (und vielleicht entsprechend mehr Aufgaben) zu formulieren, als daß man unsinnige und weitabliegende gekünstelte Ablenker zur Hilfe nimmt.

Nun das Beispiel eines anderen Varietät, nämlich einer Einfachantwortwahl mit *Best*antwort:

(12) Welches ist der *primäre* Zweck des Marshall-Plans?
- a) Militärische Verteidigung Westeuropas
- b) Wiederaufbau der westeuropäischen Wirtschaft und Industrie
- c) Schlichtung der Differenzen mit Rußland
- d) Direkthilfe für hungernde und obdachlose Europäer[1]

Es wird hier deutlich, daß das, was als „beste" Antwort erwartet wird, oft genug von dem Unterricht abhängt, der einem Test vorausgeht.

Bei der nun folgenden zweiten Art von Antwortauswahlaufgaben ist der Aufgaben*stamm* selbst unterteilt, und darin manifestiert sich dann schon syntaktisch die eigentlich ja semantische Problemstellung:

(13) A) Die Linea alba ist der widerstandsfähige Teil der Bauchwand ...
- B) weil ...
- C) sich die Sehnen der Bauchmuskeln hier scherengitterartig überkreuzen.
- a) Nur A ist richtig
- b) Nur C ist richtig
- c) A und C sind richtig, B ist falsch
- d) A und C sind falsch
- e) A, B und C sind richtig[2]

Nehmen wir es genau, so müssen wir dieses Beispiel als „Antwortauswahlaufgabe mit Einfachantwortwahl und Richtigantwort nach Mehrfachstamm" bezeichnen. Es geht uns aber nicht um Bezeichnungen, sondern um den systematischen Überblick über Beispiele.

Nun zur dritten Art der Antwortauswahlaufgaben, zu Aufgaben mit Mehrfachantwortwahl:

(14) Welche drei (!) verschiedenen Soloinstrumente werden herkömmlich in einem Streichquartett gespielt?
- a) Violine
- b) Kontrabaß
- c) Cello
- d) Violoncello
- e) Bratsche

[1] Übersetzt aus Ebel 1966, 196.

[2] Aus dem Itempool der Ruhr-Universität Bochum, 1970; verändert.

Da hier die Anzahl der verlangten Antworten im Aufgabenstamm ausdrücklich genannt ist, besteht die zu bewertende Leistung des Probanden nur im Ankreuzen dreier Vorgabeantworten. Solche Aufgaben der Varietät „Mehrfachantwortwahl mit genannter Zahl verlangter Antworten“ sollten daher auch nur zu diesem speziellen Zweck der einfachen Leistung konstruiert werden. Will man dagegen auch testen, ob der Proband die richtige Anzahl kennt, hat man die Angabe „drei (!)“ wegzulassen und – allgemeiner gesprochen – die Varietät „Mehrfachantwortwahl mit ungenannter Zahl verlangter Antworten“ zu konstruieren. Bei der ersten Varietät liegt es nahe, erst die Leistung mit *einem* Punkt zu bewerten, die sich in drei richtigen Ankreuzungen äußert. Bei der zweiten Varietät könnten hingegen *zwei* Punkte gegeben werden: einer für die richtig gefundene Anzahl und einer für die entsprechenden richtigen Ankreuzungen. Zur Verdeutlichung noch ein Beispiel für die zweite Varietät:

(15) Welche der genannten Elemente sind in der Salpetersäure enthalten?
  a) Schwefel
  b) Wasserstoff
  c) Stickstoff
  d) Chlor
  e) Sauerstoff

Beispiele für die Reihenfolgeaufgabe:

(16) Bringe die folgenden Ergebnisse in die zeitlich richtige Reihenfolge!
  a) Eroberung Galliens durch Caesar
  b) Verschwörung des Catilina
  c) Bürgerkrieg zwischen Caesar und Pompeius
  d) Erhebung des G. S. Graccus zum Volkstribun[1]
  Reihenfolge: ...

Dies ist ein Beispiel für die sog. *Einfach*reihenfolge. Seltener verwendet, aber für spezielle Leistungen geeignet, ist die *Mehr*fachreihenfolge:

(17) Ordne die folgenden Monocarbonsäuren nach steigendem Molekulargewicht:
  a) Propionsäure
  b) Ameisensäure
  c) Buttersäure
  d) Essigsäure
  Reihenfolge ...

Bringe die folgenden Salze in die entsprechende Reihenfolge:
  a) Acetat
  b) Formiat

[1] Aus Allinger/Busch/Gross/Rütter 1970, 9.

c) Butyrat
Reihenfolge ...

Hier müssen Leistung 1 (erste Reihenfolge) und 2 (zweite Reihenfolge) *nicht* abhängig voneinander sein! Ist dagegen *Leistungsinterdependenz* Prüfungsgegenstand, so sind Aufgaben der 6. Gattung geeignet, die in einem späten Beispiel angedeutet ist.

Zunächst sei die vierte Gattung vorgestellt:

Beispiel für die Zuordnungsaufgabe:

(18) Trage hinter jedes der folgenden Ereignisse den Buchstaben a) bis e) ein, der zu dem entsprechenden Forscher gehört!

A) Wies die Blutzirkulation nach ...
B) Führte die mathematische Statistik in die Vererbungslehre des Menschen ein ...
C) Gab dem experimentum crucis in der Genetik seinen Platz ...

a) Louis Pasteur
b) Gregor Mendel
c) Francis Galton
d) Robert Koch
e) William Harvey [1]

Das Beispiel gehört zu einer bestimmten Art und Varietät: Einfache, unvollständige Zuordnung: „einfach" deshalb, weil zu jedem Großbuchstaben je ein *anderer* Kleinbuchstabe gehört; „unvollständig" deshalb, weil am Ende Vorgabeantworten übrigbleiben.

Einfache und vollständige Zuordnung liegt in folgendem Beispiel vor:

(19) Ordne jedem Ereignis die entsprechende Jahreszahl zu!

a) Beginn des Wiener Kongresses	A) 1803	...
b) Schlacht bei Austerlitz	B) 1805	...
c) Friede von Tilsit	C) 1806	...
d) Ende des alten deutschen Reiches	D) 1807	...
e) Reichsdeputationshauptschluß	E) 1814 [2]	...

Hier besteht ein wesentlicher Mangel: nach vier einzelnen Zuordnungen ist auch die fünfte festgelegt, sie ist keine Entscheidung mehr. Allerdings kann sie den Probanden zum Stutzen bringen, wenn sie offensichtlich unsinnig ist – und dann als nachträgliche Lösungshilfe wirken, auf Grund derer der Proband seine vorherigen Entscheidungen korrigiert – oder auch ins Raten gerät.

Wären im Beispiel (19) einer der Jahreszahlen *mehrere* der unter a) bis e) genannten Ereignisse zuzuordnen, so sprächen wir von „Mehrfach-

[1] Verändert aus Ebel 1966, 200.
[2] Aus Allinger/Busch/Gross/Rütter 1970, 9.

zuordnung", das ist eine auch durchaus übliche Aufgabenart. Sie hat eine Wirkung wie die unvollständige Zuordnung. Einer nächsten sehr interessanten Aufgabengattung wenden wir uns nun zu:

Beispiel für die Auswahlreihenfolgeaufgabe:

(20) Wähle die drei Ergebnisse aus, an denen Napoleon beteiligt war, und bringe sie in die zeitlich richtige Reihenfolge

a) Völkerschlacht bei Leipzig
b) Aufhebung der Erbuntertänigkeit in Preußen
c) Entlassung des Freiherrn von Stein aus dem preußischen Staatsdienst
d) Reichsdeputationshauptschluß

Die Zeitreihenfolge: ...[1].

Hier wird den Probanden die Anzahl der erwünschten Auswahlen mit „drei" genannt, der erste Teil der Doppelleistung (1. Auswahl, 2. Reihung dieser Auswahlen) also gefördert. Es wäre hier möglich, für die korrekte Gesamtleistung zwei Punkte und für jede Teilleistung einen Punkt zu vergeben. Würde man im Aufgabenstamm den Hinweis „drei" weglassen, hätten wir es mit der zweiten Art dieser Aufgabengattung, d. h. mit ungenannter Auswahlzahl, zu tun und könnten somit eine Dreifachleistung ermitteln (1. Anzahlbestimmung, 2. Auswahl, 3. Auswahlreihung) und demgemäß maximal 3 Punkte vergeben.

Bei beiden Arten dieser Aufgabengattung dürfte plausibel sein, daß hier nicht erst die Aufgaben*serie*, sondern schon die *Einzel*aufgabe (die ja aus Items besteht, die einander durchdringen und doch diszernierbar sind und Verhalten differenziert erfassen) wohl durch alle taxonomischen Ebenen hindurch brauchbar ist, ohne strukturell überkompliziert zu sein.

Die nächste, nämlich 6. Aufgabengattung fungiert mindestens so differentialdiagnostisch wie die vorige Gattung, und sie ist noch mehr auf höhere Taxonomieniveaus ausgerichtet:

Beispiele für die Aufgabe mit interdependenter Antwortauswahl:

(21) Welche Symmetrieeigenschaft besitzt der Graph der Funktion

$$f\colon \begin{cases} R \rightarrow R \\ x \rightarrow -\dfrac{1}{8}\cdot 3 + 2x = y \end{cases}$$

Symmetrieart:

a) Symmetrie zur x-Achse
b) Symmetrie zur y-Achse
c) Punktsymmetrie zum Ursprung
d) Symmetrie zur 1. Mediane

[1] Aus Allinger/Busch/Gross/Rütter 1970, 10.

Begründung:

A) Mit (x_0/y_0) liegt auch $(-x_0/+y_0)$ auf der Kurve
B) Mit (x_0/y_0) liegt auch $(-x_0/-y_0)$ auf der Kurve
C) Mit (x_0/y_0) liegt auch $(+x_0/-y_0)$ auf der Kurve
D) Mit (x_0/y_0) liegt auch $(+x_0/+y_0)$ auf der Kurve[1]

Hier empfiehlt sich die 2/1/0-Punktwertung; gemessen wird in diesem Fall eine analytische Leistung, die mehreres voraussetzt: Kenntnisse, deren Verständnis und die Fähigkeit zu deren Anwendung auf das obige math. Analyseproblem.

Die Aufgabe würde freilich zu einer „aufgetakelten" primitiven Kenntnisfrage, falls ihr Inhalt im vorherigen Unterricht eingedrillt worden wäre.

Prinzipiell gilt: Aufgaben allein, ohne Rücksicht auf den vorgängigen Unterricht können nicht taxonomisch definitiv festgelegt werden.

Die folgende 7. Aufgabengattung ist vornehmlich, wenn auch nicht ausschließlich, für die Ermittlung synthetischer und schöpferischer Leistungen geeignet.

Beispiel für Aufgaben mit vorgegebenen Konstruktionselementen:

(22) Konstruieren Sie aus den folgenden Elementen ein Regelkreismodell empirischer Unterrichtsforschung durch Eintragung der Symbole in das Schema![2]

a) Unterrichtsversuch
b) Didaktisches Theorem
c) Falsifikation bzw. Bewährung
d) Versuchshypothese

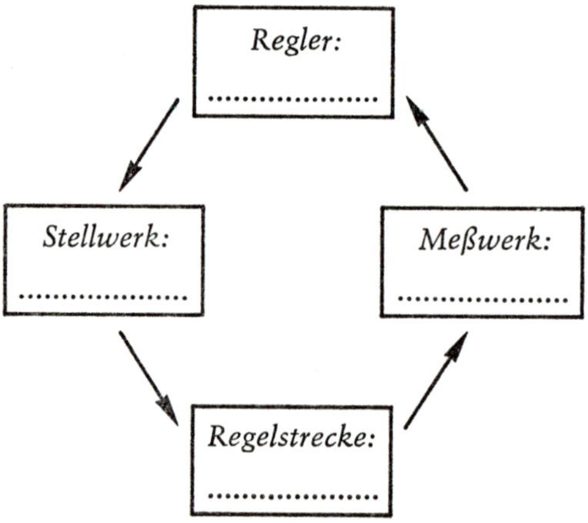

[1] Aus Allinger/Busch/Gross/Rütter 1970, 9 f.
[2] Das Thema dieser Aufgabe wird im Kapitel III dieses Buches behandelt.

Ähnlich könnten natürlich auch mathematische Formeln, technische Zeichnungen, Sätze etc. konstruiert werden. Hier eröffnet sich der Forschung im Bereich der Unterrichtsmethoden ein weites Feld, das an dieser Stelle nicht abgesteckt werden kann. Jedenfalls können in diesem Feld verschiedenste neue Aufgabenarten zu Tage gefördert werden, die unsere Prüfungen, aber auch unsere Unterweisungsmethoden enorm befruchten dürften.

Zu guter Letzt noch die 8. Gattung, nämlich die sogenannten Stellvertreteraufgaben. Das sind solche Aufgabentypen, bei denen eine je bestimmte Aufgabenform durch eine andere Aufgabenform stellvertretend dem Probanden dargeboten wird, um ihm die für die Bewertung unwichtigen Sekundärleistungen zu ersparen. Hier sollen jetzt nur drei häufige Arten vorgestellt werden.

Beispiele für die Stellvertreteraufgabe:

Aufgabe mit Einfachantwortwahl stellvertretend für Mehrfachantwortwahl mit genannter Zahl verlangter Antworten:

(23) Welche Instrumente werden herkömmlich in einem Streichquartett gespielt?

a) Violinen, Cello, Kontrabaß
b) Violinen, Bratsche, Violoncello
c) Bratsche, Cello, Violoncello
d) Violinen, Cello, Bratsche
e) Bratsche, Cello, Kontrabaß

Der Plural „Violinen" könnte übrigens eine absichtliche oder unabsichtliche Lösungshilfe sein!

Aufgabe mit Einfachantwortwahl stellvertretend für Mehrfachantwortwahl mit ungenannter Zahl verlangter Antworten:

(24) Welche der folgenden Relationen ist oder sind transitiv?

A) „ist Vater von"
B) „ist Zeitgenosse von"
C) „ist Bewunderer von"
D) „ist ein Vielfaches von"
E) „ist senkrecht zu"

a) B, D, E
b) A, B
c) B, C, D
d) B, D
e) E[1]

[1] Verändert aus Allinger/Busch/Gross/Rütter 1970, 11.

Aufgabe mit Einfachantwortwahl stellvertretend für Reihenfolgeaufgabe:

(25) Welche der folgenden Reihenfolgen ist die richtige?

A) Eroberung Galliens durch Caesar
B) Verschwörung des Catilina
C) Bürgerkrieg zwischen Caesar und Pompeius
D) G. S. Graccus wird Volkstribun

a) A, B, D, C
b) B, A, C, D
c) D, A, C, B
d) D, B, A, C[1]

Zwei Nachbemerkungen: Erstens können die Aufgaben jeder Form auch statt der bloßen Texte Illustrationen darbieten und zweitens lassen sich die verschiedenen Aufgabenformen vielfältig miteinander kombinieren, so daß neue Formen entstehen.

Die Aufgabe sollte aber immer so einfach strukturiert sein, wie die Problemstellung das eben gestattet, ohne verfälscht zu werden. Häufig genug wird leider nicht die Lernleistung sondern etwas ganz anderes ermittelt, nämlich die Prüfungsleistung.

System der Aufgabenformen in Detailübersicht

Die besprochenen Aufgabenformen sollen – nun auch mit Beachtung der einzelnen Arten und häufigeren Varietäten – zur Übersicht gebracht werden (vgl. Pkt. 1 dieses Kapitels):

Erste Klasse:	*Aufgaben mit ungebundener Antwort*
Erste Gattung:	*Aufsatzthemen*
Erste Art:	Themen für Sachdarstellungen
Zweite Art:	Themen für Stellungnahmen
Dritte Art:	Themen für Sachdarstellung mit Stellungnahmen
Zweite Gattung:	*Interpretationsaufgaben*
Erste Art:	Aufgaben mit Einfachinterpretation
Zweite Art:	Aufgaben mit Mehrfachinterpretation
Zweite Klasse:	*Aufgaben mit halbgebundener Antwort*
Erste Gattung:	*Kurzantwortaufgaben*
Erste Art:	Aufgaben mit einer Kurzantwort (Beisp. 1 bis 3)
Zweite Art:	Aufgaben mit mehreren Kurzantworten
Zweite Gattung:	*Ergänzungsaufgaben*
Erste Art:	Aufgaben mit einer Ergänzung (Beisp. 4)
Zweite Art:	Aufgaben mit mehreren Ergänzungen (Beisp. 5)

[1] Aus Allinger/Busch/Gross/Rütter 1970, 11.

Dritte Gattung:	*Substitutionsaufgaben*
Erste Art:	Aufgaben mit Einfachsubstitution
	Erste Varietät: Aufgaben mit gekennzeichneter Einfachsubstitution (Beisp. 6)
	Zweite Varietät: Aufgaben mit ungekennzeichneter Einfachsubstitution
Zweite Art:	Aufgaben mit Mehrfachsubstitution
	Erste Varietät: Aufgaben mit gekennzeichneter Mehrfachsubstitution (Beisp. 7)
	Zweite Varietät: Aufgaben mit ungekennzeichneter Einfachsubstitution
Dritte Klasse:	*Aufgaben mit gebundener Antwort*
Erste Gattung:	*Alternativaufgaben*
Erste Art:	Aufgaben mit Einfachalternative
	Erste Varietät: Aufgaben mit Ja/Nein-Einfachalternative (Beisp. 8)
	Zweite Varietät: Aufgaben mit Richtig/Falsch-Einfachalternative (Beisp. 9)
Zweite Art:	Aufgaben mit Mehrfachalternative
	Erste Varietät: Aufgaben mit Ja/Nein-Mehrfachalternative
	Zweite Varietät: Aufgaben mit Richtig/Falsch-Mehrfachalternative (Beisp. 10)
Zweite Gattung:	*Antwortauswahlaufgaben*
Erste Art:	Aufgaben mit Einfachstamm und Einfachantwortwahl
	Erste Varietät: Aufgaben mit Einfachstamm und Richtigantwortwahl (Beisp. 11)
	Zweite Varietät: Aufgaben mit Einfachstamm und Bestantwortwahl (Beisp. 12)
Zweite Art:	Aufgaben mit Mehrfachstamm und Einfachantwortwahl (Beisp. 13)
Dritte Art:	Aufgaben mit (Einfachstamm und) Mehrfachantwortwahl
	Erste Varietät: Aufgaben mit genannter Zahl verlangter Antwortwahlen (Beisp. 14)
	Zweite Warietät: Aufgaben mit ungenannter Zahl verlangter Antwortwahlen (Beisp. 15)
Dritte Gattung:	*Reihenfolgeaufgaben*
Erste Art:	Aufgaben mit Einfachreihenfolge (Beisp. 16)
Zweite Art:	Aufgaben mit Mehrfachreihenfolge (Beisp. 17)

Vierte Gattung:	*Zuordnungsaufgaben*
Erste Art:	Aufgaben mit Einfachzuordnung Erste Varietät: Aufgaben mit vollständiger Einfachzuordnung (Beisp. 19) Zweite Varietät: Aufgaben mit unvollständiger Einfachzuordnung (Beisp. 18)
Zweite Art:	Aufgaben mit Mehrfachzuordnung
Fünfte Gattung:	*Auswahlreihenfolgeaufgaben*
Erste Art:	Aufgaben mit genannter Zahl zu reihender Auswahlantworten (Beisp. 20)
Zweite Art:	Aufgaben mit ungenannter Zahl zu reihender Auswahlantworten
Sechste Gattung:	*Aufgaben mit interdependenter Antwortauswahl (Beisp. 21)*
Siebte Gattung:	*Aufgaben mit vorgegebenen Konstruktionselementen (Beisp. 22)*
Achte Gattung:	*Stellvertreteraufgaben*
Erste Art:	Aufgaben mit Einfachantwortwahl stellvertretend für Aufgaben mit Mehrfachantwortwahl (Beisp. 23 und 24)
Zweite Art:	Aufgaben mit Einfachantwortwahl stellvertretend für Reihenfolgeaufgaben (Beisp. 25)
Dritte Art:	Aufgaben mit Einfachantwortwahl stellvertretend für Zuordnungsaufgaben.

Hinweise zur Formulierung von Testaufgaben

— Keine Trivialitäten oder für das Lehrziel nebensächliche oder ausgefallene Probleme als Aufgabe formulieren.

— Nicht mehrere voneinander getrennte oder trennbare Probleme in *eine* Aufgabe hineinpacken.

— Die Aufgabe so klar formulieren, daß das von ihr angesprochene Problem unmißverständlich und eindeutig zum Ausdruck kommt.

— Das von der Aufgabe repräsentierte Problem hinreichend beschreiben, so daß die Aufgabe alle Angaben enthält, die zur Lösung nötig sind.

— Angaben, die für das von der Aufgabe angesprochene Problem überflüssig sind, wie z. B. funktionslose Wörter, Leerformeln, Füllwörter, unwesentliche Einzelheiten, weglassen.

— Das Schwierigkeitsniveau der Aufgabe so halten, daß es sowohl für die Zielgruppe als auch für das für diese Zielgruppe gesetzte Lehrziel als angemessen erscheint.

- Irrelevante Schwierigkeitsquellen vermeiden, so z. B. Begriffe mit schillernder Bedeutung, lange oder kompliziert gebaute Sätze, unexakte Verbindungen von Wörtern und Sätzen oder Aufforderungen zu Sekundärleistungen.
- Ungewollte Lösungshilfen im Aufgabenstamm oder in den Antwortvorgaben vermeiden.
- Die Antwortvorgaben so wählen, daß die Richtigantwort nach Expertenkonsens auch richtig ist und daß die Ablenker problemrelevant und plausibel sind.
- Stereotypien in der Problemstellung und Formulierung der Aufgabe vermeiden.

III

DAS DIDAKTISCHE EXPERIMENT

Hochschuldidaktische Forschung kann sich nicht darauf beschränken, zu beobachten, zu befragen und Tests einzusetzen, sondern wird auch nach Plan und Ziel experimentieren müssen. Was ist in diesem Zusammenhang unter einem „didaktischen Experiment" zu verstehen? Beispiele aus der Praxis der Autoren sollen die Antwort geben.

Das Deutsche Institut für Fernstudien (DIFF) an der Universität Tübingen versucht unter anderem, ein „Fernstudium im Medienverbund" (Dohmen 1970) zu konzipieren, das sich dem konventionellen akademischen Lehrbetrieb integrieren läßt. Ein solcher Versuch könnte als ein didaktisches Experiment großen Stils verstanden werden. Als ein Experiment deshalb, weil der Ausgang im einzelnen ungewiß ist.

Aber hier soll der Begriff des didaktischen Experiments enger gefaßt werden: Das DIFF entwickelt zusammen mit Hochschullehrern aus verschiedenen Fachrichtungen sogenannte „Studienbriefe". Diese sollen im Unterschied zu Lehrbüchern gewohnter Art den Leser nicht bloß in Form des Monologs ansprechen. Vielmehr sollen sie mit ihrem Leser in den Dialog treten und seinen Lernprozeß dadurch steuern. Sie dienen dem Studierenden als ein Medium der Selbstunterweisung und der Selbstprüfung. Überdies haben sie auf andere Medien, mit denen sie in Verbund stehen, zu verweisen und deren selbständige Nutzung einzuüben.

Solche und andere didaktische Funktionen kann man nicht mit einem bloßen Appell an die Phantasie der Studienbriefautoren verwirklichen. An die Stelle methodischer Privatmeinungen tritt die gezielte Fragestellung in Form der Hypothese, die nach genauem Versuchsplan empirisch und intersubjektiv nachvollziehbar geprüft werden kann: Man entscheidet sich für eine Zielgruppe und definiert deren gewünschtes Zielverhalten in der Form eines lernzielorientierten Tests. Man wählt Verfahren der Beobachtung oder Befragung aus. Man erstellt Studienbriefe in verschiedenen Varianten und setzt fest, unter welchen Bedingungen sie versuchsweise eingesetzt werden. Man teilt die Zielgruppe in Versuchsgruppen ein, die die unterschiedlichen Studienbriefe erhalten. Schließlich wählt man Verfahren der mathematischen Statistik, mit denen die Befunde aus Beobachtung, Befragung und Test beschrieben und auf Unterschiede geprüft werden können.

Nur in diesem engeren Sinne wird im folgenden vom didaktischen Experiment gesprochen.

Dabei werden wir uns der Anschaulichkeit wegen immer wieder auf das folgende Beispiel beziehen:

Für die Weiterbildung von Chemielehrern der Sekundarstufe II sind Studienbriefe zu erstellen. Sie sollen die didaktischen Funktionen ausüben, wie sie oben angedeutet sind. Für solche Funktionen ist die günstigste methodische Ausgestaltung experimentell zu ermitteln. Zu diesem Zweck werden mehrere Studienbriefvarianten eingesetzt: Erstens ein konventioneller Lehrtext ohne Aufgaben, zweitens ein Lehrtext mit eingeblendeten Aufgaben ohne Rückbezug zum Lehrtext, drittens ein Lehrtext mit eingeblendeten Aufgaben, die sich auf den Lehrtext rückbeziehen, indem der Studierende seine Antwort mit vorprogrammierten Antworten vergleicht, die ihn wieder in den Lehrtext – korrigierend, bestätigend, weiterführend – hineinlenken.

1. Welchem Aspekt des Unterrichts dient ein didaktisches Experiment?

Wie uns das erste Kapitel dieses Buches zu verdeutlichen versuchte, können wir Unterricht ganz allgemein unter verschiedenen Gesichtspunkten auf seine konstitutiven Elemente hin analysieren:

— Der *personale* Aspekt zeigt uns, daß jeder Unterrichtsprozeß von den Partnern in ihm, von ihrer überdauernden und momentanen Ausstattung und Ausrichtung und von ihrem Bezug zueinander bestimmt ist.

  In unserem Beispiel: Auf der einen Seite stehen Hochschullehrer des Faches Chemie und DIFF-Mitarbeiter mit persönlichen Unterrichtsvorstellungen, auf der anderen Seite Chemielehrer mit vielleicht recht unterschiedlicher fachlicher Vorbildung und pädagogischer Motivation.

— Der *soziale* Aspekt führt uns die Gebundenheit der Unterrichtspartner und der Unterrichtsinstitution an gesellschaftliche Mächte, zu denen ja politische Intentionen, Ideologien und Normengefüge gehören, vor Augen.

  Auf unser Beispiel angewendet: Ist es eine nur methodische oder eine von gesellschaftspolitischen Vorentscheidungen schon latent beantwortete Frage, ob „dialogischer Unterricht" mit Selbstkontrolle dem eher monologischen Unterricht mit Fremdkontrolle überlegen sei?

— Unter dem *institutionalen* Aspekt erkennen wir, daß der Unterrichtsprozeß von den Einrichtungen, die ihn legitimieren und organisieren, abhängt und daß er damit auch deren eigenen normativen und personellen, deren materiellen und rechtlichen, zeitlichen und räumlichen Bedingungen unterworfen ist.

Hier läßt unser Beispiel uns sogleich an das DIFF oder an die beteiligten Universitäten oder Kultusministerien denken: Ist unterschiedliche Ausstattung eines Lehrgangs für den gleichen Adressatenkreis statthaft, läßt sich das finanzieren oder zeitlich und personell bewältigen, wird die Deputatsermäßigung für studierende Lehrer in den beteiligten Bundesländern einheitlich geregelt? Und so fort.

— Der *teleologische* Aspekt richtet unser Augenmerk auf das je gesetzte und vielleicht operational und taxonomisch definierte Lehrziel aus, ferner auf die hinter ihm stehenden Absichten und die noch übergreifenderen pädagogischen Intentionen.

In unserem Beispiel: Genügt nach dem Studium der Lehrbriefe ein abrufbarer Fundus von eingedrillten Kenntnissen oder soll dem Chemielehrer tieferes Verständnis vermittelt werden, das ihn zu synthetischen und analytischen Eigenleistungen und so zu einem lebendigen Chemieunterricht befähigt?

— Der *materiale* Aspekt lenkt unseren Blick auf den Gegenstand, die Stoffe und Inhalte eines Unterrichts, in denen ein intendiertes Verhalten angesteuert und auch geäußert wird.

Zum Beispiel: Eignet sich Thermodynamik als relativ neues Gebiet besonders gut dazu, dem Chemielehrer zu verdeutlichen, daß auch in der Naturwissenschaft ein kausalanalytisches Denken durch wahrscheinlichkeitstheoretische Denkmodelle ersetzt werden muß?

— Der *methodologische* Aspekt endlich läßt uns den Weg (methodos) beachten, den die Unterrichtspartner zum Unterrichtsziel hin verfolgen, also die Zubereitung der Stoffe, die damit ermöglichten Lernstrategien, die Interaktionen zwischen Lehrenden und Lernenden, das Verhältnis ihrer Rollen und Funktionen, die Kommunikations- und Arbeitsmedien, die Koordination von Verhaltensvermittlung und Verhaltensermittlung und so fort.

Unser Beispiel erweitert sich somit über die simple Frage nach Studienbriefen mit und ohne Aufgaben für die Selbstprüfung hinaus und betrifft auch die Möglichkeiten des indirekten Dialogs zwischen Lehrenden und Lernenden, die Interdependenz von Lehrstil und Lernstil und dergleichen mehr.

All diese Unterrichtsaspekte sind auch Aspekte des didaktischen Experiments, sie stehen aber in ihm nicht gleichrangig nebeneinander. Wie bislang, so dürfte in der experimentellen Unterrichtsforschung auch künftig ein Gesichtspunkt dominieren:

Die Domäne des didaktischen Experiments ist der Unterrichtsprozeß unter dem methodologischen Aspekt.

Unter den je gegebenen personalen, sozialen und institutionalen, den teleologischen und materialen Voraussetzungen werden Unterrichts*verfahren* systematisch variiert und auf ihre Auswirkungen hin untersucht.

Oder in anderen Worten: Formen und Methoden des Unterrichts werden experimentell gesetzt und als „Unabhängige Variable" (UV) aufgefaßt. Die Äußerungen des Verhaltens werden nach diesem Unterrichtsprozeß ermittelt und als „Abhängige Variable" (AV), eben als abhängig von der UV, gedeutet.

Nun sind aber sogleich Ergänzungen notwendig: Die „Unabhängigen Variablen" sind zwar unabhängig von AV (daher ja ihre Bezeichnung), niemals aber unabhängig von den Bedingungen, die wir unter den obigen Aspekten angedeutet fanden. Schon aus diesem Grund wäre ein didaktisches Experiment, das das je gegebene Unterrichtsziel, die materialen und institutionalen und auch die sozialen wie personalen Voraussetzungen übergeht, ein Unding. Oder andersherum: Ergebnisse aus einem Experiment, das ja immer unter ganz bestimmten Verhältnissen abläuft, können nur auf solche Ziele und Inhalte, Institutionen, gesellschaftliche Ansprüche und Personen hin interpretiert und generalisiert werden, die im Experiment repräsentiert waren.

Das stößt uns auf die Frage, ob denn z. B. die institutionellen oder gesellschaftlichen Verhältnisse, die sich in didaktischen Experimenten repräsentieren, durch derlei Versuche nicht nur stabilisiert und gegen Veränderungen immunisiert werden. Soviel scheint klar, das didaktische Experiment kann nicht so weit „nach außen" wirken wie die Curriculumforschung, wenn sie neue und damit gesellschaftsinnovative Qualifikationen und darauf hinzielende Lehrgänge entwirft. Die Stärke des Experiments liegt ja gerade darin, daß es ein Instrument der intensiven und nicht so sehr der extensiven Analysen ist.

Die Erfahrung wohl aus jedem didaktischen Experiment zeigt jedoch, daß der teleologische Aspekt sozusagen in den Sog der methodologischen Problemstellung gerät: Das Lehrziel muß stringenter als im gewöhnlichen Unterricht definiert werden (es ist ja AV-Kriterium). Das ist zugleich seine erste Revision, und wenigstens ein zweitesmal wird es in aller Regel dann revidiert, wenn die Versuchsergebnisse vorliegen.

Die Auswirkung hochschuldidaktischer Experimente kann nicht nur über die Verfahrensfragen, sondern auch noch über die Zielebene hinausspringen und bis in den bildungspolitischen Entscheid dringen. In diesem Falle ist aber nicht das unvermittelte und nackte Versuchsresultat maßgebend, sondern der Versuchsansatz oder genauer: die gesellschaftlich-institutionelle Anspruchsweite des zukunftsgerichteten Konzeptes, das Unterrichtsmodell, das hinter dem Versuchsplan steckt.

2. Exkurs über das Verhältnis von Theorie und Praxis beim didaktischen Experiment

Versuchshypothesen fallen nicht vom Himmel. Fragestellungen für didaktische Experimente erwachsen auch nicht von allein aus der Unterrichtspraxis. Vor und nach jedem Experimentieren theoretisieren wir. Mehr oder minder ausführlich oder ausdrücklich bilden wir uns theoretische Anschauungen *über* die didaktische Praxis und *für* diese Praxis. Diese Selbstverständlichkeiten bräuchten nicht erwähnt werden, wenn in der Hochschuldidaktik nicht bereits Experimentalpläne und -berichte vorlägen, die weder klare Hypothesen noch deren theoretischen Gehalt zu erkennen geben oder deren Befunde uns darüber rätseln lassen, ob und wie sie denn nun für die Praxis relevant sind.

Hier soll deshalb kurz umrissen werden, wie die experimentelle didaktische Forschung in mehrfachem Sinn ihre Verbindung zu didaktischer Theorie und Praxis hat.

Das didaktische Experiment ist schon ein Stück Praxis. Es ist unmittelbar theoriegebundene Praxis, die wenigstens vier konstitutive Merkmale aufweisen muß, wenn sie als Experiment angesprochen werden soll:

Erstens liegt immer irgendeine theoretische Aussage vor, die den Zusammenhang gewisser unterrichtlicher Phänomene logisch in sich widerspruchsfrei zu erklären versucht und eine meist engumgrenzte Reichweite hat. Eine solche Theorie auf kleinerem Raum soll hier kurz *„didaktisches Theorem"* genannt werden.

Zweitens muß in jedem Fall eine *Versuchshypothese* vorliegen, die aus dem didaktischen Theorem deduktiv, also logisch zwingend, gefolgert ist. Sie ist sozusagen eine Theorie auf kleinstem Raum und greift einen Teil der zu erklärenden Zusammenhänge aus dem didaktischen Theorem unter einem bestimmten Gesichtspunkt heraus. Sie behauptet eine Kovariation zwischen definierten Unabhängigen und Abhängigen Variablen: Verändern sich bestimmte UV, so variieren auch bestimmte AV entsprechend. Diese Zusammenhänge sind in der Versuchshypothese so formuliert, daß sie in systematischer Erfahrung überprüft werden können.

Drittens gehört zum Experiment die systematische Erfahrung selbst. Damit ist der an einen Versuchsplan gebundene und kontrollierte *Verlauf des Experiments* mitsamt der Setzung von UV und der Ermittlung von AV gemeint.

Viertens zählen zum didaktischen Experiment dessen *Resultate*. Das sind die Rohwerte der AV-Ermittlung, die Ergebnisse der statistischen Verarbeitung dieser Rohdaten und die Befunde, die sich aus der Interpretation der Ergebnisse im Bezug auf die Versuchshypothese ergeben.

Wollte man diese vier Merkmale einfach aneinanderreihen, so verlöre man gerade das Charakteristikum. Das Versuchsresultat ist nicht einfach letztes Glied einer offenen Kette, sondern ist zum didaktischen Theorem rückgekoppelt:

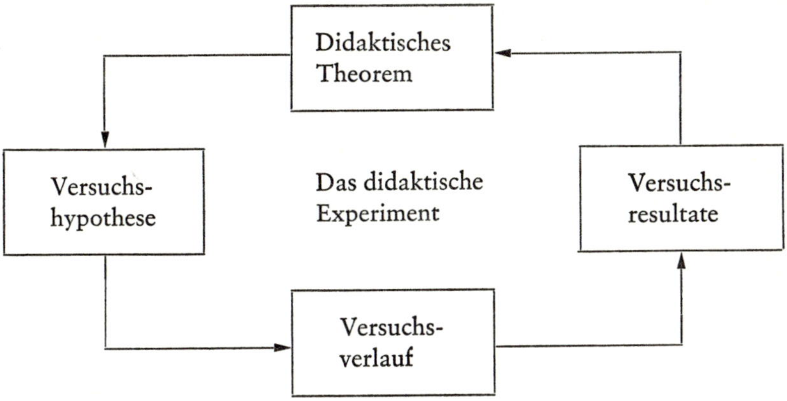

Widerspricht ein Versuchsresultat der Versuchshypothese (und wurde sie logisch zwingend aus dem Theorem gefolgert), so ist das didaktische Theorem zu revidieren. Dann erst können neue Hypothesen gewonnen und experimentell geprüft werden.

Bevor der Didaktiker ein hypothesenlieferndes Theorem aufstellt und ein hypothesenprüfendes Experiment anstellt, bevor er also zu theoriegebundener Praxis gelangt, bewegt er sich bereits – ob ihm das bewußt ist oder nicht – auf dem Boden praxisgebundener Theorie: Er macht sich ein wie auch immer geartetes Bild vom Unterricht. Er hat sich Vorstellungen darüber gebildet, wie Unterricht „tatsächlich ist" und wie Unterricht „sein sollte". Sobald ihm das aufgegangen ist, wird er nicht in dem Zirkel seines experimentellen Ansatzes stecken bleiben, sondern ihn auf seine vorempirischen Bedingungen hinterfragen wollen.

Dann wird er bemerken, daß das *Erkenntnis*interesse, von dem er sich ja beim Experimentieren leiten läßt, die Konsequenz eines *Innovations*interesses ist, das heißt eines Interesses an der Veränderung der bestehenden Praxis. Will er sich selbst und anderen diese Voraussetzung aufdecken, so gelangt er zu Aussagen über einen bestimmten Unterricht „wie er sein sollte" oder mit anderen Worten zu einem *normativen* theoretischen Unterrichtsmodell.[1]

[1] Das Zusammenspiel von „Erkenntnisinteresse" und „Innovationsinteresse" ist nicht so zu verstehen, als spiele sich das unbedingt und in jedem Fall im Kopf eines einzelnen Subjekts oder in der Reflexion aller einzelnen didaktisch Forschenden in jedem Moment bewußt ab. „Innovation" muß auch nicht naiv einfach als „Verbesserung des Bestehenden" aufgefaßt, sondern allgemeiner und

Dabei wird er fast zwangsläufig noch einen Schritt weiter in die Genese seines experimentellen Ansatzes eindringen: Bevor sich sein Innovationsinteresse bilden konnte, mußte er sich ein Bild darüber gemacht haben, wie ein bestimmter Unterricht „tatsächlich ist". Sein Innovationsinteresse ist also eine Konsequenz eines gewissen *deskriptiven* theoretischen Unterrichtsmodells.

Deskriptive Modelle gehören zu einer Theorie *der* Unterrichtspraxis, normative Modelle dagegen zu einer Theorie *für* die Unterrichtspraxis. Beide Modellarten haben Verbindung zum didaktischen Experiment, wie das Schema sehr grob andeutet:

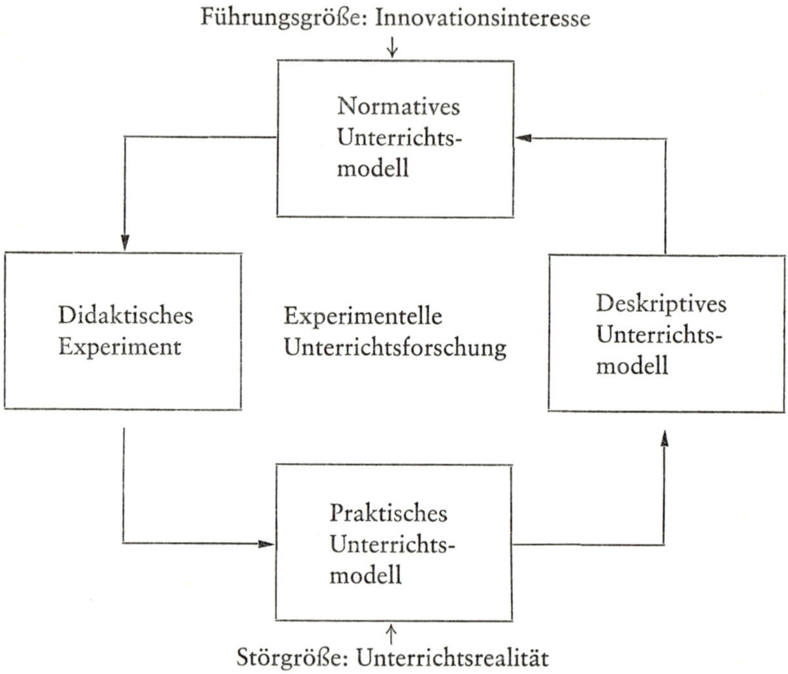

Dieses Schema ist natürlich selbst ein Modell, dessen Vorläufigkeit uns auch bewußt bleiben soll. Es läßt sich wie das Schema eines Regelkreises lesen. Als Regler ist hier das normative Unterrichtsmodell gesetzt, das auf

neutraler als „Veränderung" verstanden werden. Interesse an der Veränderung des Bestehenden braucht nicht das unmittelbare Motiv jedes Experimentierenden zu sein. Er mag sogar experimentieren, um gewissen Veränderungen vorzubeugen. Dennoch, oder gerade deshalb, dürfte sein Erkenntnisinteresse sozusagen im Gefolge des je wirkenden „didaktischen-Zeitgeistes" sich artikulieren, welcher immer auch Veränderungen im Unterrichtswesen intendiert.

praktische Unterrichtsmodelle (Regelstecke) verändernd einwirkt. Diese werden durch deskriptive Unterrichtsmodelle (Meßwerk) abgebildet und sind zum Regler rückgekoppelt. Das didaktische Experiment fungiert hier als Stellwerk: Es ist die (wie das frühere Schema zeigt, in sich kreisgeregelte!) Schaltstelle, durch die wir unsere Vorstellungen von Unterricht, wie er sein sollte, systematischer empirischer Kontrolle unterzogen in die Praxis umzusetzen versuchen. Absichtlich ist nicht „Erkenntnisinteresse", sondern „Innovationsinteresse" als Führungsgröße gesetzt. Denn mit dem Schema ist die pragmatische hochschuldidaktische Forschung angesprochen. Für diesen Bereich behaupte ich, daß das Interesse an der Aufhellung der vorgegebenen Unterrichtswirklichkeit in aller Regel nicht primär ist, sondern sich aus dem Interesse an der Veränderung der Unterrichtswirklichkeit erst ergibt.

Wenn wir nach diesem notwendigen Exkurs jetzt wieder in den engeren Rahmen des didaktischen Experiments zurückkehren, soll die Logik empirisch-analytischer Forschung Orientierungshilfe sein (vgl. Popper, 1966).

3. Didaktisches Theorem und Versuchshypothese

„Experimentieren ist planmäßiges Handeln, beherrscht von der Theorie" (Popper 1966, 224). Das gilt auch für das didaktische Experiment, das ja von einem didaktischen Theorem und somit auch von mehr oder weniger expliziten theoretischen Unterrichtsmodellen abhängt, wie wir schon sahen.

Didaktisches Experiment und Theorem sind durch die Versuchshypothese miteinander verbunden. Zweck des Experiments ist es, die Hypothese zu prüfen. Es wäre ein nutzloser Aufwand, hochschuldidaktische Experimente ohne klare Hypothesen anzustellen. Ebenso vergebliche Mühe würde es aber auch sein, Hypothesen ohne theoretischen Bezug zu suchen. Bedauerlicherweise begegnen wir in der didaktischen Literatur einer Fülle von Versuchsberichten, die weder eine klare Hypothese noch deren Abhängigkeit von irgendeinem Theorem erkennen lassen.

Ergebnisse aus derlei Experimenten schweben sozusagen unverbindlich im Raum willkürlicher Annahmen und lassen sich demnach nicht auf irgendwelche Ernstsituationen übertragen. Resultate eines „Experiments", das keine Verbindung zu einem Theorem oder zu einer Theorie hat, sind wissenschaftlich irrelevant. Sie sind somit auch nutzlos für Verallgemeinerungen, die auf die Unterrichtspraxis zielen und sie verändern sollen. Hier mag uns das geflügelte Wort in den Sinn kommen, daß nichts so praktisch ist wie eine gute Theorie.

Was geschieht mit einer Hypothese, nachdem sie experimentell geprüft worden ist? Wie ist sie mit dem didaktischen Theorem rückverbunden? Drei logische Fälle lassen sich unterscheiden:

Erster Fall:

Die Hypothese lautet:	„Wenn a dann b"[1]
Versuchsresultat:	a ist gegeben, b ist nicht eingetroffen.
Folgerung:	Die Hypothese ist mit Sicherheit falsch.

Die Versuchshypothese ist mithin falsifiziert worden. Das didaktische Theorem, aus dem sie vorher deduziert worden ist, muß also korrigiert werden.

Zweiter Fall:

Die Hypothese lautet:	„Wenn a dann b"
Versuchsresultat:	a ist gegeben, b ist eingetroffen.
Folgerung:	Die Hypothese ist *wahrscheinlich richtig.*

Die Versuchshypothese ist zwar nicht falsifiziert, aber auch nicht verifiziert worden! Denn immer bleibt die Möglichkeit, daß in irgendeinem anderen Versuch die Hypothese falsifiziert wird. Wir sagen: Bis auf den Erweis des Gegenteils ist die Hypothese *bewährt* (vgl. Popper 1966, 198). Das didaktische Theorem, aus dem diese Hypothese abgeleitet worden ist, muß mithin vorerst nicht korrigiert werden.

In diesem Zusammenhang dürfte es plausibel sein, daß wir durch Experimentieren nicht eigentlich den Umfang unserer gesicherten Urteile erweitern, sondern vielmehr den Umfang unserer *Vorurteile* zu reduzieren versuchen. Unter diesem Aspekt ist jede Theorie nichts anderes als die systematische Ausfaltung von Vor-Urteilen, von Antizipationen auf die Unterrichtswirklichkeit hin, die wir freilich nie als „Ding an sich" erfahren.

Demnach können hochschuldidaktische Innovationen durch experimentelle Befunde auch immer nur nahegelegt und nicht sozusagen „von der Sache selbst her" erzwungen werden.

Das führt den permanenten Versuch zur Innovation unseres Unterrichts allerdings nicht ad absurdum.

Denn man kann von didaktischem Fortschritt sprechen, wenn Unterrichtsveranstaltungen durch Experimente von inadäquaten Zwecken oder eher noch umgekehrt bestimmte didaktische Intentionen von inadäquaten Unterrichtsformen befreit werden.

[1] Vereinfachtes Beispiel: „Wenn ein Studierender mit bestimmter Vorbildung im Fach Chemie einen Studienbrief bearbeitet, welcher Aufgaben enthält, die zum Lehrtext rückgekoppelt sind (‚wenn a'), dann erreicht er im Schlußtest einen Punktwert oberhalb eines kritischen Wertes X („dann b")".

Dritter Fall:

Die Hypothese lautet:	„es gibt ein a, für welches gilt: wenn a dann b".
Versuchsresultat:	a ist gegeben, b ist eingetroffen.
Folgerung:	Die Hypothese ist mit Sicherheit richtig [1].

Die hier gegebene Hypothese ist nicht nur bewährt, sondern verifiziert worden. Für die hochschuldidaktische Forschung entscheidend ist hier aber, daß die Versuchshypothese gar nicht auf eine generelle Aussage hinzielt. Sie ist ein sogenannter „Es-gibt-Satz", der auf einen Einzelfall bezogen und daher für die Innovation der Unterrichtspraxis in aller Regel irrelevant ist. In unserem Beispiel etwa: „Es gibt einen Studierenden, für welchen gilt: wenn er Studienbriefvariante a erhält, erbringt er im Schlußtest die Leistung b". (Der Studierende und die experimentelle Behandlung a sind in der obigen Formel zusammengefaßt.)

Charakteristisch für solche Hypothesen: Sie können nicht falsifiziert werden, denn immer bleibt die Möglichkeit für die in der Hypothese vermutete Einzelerscheinung offen.

4. Merkmale der Versuchshypothese

Eine Hypothese, die experimentell überprüft werden soll, muß einigen Mindestanforderungen genügen, die eigentlich durch den gesunden Menschenverstand schon nahegelegt sind:

— Die Versuchshypothese muß falsifizierbar sein.

„Es-gibt-Sätze" sind also ebenso ausgeschlossen wie auch alle unklaren Formulierungen, die auf Grund von Versuchsresultaten nach Belieben interpretiert werden können, wie es leider noch oft geschieht. Wertlos wäre in unserem Beispiel etwa diese „Hyothese": „Einige Studenten werden nach Studienbrief X eine andere Schlußtestleistung erbringen als andere Studenten nach Studienbrief Y.". Eine nichtfalsifizierbare Hypothese ist natürlich in praxi selten so drastisch fehlformuliert wie hier.

— Die Versuchshypothese muß sich eindeutig auf eine definierte Population von Personen beziehen. In unserem Beispiel ist die Bezugspopulation „Chemielehrer der Sekundarstufe II" schon dann zu unscharf definiert, wenn der Versuch nur in einem Bundesland mit spezifischen Lehrplanbedingungen ausgeführt wird.

— Die Versuchshypothese muß die Unabhängige(n) Variable(n) UV und die Abhängige(n) Variable(n) AV definieren.

[1] In ähnlicher Form sind diese Hypothesenarten abgehandelt bei McGuigan 1960, 29 ff.

In unserem Beispiel wäre die Definition etwa der UV: „Studienbrief mit Aufgaben ohne Rückanwort" zu ungenau, wenn zu vermuten ist, daß die Position und die Zahl der Aufgaben im Lehrtext ebenfalls eine Rolle spielt. Ebenso unklar ist es, etwa als AV nur „die Schlußtestleistung" zu bestimmen, wenn die Merkmale und die Ausprägung der Merkmale, die „Leistung" genannt werden, nicht vorher operational, d. h. durch bestimmte Aufgaben, ihre Bearbeitungsbedingungen, die an ihren erreichbaren Punktwerten und deren Interpretation definiert wurden.

— Die Versuchshypothese muß eine definierte Kovariation zwischen UV und AV behaupten.

Dies ist der Kern einer Versuchshypothese: Sie behauptet, daß mit einer bestimmten Variation der UV eine entsprechende Variation von AV einhergeht. Und sie definiert diese Kovariation, damit die hypothetisch behaupteten Zusammenhänge zwischen der experimentellen Behandlung UV und dem Verhalten AV der experimentell behandelten Personen nach Verfahren der mathematischen Statistik geprüft werden können. Wie schon durch vorige Bemerkungen angedeutet, ist die statistische (genauer: zufallskritische) Prüfung immer nur Wahrscheinlichkeitsprüfung. Der Begriff „Kovariation" impliziert einen bestimmten Grundsatz: Kovariiert AV mit UV, so ist damit nicht notwendig ein Kausalnexus nahegelegt. Es ist immer nur ein korrelativer Zusammenhang behauptet, auch wenn nicht ausdrücklich korrelationsstatistische Berechnungen durchgeführt, sondern etwa Mittelwertunterschiede auf Signifikanz geprüft werden.

— Die Versuchshypothese muß schließlich noch das didaktische Umfeld charakterisieren, in dessen Rahmen ein Versuch abläuft. Bei unserem Beispiel wäre deutlich zu machen, ob die Studienbriefe in häuslicher Einzelarbeit ohne oder mit Verbindung zu Gruppenunterricht mit Tutoren gelesen werden, wie viele Studienbriefe in welchem Zeitraum von Studierenden bearbeitet werden müssen und dergleichen mehr.

Es ist freilich nicht erforderlich, alle Einzelbedingungen und Definitionen in die Versuchshypothese selbst hineinzuformulieren, wenn das in einen hypothesenbegleitenden Kommentar zwangloser geschehen kann. Dann aber muß in der Hypothese ein unmißverständlicher Hinweis auf diesen Kommentar gegeben werden.

Der Zweck des ganzen Umstandes ist bedeutsam genug: Ein eindeutig interpretierbares (wenn auch möglicherweise damit enges) und intersubjektiv nachvollziehbares Versuchsresultat.

5. Der Versuchsplan

Experimente in der Hochschuldidaktik können wohl nur selten außerhalb von Unterrichtsveranstaltungen, die für Lehrende wie Lernende eben als Unterricht verbindlich sind, wie Laborexperimente realisiert werden.

Will man wirklich experimentell vorgehen, ist man daher meistens genötigt, den Unterrichtsversuch als möglichst unverfälschten Unterricht – und möglichst unverfälschtes Experiment – anzulegen. Das aber ist leichter gesagt als getan. Man steht oft vor der Alternative, entweder ernsthaft zu unterrichten, oder ernsthaft zu experimentieren. Der Hochschullehrer wird sich dann eher als Lehrender denn als didaktisch Forschender verpflichtet fühlen und vor dem Experiment zurückschrecken. So bleibt im wahrscheinlich revisionsbedürftigen Unterricht alles beim alten, und dies paradox genug eben des Unterrichts wegen.

Mancher didaktisch Interessierte sucht einen Weg aus diesem Dilemma und geht von der Versuchshypothese sogleich zum Unterricht über und akzeptiert dessen Gegebenheiten, wie sie nun einmal sind, auch als „Versuchsbedingungen". Ein solches Vorgehen verspricht wenig brauchbare Resultate.

Kann in der gegenwärtigen Situation unserer Hochschulen mit ihrem vielerorts grotesken Zahlenverhältnis von Lehrenden und Lernenden experimentelle didaktische Forschung betrieben werden? Es erscheint uns angebracht, zu antworten: Gerade wegen und in dieser Situation werden Versuche mit neuen Unterrichtsformen unerläßlich. Ein Beispiel dafür ist die Einrichtung von Fernstudienkursen zur Entlastung der ohnehin ja oft zur Farce gewordenen direkten Kommunikation zwischen Hochschullehrer und Student. Entlastung heißt nicht völliger Verzicht auf direkte Kommunikation, sondern empirisch fundierte Suche nach der je spezifischen didaktischen Funktion der verschiedensten denkbaren und heute noch nicht verwirklichten Arbeitsformen, Lernverfahren, Mediennutzungen und so fort.

Und da scheint uns in der momentan beginnenden Konfrontation des didaktischen Krisenbewußtseins mit dem Interesse an experimenteller Unterrichtsforschung eine besondere Chance zu liegen: Die Gelegenheit nämlich, nicht nur schlicht neue Unterrichtsformen zu konzipieren, wie das zunehmend geschieht, sondern diese Konzepte von Anfang an zugleich auch als didaktische Experimente anzulegen, die Hypothesen zu prüfen haben. Unterrichtsplanung wäre dann immer auch Versuchsplanung, Unterricht wäre damit nie apodiktisch (oder nebensächlich) wie im herkömmlichen Verständnis manchen Hochschullehrers, sondern zielbewußt auf Revision angelegt.

Nun zum Versuchsplan selbst:

Häufig wird man schon bei der Erarbeitung einer Versuchshypothese eine gewisse Vorstellung von der Anlage und dem Verlauf des Unterrichts haben, dem die Hypothese gilt. Einen systematischen Versuchsplan kann man aber im allgemeinen erst aufstellen, nachdem die Hypothese ausformuliert ist und damit die für sie relevanten Unterrichts- und Versuchsbedingungen festgelegt sind.

Ist der Versuchsplan erstellt, so mag sich zeigen, daß der Unterricht, dem dieser Plan gilt, in praxi doch noch andere Bedingungen stellt. Dementsprechend muß dann der Versuchsplan umgestellt werden. Versuchsplan und Unterrichtsplan sind so lange gegeneinander zu korrigieren, bis ihre Konformität gewährleistet erscheint.

Dabei ist zu beachten, daß die Versuchshypothese, der Versuch und der Unterricht als solcher nicht verfälscht werden. Bei unüberwindlichen Schwierigkeiten sollte geprüft werden, ob nicht eine andere Hypothese immer noch experimentierbar bleibt.

Es ist in der Unterrichtsforschung üblich, den jeweiligen Versuchsplan in einem Schema abzubilden, wie es hier an einem Beispiel geschehen soll. (Vgl. Campbell/Stanley 1963)

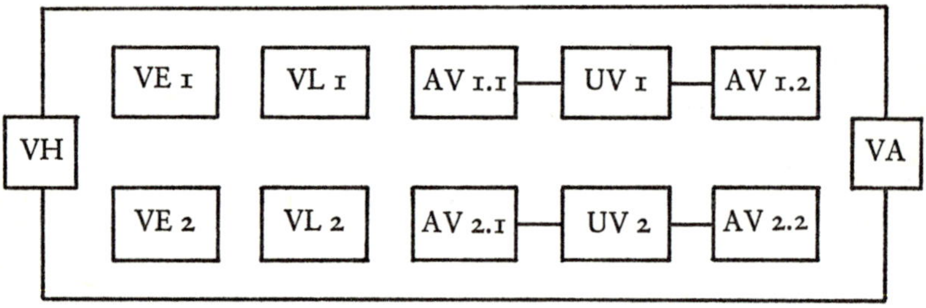

Die Seitenkästchen sind hier sozusagen abrundende Marginalien: VH heißt Versuchshypothese, von ihr hängt der Plan ja ab; VA bedeutet Versuchsauswertung, in ihr werden die Rohwerte des Versuchs so geprüft, daß VH sich falsifizieren oder bewähren kann. Wie VH so muß auch VA bereits zu Beginn der Versuchsplanung mitbeachtet werden, denn das je gewählte statistische Auswertungsverfahren erlaubt bestimmte Versuchsanordnungen und schließt andere aus. Auch hier gilt: Versuchsplan und statistisches Auswertungskonzept werden während der Planung gegeneinander korrigiert, bis sie konform gehen.

Im Schema bedeutet VE Versuchseinheit und VL Versuchsleiter. Mit diesen Bezeichnungen sind die an einem Experiment unmittelbar beteiligten Personen gemeint. Versuchseinheiten sind einander möglichst äquivalente Personengruppen – seltener auch einzelne Personen –, die für die Bezugspopulation der Versuchshypothese (vgl. Abschnitt 4) möglichst repräsentativ sind und experimentelle Behandlungen (UV) erhalten.

In unserem zu Anfang genannten Beispiel erhält etwa eine Hälfte der Adressaten (VE 1) Studienbriefe mit Lehrtexten, in die Aufgaben zur Selbstprüfung eingelassen sind (UV 1), die andere Hälfte der Adressaten (VE 2) dagegen Studienbriefe ohne Aufgaben (UV 2). VE 1 könnnte auch als Versuchsgruppe (VG), VE 2 auch als Kontrollgruppe (KG) aufgefaßt und bezeichnet werden.

„Versuchsleiter" VL mag manchmal etwas ungeschickt klingen und sollte hier nicht zu eng aufgefaßt werden. Gemeint ist damit derjenige, der für den Versuchsverlauf in der jeweiligen VE bürgt und ihn prinzipiell dadurch auch beeinflussen kann. In der experimentellen Unterrichtsforschung ist das vornehmlich der Lehrer, der für eine Gruppe von Lernenden (VE) verantwortlich ist.

In unserem Beispiel könnte man an DIFF-Mitarbeiter denken, die je eine Gruppe von Fernstudenten betreuen, oder an Hochschullehrer und Tutoren, die diese Studentengruppen in einer Präsenzphase nach der Einzelarbeit an Studienbriefen direkt unterrichten, beraten oder prüfen. Es leuchtet wohl ein, daß verschiedene VL die Versuchseinheiten und somit auch das Versuchsresultat unterschiedlich beeinflussen können. Daher ist die Zuordnung von VE und VL im Versuchsplan nicht überflüssig.

Kern der Versuchsanordnung sind die im Schema waagrecht miteinander verbundenen Symbole. AV bedeutet allgemein „Abhängige Variable", damit ist hier das Verhalten der Personen gemeint, die eine experimentelle Behandlung (UV) erhalten, genauer: die Merkmale des Verhaltens, von denen man (in der Versuchshypothese explizit) vermutet, daß sie von der experimentellen Behandlung abhängen, was sich im Auftreten oder in der Ausprägung dieser Merkmale ja zeigen sollte.

Nun kann man dieses Verhalten vor und nach der experimentellen Behandlung ermitteln, eben um eine durch die Behandlung eventuell bewirkte Verhaltensänderung festzustellen. Also heißt „AV" im Schema: Ermittlung von Verhaltensmerkmalen und ihrer Ausprägung, die vermutlich von der experimentellen Behandlung abhängen. Dementsprechend bedeutet UV hier nicht nur allgemeiner „Unabhängige Variable", sondern experimentell gesetzte Behandlungsart, von der (in der Versuchshypothese explizit) vermutet wird, daß sie auf das Verhalten AV einwirkt.

Wir können jetzt die obere Zeile im Planschema lesen: Versuchseinheit 1 (VE 1) wird vom Versuchsleiter 1 (VL 1) zunächst im Hinblick auf bestimmte Verhaltensmerkmale voruntersucht (AV 1. 1), sodann experimentell behandelt (UV 1) und darufhin im Hinblick auf dieselben Verhaltensmerkmale nachuntersucht (AV 1. 2).

Im übrigen bedeuten die im Planschema senkrecht untereinander stehenden UV- und AV-Symbole Gleichzeitigkeit: Der Versuchsplan fordert also simultane Vor- und Nachuntersuchung und experimentelle Behandlung in den beiden Versuchseinheiten. Würde dies nicht gefordert, so wären die Symbole von Zeile zu Zeile gegeneinander zu versetzen.

Weiterhin: Sollten die Versuchsleiter von Versuchsphase zu Versuchsphase gegeneinander ausgetauscht werden, etwa um ihre individuellen Einflüsse auf die VE zu kompensieren, so müßte das Planschema dies zum Ausdruck bringen. Vor UV 1 stünde dann VL 2, vor AV 1. 2 wieder VL 1.

Wir können das obige Schema so auffassen, als gäbe es den Plan zu einem *bivariaten* Versuch wieder, der dadurch charakterisiert ist, daß er je *eine* UV und AV und damit *eine* Kovariation prüft: *Eine* bestimmte experimentelle Behandlungsart (mit den Varianten UV 1 und UV 2) wird zu *einem* bestimmten Verhaltensmerkmal (mit den Ausprägungen AV X. 1 und AV X. 2) in Beziehung gesetzt. In unserem Beispiel etwa Studienbriefart (UV 1 und 2) zur Leistung der Studierenden in einem Kenntnistest (Vortest AV X. 1 und Nachtest AV X. 2).

Die Hochschuldidaktik wird aber dem *multivariaten* Unterrichtsversuch mehr Raum geben müssen. So ist es in unserem Beispiel für die Fernstudienpraxis wohl relevanter, als AV nicht nur im Kenntnistest die Leistung der Studenten zu ermitteln, sondern sie auch noch zu befragen, ob und wie sie die Aufgaben in den Studienbriefen überhaupt bearbeitet haben und sie überdies zu bitten, zu dem Wechsel zwischen unterweisenden und prüfenden Elementen in Studienbriefen Stellung zu nehmen, und so fort. Auch die UV kann reichhaltiger variiert werden, so wie es das Beispiel zu Beginn dieses Kapitels selbst schon andeutet.

Der multivariate Versuch bietet uns viele Möglichkeiten, AV verschiedener Arten miteinander in Beziehung zu setzen; so kann die Kovariation von Testleistung und Stellungnahme mehr aussagen als die Testleistung allein. Desgleichen bei UV: Der Versuchsleiter kann vorher zu bestimmtem Verhalten im Versuch trainiert und dies kann dann als neue UV-Art in den Plan eingebracht werden. Der multivariate Versuch prüft zugleich mehrere Kovariationen, und zwar entweder die Kovariationen *einer* UV mit mehreren AV oder umgekehrt oder die Kovariation mehrer UV mit mehreren AV (bilaterial-multivariate Versuche) (vgl. Bredenkamp 1969). Wählt man einen multivariaten Versuch, so muß das auch im entsprechenden Planschema zu erkennen sein. Man kann von einem einfach bivariaten Schema ausgehen, das die (in der Versuchshypothese meistens bivariat formulierte) Kernfragestellung wiedergibt, um im Verlauf der Versuchsplanung das Schema nach und nach durch Einsetzen der hinzukommenden UV/AV-Symbole mit Rücksicht auf deren zeitliche Lokalisation im Versuchsablauf zu erweitern.

6. Gütekriterien des didaktischen Experiments

Wir können den Unterrichtsversuch als einen Test im Großen auffassen, der zunächst entworfen wird, den man sodann der Erprobung unterzieht, um ihn schließlich in revidierter Fassung im unterrichtlichen Ernstfall einzusetzen. Erst wenn ein Unterrichtsversuch als Versuch empirisch „vergütet" worden ist, kann man eigentlich von einem didaktischen Experiment im strengsten Sinn regen, das ebenso wie der Test als geprüftes Prüfverfahren definiert ist.

Nun wird man in aller Regel schon froh sein, wenn die erste wohldurchdachte Version eines *Versuchs*plans mit dem entsprechenden *Unterrichts*plan übereinstimmt, so daß beides miteinander realisiert werden kann: ein unverfälschter Versuch als unverfälschter Unterricht. Was wird dann aber aus der Erprobung eines Versuchsplans *vor* allem verbindlichen Unterricht? Dann und wann ist Gelegenheit gegeben, den Versuchsentwurf als „Laborexperiment" mit wenigen Teilnehmern zu erproben, um Hauptmängel auszuräumen.

Im allgemeinen ist es aber wohl wirklichkeitsnäher, Versuchs- und Unterrichtsplan schon in der ersten Entwurfphase *miteinander* zu konzipieren. Dabei ist nach Kontrolle aller systematischen Fehlerquellen zu trachten. Das Vorhaben kann man dann als verbindlichen Unterricht und zugleich als zwar konsequent eingehaltenen, aber in seinen Resultaten möglicherweise noch eher unverbindlichen Versuch durchführen.

Das heißt, das erste Experiment zu einer didaktischen Hypothese ist eigentlich nur der Vorläufer eines zweiten Experiments. Dieses führt revidiert zu einem weiteren Experiment und so fort. Man könnte nun aufs Neue zurückschrecken.

Unterricht als permanentes Experimentieren, ist das aber so unsinnig? Ist Unterricht nicht immer schon Versuch? Und sollte man dieses Unternehmen nicht in wissenschaftlichen Griff bringen, indem man es in die Leitlinie klarer Hypothesen stellt, die von didaktischen Theoremen ausgehen und zu ihnen zurückführen? So verstanden ist jeder Unterrichtsplan Hypothese und Versuchsplan in nuce, den es in das kritische Bewußtsein zu heben gilt.

Wir können das auch in einer etwas anderen Perspektive sehen, die uns vielleicht tiefer in die immer schon latent vorhandene Interdependenz von Unterricht als unwiderrufliche und zugleich widerrufliche intentionale Handlung hineinführt:

Wenn es richtig ist, daß das im didaktischen Theorem wirkende *Erkenntnis*interesse von einem *Innovations*interesse bewirkt wird, so muß auch folgendes einsichtig sein: Unsere Versuchshypothesen sind nur das

Kleid darunterliegender „Hypothesen“ ganz anderer Art, die man als Innovationskonzepte kennzeichnen könnte. Das heißt, wir konzipieren Unterricht so wie wir meinen, daß er jeweils sein sollte, und wir versuchen dann, diesen Unterricht auch zu realisieren. Dabei ist uns die explizite Versuchshypothese nur ein Hilfsmittel. Sie ist allerdings eine notwendige Hilfe, wenn wir überhaupt ein Kriterium haben wollen, an dem wir intersubjektiv nachvollziehbar und damit verbindlich prüfen, ob unsere didaktische Absicht sich in die Unterrichtspraxis umsetzen läßt.

So betrachtet sind die Forschungsergebnisse der experimentellen Hochschuldidaktik nicht nur gewisse „Einsichten“, sondern die durch sie hindurch gewonnenen neuen Unterrichtsformen der Hochschule.

Wir können das didaktische Experiment hier nun in eine schlichtere Analogie zum Test bringen: Das eine wie das andere Verfahren muß drei wesentliche Gütemerkmale aufweisen, nämlich Validität, Reliabilität und Objektivität.

Validität oder Gültigkeit wird einem didaktischen Experiment dann zugebilligt, wenn es den Unterricht, für den es Geltung beansprucht, auch tatsächlich „trifft“. Oder mit anderen Worten: Gültig ist ein Experiment, wenn der Unterrichtsplan den Versuchsplan und der tatsächliche Unterrichtsverlauf den tatsächlichen Versuchsverlauf nicht verfälscht – und umgekehrt. Wir könnten Unterricht und Experiment hier in eins setzen, wenn das Experiment die ganze Breite und Tiefe des jeweiligen Unterrichts abdeckte, was ja wohl nie der Fall ist. Vielmehr beleuchtet das didaktische Experiment den Unterricht nur unter gewissen Aspekten, nämlich unter den Gesichtspunkten der jeweiligen Hypothese.

Man unterscheidet äußere und innere Gültigkeit: *Externe* Validität hat ein didaktisches Experiment, wenn seine *Hypothese* mit dem in ihm antizipierten Unterricht übereinstimmt.

Bei unserem Beispiel läge ein extern *nicht valides* Experiment vor, wenn etwa in der Hypothese einfach von Chemielehrern der Sekundarstufe II und deren Kenntnissen im Schlußtest gesprochen würde, aber dann Chemielehrer der Sekundarstufen I und II vielleicht noch mit sehr differenten Vorbildungen aufträten. Oder wenn im Schlußtest nicht bloße Kenntnisfragen, sondern weitergehende Verständnisfragen aufträten.

Interne Validität hat ein didaktisches Experiment, wenn sein tatsächlicher Verlauf mit dem in der Versuchshypothese antizipierten Versuchsverlauf übereinstimmt.

Nehmen wir an, bei unserem Beispiel wäre in der an sich *extern* validen Hypothese UV 1 als „Studienbriefe ohne Aufgaben“ definiert, und im Versuchsverlauf bekäme die entsprechende VE von ihrem Berater (VL) zur Anreicherung der Einzelarbeit vielleicht in bester Absicht Quellentexte empfohlen, in denen sich Aufgaben befinden; die innere Gültigkeit des Experiments wäre in Frage gestellt.

Ein intern valides Experiment kann extern invalide sein; hingegen wird man ein Experiment, das intern nicht valide ist, auch nicht als extern valide bezeichnen, weil das leicht als „valide schlechthin" verstanden werden könnte.[1]

Reliabilität oder Zuverlässigkeit tritt in der versuchstheoretischen Literatur nicht so häufig als Forderung auf, vielleicht, weil dieses Gütekriterium dem der internen Validität so nahesteht, daß eines oft in das andere übergeht.

Wir wollen hier ein didaktisches Experiment dann zuverlässig oder reliabel nennen, wenn im tatsächlichen Verlauf des Experiments Maßnahmen, die als *gleichartig* deklariert sind, von Versuchseinheit zu Versuchseinheit und/oder von Versuchsphase zu Versuchsphase auch tatsächlich gleichartig sind.

Zu unserem Beispiel: Das Experiment wäre unzuverlässig, wenn die Voruntersuchung (AV X.1) bei allen Versuchseinheiten zwar mit dem gleichen Kenntnistest, die Nachuntersuchung aber mit einer aus diesem Kenntnistest weiterentwickelten Testfassung durchgeführt würde. In diesem Fall könnten wir (in Analogie zur Retest-Reliabilität) von mangelhafter Folge-Reliabilität des Experiments sprechen. Denn als gleichartig vorgeschriebene Maßnahmen differieren hier *von Versuchsphase zu Versuchsphase*.

Das didaktische Experiment wäre auch dann unzuverlässig, wenn zwar die Folge-Reliabilität gewahrt bliebe, jedoch jetzt die als gleichartig vorgeschriebenen Maßnahmen *von Versuchseinheit zu Versuchseinheit* innerhalb einer Versuchsphase verschiedenartig wären. In unserem Beispiel: Die Studienbriefadressaten der VE 1 werden in der Nachuntersuchung anders um ihre Stellungnahme gebeten als die VE 2, etwa mit einem Fragebogen, der den Befragten auf günstigere Äußerungen festlegt als der andere Fragebogen.

Hier könnten wir analog zur Paralleltest-Reliabilität von Parallel-Reliabilität des Experiments sprechen.[2]

Objektivität weist ein didaktisches Experiment dann auf, wenn die Subjektivität der am Experiment beteiligten „Versuchsleiter", die ja den Verlauf und die Ergebnisse des Experiments unabsichtlich oder absichtlich beeinflussen können, ausgeschlossen oder sonstwie unter Kontrolle gehalten werden kann.

[1] Eine recht eingehende Übersicht über die verschiedensten Arten der Validität bietet L. Michel im Handbuch der Psychologie, 6. Band, Göttingen 1964, 47 ff. Er bezieht sich zwar auf Tests; die Validitätsarten können zum Teil aber durchaus auf das didaktische Experiment übertragen werden.

[2] Über die verschiedenen Arten der Testreliabilität handelt L. Michel im Handbuch der Psychologie, 6. Band, Göttingen 1964, 35 ff.

Das wiederholt zitierte Experiment mit Studienbriefen wäre z. B. unobjektiv, wenn das Verhalten (AV) der Studierenden in den Vor- oder Nachuntersuchungen nicht nur durch Tests, Fragebogen, Interviews ermittelt, sondern durch Eigenheiten und individuelle Verhaltensweisen der Personen beeinflußt würde, die diese Untersuchungsinstrumente einsetzen.

Ebenfalls eingeschränkt wäre die Objektivität, wenn die Studierenden, die z. B. an den Studienbriefen mit eingelassenen Aufgaben (UV) arbeiten, von ihrem Berater den vielleicht gutgemeinten Ratschlag erhielten, sie bräuchten nicht alle Aufgaben zu lösen. Diese beiden Formen personaler Einflüsse, die einmal die AV, einmal die UV verfälschen können, wollen wir (wie das ähnlich auch in der Testtheorie geschieht) unter den Begriff der *Durchführungsobjektivität* bringen. Davon zu unterscheiden, ist die *Auswertungsobjektivität*. Sie ist dann vermindert oder verhindert, wenn nach dem didaktischen Experiment verschiedene Auswerter zu unterschiedlichen Versuchsresultaten und/oder zu unterschiedlichen Interpretationen der Versuchsresultate gelangen. Schon bei der Versuchsplanung hat man für weitestmögliche Objektivität dadurch zu sorgen, daß man standardisierte Anweisungen für die Versuchsdurchführung erarbeitet, möglichst standardisierte Test-, Beobachtungs- und Befragungsinstrumente bereitstellt und schließlich auch die Auswertungsanweisungen standardisiert. Hinzu kommt noch die Einweisung der Versuchsleiter in die standardisierten Unterlagen und manchmal gar Schulung und Training in anspruchsvollere und für Subjektivismen sensible Verfahren.

Für die Objektivität eines didaktischen Experiments ist es immer günstig, wenn man nichtpersonale Medien ohne Dazwischentreten von Versuchsleitern, Lehrern usw. einsetzen kann, um Verhalten zu vermitteln (UV) und Verhalten zu ermitteln (AV).

So verstandene „objektivierte" Unterrichtsmaterialien – Fernsehaufzeichnungen, Studienbriefe, Lernprogramme, Tests und dergleichen mehr – erleichtern ja strengere hochschuldidaktische Experimente. Solches Material rechtfertigt auch den experimentellen Aufwand, der sich nicht zuletzt in der Verbesserung dieses Materials amortisiert.

7. Versuchsfehler

Wie bei jedem Experiment, so ist auch beim didaktischen Experiment darauf zu achten, daß sich in dessen Planung, Verlauf oder Auswertung nicht Fehler einschleichen, die den Versuchsaufwand zunichte machen. Man kann unsystematische von systematischen Versuchsfehlern unterscheiden.

Systematische Fehler werden im folgenden behandelt.

Planungsfehler können schon bei der Formulierung der Versuchshypothese auftreten, so z. B., wenn diese die Bezugspopulation oder auch die didaktische Situation, für die sie Geltung beansprucht, so vage definiert, daß man nach dem Experiment gar nicht genau wissen kann, auf welche Fälle denn seine Resultate eigentlich übertragbar sind.

Zu häufig trifft man weiterhin auf sogenannte Hypothesen, die hinsichtlich der Kovariation von UV und AV so unklar sind, daß sie nicht falsifiziert werden können und von denen man den Eindruck haben muß, daß sie erst im Verlauf des Experiments gewonnen und vom Autor nachträglich dem Versuch „vorangestellt" worden sind. Fehler dieser Art müssen natürlich die externe Validität des Experiments vermindern, wenn nicht verhindern.

Aber auch bei korrekter Hypothese bleiben Planungsfehler möglich. Stellen wir uns vor, das Experiment mit den Studienbriefen würde nur mit solchen Chemielehrern rund um Tübingen durchgeführt, die ohnehin Verbindung zum DIFF pflegen und die die Versuchshypothese kennen. Diese Versuchspopulation wäre kaum repräsentativ für die ganze Bezugspopulation. Nehmen wir weiterhin an, diese Chemielehrer könnten je nach ihrer Präferenz für Studienbriefe mit oder ohne Aufgaben selbst entscheiden, in welche VE sie gehören. Die Versuchseinheiten wären einander nicht äquivalent.

Sie wären das noch viel weniger, wenn nach einem Vortest extrem Leistungsstarke zur VE 1 und extrem Leistungsschwache zur VE 2 eingeteilt würden. Hier müßte sich als Versuchsfehler der sogenannte Regressionseffekt bemerkbar machen: Gruppen, die sich durch extreme Ausprägung und Gegenausprägung eines Merkmals zu Versuchsbeginn unterscheiden, konvergieren aus statistischen Gründen im Versuchsverlauf zur mittleren Merkmalausprägung (AV). Das heißt: würden VE 1 und VE 2 einem Nachtest unterzogen, der dem Vortest entspricht, so träte jetzt wahrscheinlich ein signifikant geringerer Unterschied zwischen diesen Gruppen auf, der fälschlich als UV-Wirkung interpretiert werden könnte.[1]

Andere, nicht minder ernste Planungsfehler lägen vor, wenn sich die verschiedenen Versuchsleiter in ihrer Vorerfahrung oder Einstellung oder Erwartung zur Versuchshypothese oder zum Versuchsablauf unterschieden und dementsprechend auf ihre jeweilige VE einwirkten, ohne als zusätzliche UV beachtet zu werden.

Bei der Planung sind schließlich noch drei systematische und eng miteinander verbundene Versuchsfehler zu beachten und von vornherein auszuschalten: Interaktion, Konfundierung und Reaktivität.

[1] Zum Regressionseffekt findet man eingehende Informationen bei Campbell/Stanley 1963 und Hofstätter/Wendt 1966, 147 ff.

Von *Interaktion* sprechen wir bei Versuchen dann, wenn die Ermittlung der AV und die experimentelle Behandlung UV wechselweise aufeinander einwirken.

Das wäre in unserem Beispiel bei folgender Situation der Fall: Die Voruntersuchung (AV X 1), etwa mit Interviews zur Ermittlung der Stellungnahmen der Chemielehrer zu Aufgaben in Studienbriefen, beeinflußt deren Einstellung zu diesen Studienbriefen, macht sie vielleicht erst auf den Unterschied von Studienbriefen mit und ohne Aufgaben aufmerksam und wirkt daher auch auf deren Arbeit an diesen Studienbriefen ein. UV ist also überfremdet und wirkt dann, solcherart verfälscht, wieder auf die Nachuntersuchung (AV X 2) ein.

Kurz, bei der Interaktion wirkt nicht nur UV auf AV ein, wie das ja gewollt ist, sondern auch AV auf UV.

Im Schema: 

Konfundierung nennen wir das Zusammenfließen von Versuchsmaßnahmen oder -bedingungen, die eigentlich getrennt sein müßten.

Würde in unserem Beispiel das eben erwähnte Interview der Voruntersuchung auf das Ergebnis des entsprechenden Interview der Nachuntersuchung direkt einwirken, auch ohne daß die dazwischenliegende experimentelle Behandlung UV für dieses Ergebnis der Nachuntersuchung in Frage käme, so wäre die Rede von Konfundierung zwischen Vor- und Nachuntersuchung.

Im Schema: 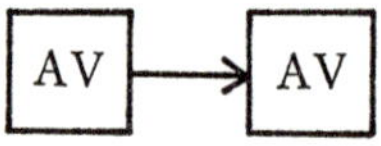

Reaktivität liegt bei Ermittlungen des Verhaltens (AV) vor, wenn das Verfahren oder Instrument dieser Ermittlung – also die Beobachtung, der Fragebogen, das Interview oder der Test – ein Verhalten nicht nur ermittelt, sondern entgegen seiner diagnostischen Funktion ein zu ermittelndes Verhalten auch *vermittelt.*

Es wäre in unserem Beispiel denkbar, daß im Interview während der Nachuntersuchung die befragten Chemielehrer der VE 1 die gleichen Stellungnahmen zu Studienbriefen mit Aufgaben abgäben wie die der VE 2, und dies nicht als Folge der experimentellen Behandlung, sondern in Folge der Fragen des Interviews selbst, das derlei Reaktionen selbst nahelegt.

Im Schema: 

Bisher wurden Planungsfehler besprochen. Auch bei fehlerfreier Planung können aber systematische Versuchsfehler auftreten, und zwar im *Verlauf* des Experiments:

Verlaufsfehler können häufig dadurch auftreten, daß in den einzelnen Versuchseinheiten unterschiedliche interpersonale und auch intrapersonale Veränderungen eintreten: So mag Lehrender oder Lernender im Ablauf insbesondere eines längeren Experiments zunehmende Versuchserfahrung gewinnen, die auf den Versuch und auf seine Kommunikation mit den Partnern zurückwirken. Persönliche Erwartungen und Einstellungen, Ermüdung und Anspannung, aber auch Übung und Verständnis können sich fortlaufend ändern, dadurch werden – unter Umständen von Gruppe zu Gruppe unterschiedlich – die Vertrauensverhältnisse, Kontakte, Rollen etc. mehr und mehr verändert oder auch Tips, Warnungen, Absprachen und dergleichen immer wahrscheinlicher.

Zu diesen Fehlern treten andere, die ebenfalls die interne Validität, die Reliabilität oder die Objektivität des Versuchs zu beeinträchtigen drohen: Bei längeren Experimenten können die VE durch Fehlen einiger Teilnehmer zeitweilige oder dauernde, sich auf eine Frequenz einspielende oder zunehmende Einbußen erfahren. Dieses Dropout kann eine für statistische Auswertungen am Ende *zu* kleine Versuchspopulation ergeben.

Schließlich ist es noch denkbar, daß im Verlauf eines didaktischen Experiments dessen Gesamtcharakteristik sich ändert, indem etwa zu Versuchsende fast nur noch Bedingungen des Unterrichts, nicht aber mehr Bedingungen eines Experiments gegeben sind – oder umgekehrt. Auch wenn die Planung und der Verlauf eines Experiments von systematischen Fehlern frei geblieben sein sollte, ist noch eine weitere Fehlerart möglich, nämlich die fehlerhafte Auswertung:

Auswertungsfehler sind bei korrekt geplanten und verlaufenen Versuchen so gut wie ausgeschlossen, sollte man meinen. Öfter als vermutet entstehen sie aber doch, und zwar durchweg infolge der Wahl unangebrachter statistischer Verfahren. Schon bei der Versuchsplanung sind die statistischen Auswertungsverfahren mit zu beachten. Denn Anordnung und Auswertung eines Experiments determinieren einander.

Dieses Kapitel bietet zwar notwendige, aber nicht hinreichende Informationen für didaktisches Experimentieren. Die mathematische Statistik, für die hier der Raum bei weitem zu knapp ist, muß in jedem Fall hinzugenommen werden.[1]

[1] Für Anfänger empfiehlt sich aus der Flut der statistischen Literatur: das Werk von Clauss/Ebner 1970. Weitere Grundlagenliteratur im Anhang.

Verschaffen wir uns nun, nachdem wir entscheidende Versuchsfehler bedacht haben, einen Überblick über die möglichen *Quellen*, aus denen diese Fehler entspringen können:

Wie jedes Experiment so ist auch das didaktische Experiment von sogenannten *Innen*variablen und *Außen*variablen determiniert. Als *Innen*variablen bezeichnen wir die in der Versuchshypothese (und den zu ihr gehörenden Erläuterungen) definierten Unabhängigen Variablen (UV) und Abhängigen Variablen (AV).

Außenvariablen nennen wir alle übrigen Veränderlichen, die irgendwie auf den Versuch einwirken können. Diese Außenvariablen liegen in verschiedenen Bereichen vor, nämlich im Bereich der *„Versuchsleiter"* im weitesten Sinn (VL), im Bereich der *Versuchseinheiten* (VE), also der Personen und Personengruppen, die dem Versuch unterzogen werden, weiterhin im Bereich der *Untersuchungsverfahren* und -instrumente (B), mit denen AV ermittelt wird, und schließlich im Bereich aller jetzt noch verbleibenden übrigen Versuchsbedingungen, die wir kurz als *Versuchsmilieu (M)* zusammenfassen wollen.

Diese vier Bereiche sind die möglichen Fehlerquellen; oder in anderen Worten: Die in den genannten Bereichen vorliegenden Außenvariablen sind potentielle *Störvariablen (SV)*. Das heißt, sie können während des Unterrichtsversuchs störend auf UV, auf AV und auf deren Kovariation einwirken. Und sie können überdies auch einseitig oder wechselseitig aufeinander Einfluß ausüben.

Das läßt sich in einem Schema einfach überblicken.

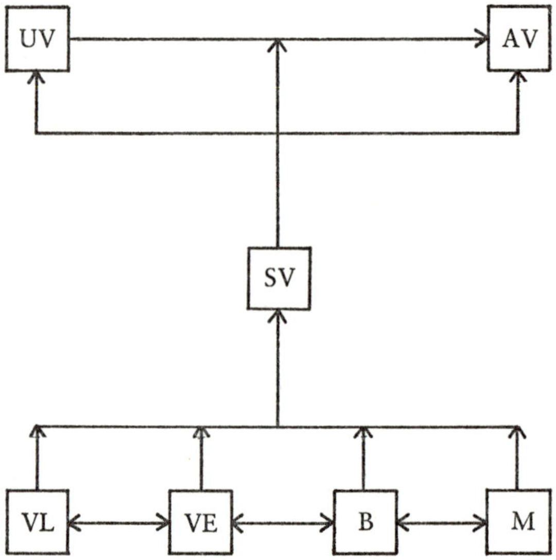

8. Kontrolle von Versuchsfehlern

Die Suche nach Fehlerquellen und deren Kontrolle entsteht schon im Hintergrund, wenn man die Versuchshypothese formuliert und erläutert, und sie rückt ganz in den Vordergrund, wenn man das Versuchsdesign entwirft, also ein Planschema zeichnet und erläutert. Sie findet ihren Niederschlag schließlich auch in den statistischen Verfahren, die man zur Auswertung des Experiments auswählt.

Ein Planschema findet sich im Abschnitt 5 dieses Kapitels. Wie wir dort sehen, genügt das nackte Schema nicht zur Fehlerkontrolle, da es manche Frage offen läßt: Sind VE 1 und 2 äquivalent? Halten sie sich während des Versuchs in getrennten Räumen auf? Welche Zeitspannen liegen zwischen Voruntersuchung (AV X 1), Behandlung (UV) und Nachuntersuchung (AV X 2)? Welche Interaktionsgefahren sind damit gegeben? Wissen VL 1 und 2, daß ihr Unterricht zugleich ein Versuch ist? Wenn ja, unterscheiden sie sich in ihrer Einstellung? Mit welchen Instrumenten wird AV ermittelt? Ist Reaktivität ausgeschlossen? Und so fort. Aus diesem Grund müssen alle im Planschema implizierten Versuchsbedingungen in dazugegebenen Erläuterungen expliziert werden.

Unter diesem Aspekt läßt sich ein vollständiger Versuchsplan (Hypothese und Erläuterungen, Design und Erläuterungen, Auswertungsplan) als Plan zur Kontrolle aller auf UV/AV potentiell einwirkenden Störvariablen verstehen. Hiermit ist aber noch nicht konkretisiert, in welcher Weise denn nun Fehlerquellen kontrolliert werden können.

Dem, der hochschuldidaktische Versuche plant, stehen mehrere Kontrolltechniken zur Verfügung, deren wichtigste genannt seien:

Eliminieren

Bei diesem Verfahren schaltet man Außenvariablen, die das Experiment stören könnten, aus. Gesetzt den Fall, in unserem Beispiel enthielten die Studienbriefe neben ihren zur Untersuchung anstehenden Aufgaben (UV) auch aufgabenähnliche Fragestellungen, von denen man annehmen muß, daß sie die eigentlichen Aufgaben in ihrer Wirkung auf AV beeinträchtigen: Man würde solche „Störaufgaben", die man zum „Versuchsmilieu" zählen könnte, aus den Studienbriefen zu entfernen haben.

Konstanthalten

Sehr häufig kann man störverdächtige Außenvariablen nicht einfach eliminieren, ohne den ganzen Versuch in Frage zu stellen. Dann kann man sich zu helfen suchen, indem man die Außenvariablen möglichst konstant hält, und zwar je nach Design von Versuchsphase zu Versuchsphase und/ oder von Versuchseinheit zu Versuchseinheit.

Müßte man in unserem Beispiel etwa annehmen, daß die Interviews oder Tests in der Vor- und Nachuntersuchung reaktiv sind, so könnte man diese ihre Einwirkung auf AV wenigstens unter Kontrolle zu halten versuchen, indem man die Tests und Interviews standardisiert und alle Versuchsleiter, die diese Instrumente einsetzen, damit auf ein möglichst gleiches Verhalten festlegt.

Randomisieren

Konstanz *alle*r Außenvariablen bleibt in längeren oder breiter angelegten didaktischen Experimenten so gut wie unerreichbar. Als realistischere Kontrolltechnik können wir daher das Randomisieren gelten lassen. Hierunter versteht man allgemein das blinde Ziehen von Elementen aus einer Grundgesamtheit, so daß jedes in ihr enthaltene Element die gleiche Chance hat, gezogen zu werden, kurz: die Zufallsstichprobe.

Wenn in didaktischen Experimenten vom Randomisieren die Rede ist, so bedeutet das meistens, daß die Versuchspopulation eine Zufallsstichprobe der Bezugspopulation ist und weiterhin, daß aus dieser Zufallsstichprobe wiederum Personen nach Zufall herausgezogen und auf die verschiedenen Versuchseinheiten, also auf Versuchs- und Kontrollgruppen, verteilt sind. Durch diese Technik wird am ehesten erreicht, daß die einzelne Gruppe ein verkleinertes aber getreues Abbild der Bezugspopulation mit der ganzen Skala der in ihr befindlichen Merkmalsausprägungen ist, ohne Verzerrungen durch bewußte oder unbewußte Präferenzen dessen, der auswählt.

Randomisieren reicht im Unterrichtsversuch aber noch weiter, nämlich grundsätzlich über alle Fehlerquellen: Würden in unserem Beispiel alle Teilnehmer am Fernstudienkurs in der Nachuntersuchung einem Test konfrontiert, und zwar aus organisatorischen Gründen zu verschiedenen Zeiten und unter verschiedenen räumlich-technischen Gegebenheiten (mit/ohne Tonbandaufzeichnung der Testanweisungen; Kleinräume/Großräume mit je voller Besetzung etc.), so müßten auch diese Bedingungen so weit wie eben möglich randomisiert werden. Das heißt: Ohne Ansehen der Zugehörigkeit zu VG oder KG wären die Teilnehmer nach Zufall den unterschiedlichen Testzeiten und -räumen zuzuteilen. Nur so könnte man vermeiden, daß aus den Fehlerquellen systematische Fehler werden, die das „eigentliche" Ergebnis verfälschen.

Balancieren

Werden beim Randomisieren Fehlerquellen nach *Zufall* verteilt und dadurch *neutralisiert,* so werden beim Balancieren Fehlerquellen nach *Plan* verteilt und dadurch *kompensiert.*

Sogleich zum Beispiel: Wir wollen das Planschema aus Abschnitt 5 dieses Kapitels heranziehen und annehmen, daß die beiden VE in getrennten Räumen von je einem Lehrer (VL 1, VL 2) unterrichtet (UV), vorgeprüft (AV X 1) und nachgeprüft (AV X 2) werden. Wollten wir nun den vielleicht störenden und unterschiedlichen Einfluß der beiden Lehrer auf die Vor- und Nachprüfung unter eine gewisse Kontrolle bringen, so wäre eine schlichte Form des Balancierens die, daß wir in VE 1 für die Voruntersuchung VL 1 und für die Nachuntersuchung VL 2 und umgekehrt – zu jeweils gleicher Zeit – in VE 2 für die Voruntersuchung VL 2 und für die Nachuntersuchung VL 1 einsetzten.

Weitergehendes Balancieren wird später noch am Schema sogenannter „balancierter didaktischer Experimente" demonstriert.

9. Die Versuchspopulation als Stichprobe

Wie hier und da schon ausgesprochen, bezeichnen wir die Gesamtheit der Personen (außer VL im weitesten Sinn), mit denen ein Versuch durchgeführt wird, als die Versuchspopulation. Sie soll möglichst repräsentativ sein für die umfangreichere Grundgesamtheit all der Personen, auf die sich der Versuch in seiner Hypothese und seinen Ergebnissen bezieht, also für die sogenannte Bezugspopulation.

Stellen wir eine Versuchspopulation auf, so heißt dies, daß wir aus der Bezugspopulation eine repräsentative Stichprobe „ziehen", eine Stichprobe, die all die und nur die Merkmale aufweist, wie sie auch für die Bezugspopulation charakteristisch sind.

Auf welchen Wegen gelangen wir zu Repräsentativstichproben? Für hochschuldidaktische Experimente sind die folgenden drei Verfahren der Stichprobenerhebung besonders relevant: die Zufallsstichprobe, die Quotenstichprobe und die Schichtenstichprobe.

Die Zufallsstichprobe

Gehen wir wieder von dem Beispiel aus und nehmen wir an, die Bezugspopulation sei die Gesamtheit der am Fernstudienlehrgang interessierten Chemielehrer der Sekundarstufe II in Baden-Württemberg, deren Namen in einer Anmeldeliste vorliegen. Wir numerieren diese Namen durch und ziehen die Stichprobe in dem für den Versuch gewünschten Umfang, indem wir nach Zufall die entsprechende Anzahl numerierter Namen ohne Ansehen der Personen ankreuzen. Damit sich hierbei kein systematischer Auswahlfehler einschleicht, nehmen wir eine Zufallsziffertafel zu Hilfe, die sich in jedem Statistikhandbuch befindet. Dieses Vorgehen ist nichts anderes als ein rationalisiertes Lotterieverfahren, bei dem sich die Namenskärtchen aller Personen der Bezugspopulation durchgemischt in einer Urne befinden, aus der man mit verbundenen Augen Kärtchen in der gewünschten Anzahl herausgreift.

Der Zufallsstichprobe ist der Vorzug zu geben, sofern sie eben verwirklicht werden kann und Bezugs- und die Versuchspopulation umfangreich genug sind.

Denn die Zufallsstichprobe ist dadurch charakterisiert, daß jede Person der Bezugspopulation die gleiche Chance hat, in die Versuchspopulation zu kommen. Je umfangreicher eine Zufallsstichprobe ist, desto größer ist die Wahrscheinlichkeit, daß sie ein getreues Abbild der Grundgesamtheit ist und deren Zusammensetzung aus Personen mit unterschiedlichsten Merkmalsausprägungen widerspiegelt. Statistische Nachschlagewerke geben uns Auskunft darüber, welchen Repräsentativitätsgrad wir von Stichproben eines je bestimmten Umfangs erwarten dürfen und auch umgekehrt, wie groß der Stichprobenumfang für jeweils vorher festgelegte Repräsentativitätstoleranzen sein muß.

Die Quotenstichprobe

Gesetzt den Fall, wir hätten in der Anmeldeliste neben den Namen der Chemielehrer unter anderem auch Angaben über ein Merkmal, das uns für den Versuch mit Studienbriefen sehr wesentlich erscheint, etwa das Alter. Wir könnten nun Altersklassen bilden und dann errechnen, mit welchem Prozentanteil sie sich über die Bezugspopulation verteilen, und nun aus der Liste solange Personen für die Versuchspopulation auswählen, bis diese die gleichen Prozentanteile der verschiedenen Alterklassen enthält. Die Übersicht über die prozentualen Anteile von Merkmalen einer Bezugspopulation nennt man Quotenplan.

Die Quotenstichprobe empfiehlt sich, wenn man aus Hochschul- oder

Lehrstuhlstatistiken über Studierende Quotenpläne gewinnen kann, mit deren Hilfe man direkt eine Versuchspopulation aufstellt, indem man etwa aus seiner Hörerschaft solange Studenten aufstellt, bis die Prozentanteile der je relevanten Merkmale erreicht sind.

Einfachstes Beispiel: Eine Vorlesung wird von ca. 40% Studentinnen und 60% Studenten besucht; zu einem Experiment mit zwei unterschiedlichen Vorlesungstypen würde man zwei Gruppen zusammenstellen, die sich jeweils aus 40% bzw. 60% der beiden Geschlechter zusammensetzen.

Dieses Beispiel macht schon deutlich, daß so einfachste Quotenpläne in der Regel nicht ausreichen, sondern erst multiple Quotenpläne, die die Verteilung zugleich mehrerer Merkmale angeben.

Noch eine Unterscheidung: Bei der *primären* Quotenstichprobe wählt man Versuchsteilnehmer von Anfang an nach Quotenplan aus. Die *sekundäre* Quotenstichprobe kommt hingegen dadurch zustande, daß man zunächst alle erreichbaren Personen einer Bezugspopulation als Versuchsteilnehmer vorsieht und dann erst gemäß Quotenplan zusammenstellt, wobei nunmehr überzählige Personen, die den Quotenplan verzerren würden, nicht zum Versuch herangezogen werden. Quotenstichproben werden erhoben, wenn Zufallsstichproben nicht möglich oder wegen des geringen Umfangs von Bezugspopulationen nicht sinnvoll sind.

Die Schichtenstichprobe

Die geschichtete oder stratifizierte Stichprobe kann man als eine Kombination der Quotenstichprobe mit der Zufallsstichprobe deuten: Finden sich in einer Bezugspopulation (virtuelle) Untergruppen, die in sich hinsichtlich versuchsrelevanter Merkmale einigermaßen homogen sind, so können nach einem entsprechenden Quotenplan voneinander unabhängige Zufallsstichproben aus jeder dieser Gruppen oder „Schichten" gezogen werden. Als „Schichten" kämen in unserem Beispiel vielleicht Chemielehrer in Frage, die zum Zeitpunkt des Versuchsbeginns drei, zwei, einen und keinen vorhergehenden Fernstudiengang absolviert haben.

Die Schichtenstichprobe kann je nach Situation die Vorteile der Quotenstichprobe mit denen der Zufallsstichprobe verbinden.

Bemerkungen zum Randomisieren

Ist eine Versuchspopulation mit einem der genannten Stichprobenverfahren aufgestellt, so bleibt noch ein weiteres zu tun: Aus der Versuchspopulation müssen nun nach Zufall Personen herausgezogen und auf die verschiedenen Versuchseinheiten verteilt werden. Diesen Vorgang nennen wir Randomisieren, wobei wir zwei Verfahren anwenden können: Beim *primären* Randomisieren werden Personen aus der Versuchspopulation gar nicht erst nach Merkmalen unterschieden, sondern unmittelbar den VE nach Zufall zugeteilt. Dagegen werden beim *sekundären* Randomisieren die Personen der Versuchspopulation nach je relevanten Merkmalen zunächst unterschieden. Dann bildet man sogenannte „Blöcke" von Personen mit je gleichem Merkmal oder gleicher Merkmalskombination. Im einfachsten Teil bestehen diese Blöcke aus zwei Personen, sind also Paare. Nun werden aus diesen Blöcken die einzelnen Personen wiederum nach Zufall den einzelnen VE zugeteilt. Blockbildung (matching, pairmatching) ist also nicht, wie das sehr oft angenommen wird, ein gültiger Ersatz für das Randomisieren, sondern allenfalls eine Maßnahme, die dem Randomisieren vorausgeht.

10. Übersicht über häufig verwendete experimentelle Designs

Experiment mit Vor- und Nachuntersuchung in randomisierten Versuchseinheiten

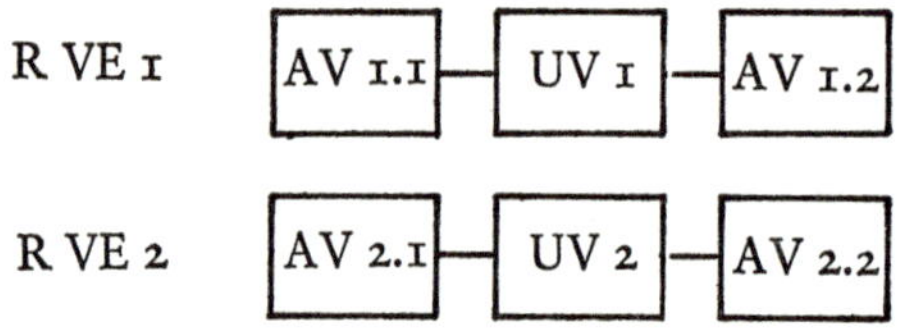

(R heißt: Randomisierung)

Das Design kennen wir bereits aus Abschnitt 5 dieses Kapitels. Wie alle anderen strengeren Experimente verlangt auch ein didaktisches Experiment nach diesem Plan Randomisierung der Versuchseinheiten, Simultaneität der im Planschema senkrecht untereinanderstehenden und in die Kästchen eingetragenen Maßnahmen und möglichst gleiches zwischenzeitliches Geschehen von VE zu VE zwischen den einzelnen Maßnahmen bzw. Versuchsphasen.

Das Design ist für Experimente angezeigt, in denen die Ergebnisse der Nachuntersuchung zu denen der Voruntersuchung in Beziehung gebracht werden sollen, in denen also eine durch eine experimentelle Behandlung UV beeinflußte Verhaltens*änderung* ermittelt werden soll. Das Planschema legt eine recht einfache statistische Auswertung nahe:

$$d\,1 = AV\,1.2 - AV\,1.1$$
$$d\,2 = AV\,2.2 - AV\,2.1$$

Prüfung der statistischen Signifikanz der Mittelwertunterschiede von d 1 und d 2.

Experiment mit Nachuntersuchung in randomisierten Versuchseinheiten

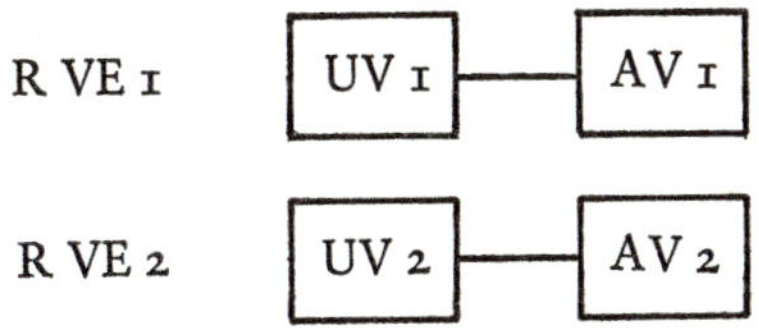

Dieses Design ist für didaktische Experimente angezeigt, in denen nicht eine Verhaltens*änderung*, sondern bloß eine von UV beeinflußte Verhaltensäußerung ermittelt werden soll.

Das recht schlicht anmutende Planschema mag zunächst das Bedenken erregen, ohne Voruntersuchung könne man keine Kovariation von UV und AV herausfinden, da ja keine Verhaltensänderung erfaßt wird. Das Bedenken wird aber zerstreut, sobald man dafür Sorge trägt, daß die Versuchseinheiten erstens umfangreich oder zahlreich genug sind und zweitens randomisiert werden. Denn je zahlreicher die experimentell behandelten Personen und je zufälliger deren Zuweisung zu den verschiedenen UV, desto größer die Wahrscheinlichkeit, daß Verhaltensunterschiede von VE zu VE auf UV-Unterschiede zurückgehen.

Versuche dieser allereinfachsten Art sind für die Hochschuldidaktik sehr zu empfehlen. Sie erfordern den geringsten Aufwand und sind durchaus strenge Experimente, wenn man die Versuchseinheiten randomisiert und im übrigen auf Fehlerkontrolle wie in anderen Versuchen achtet.

Die statistische Auswertung kann sich hier in der Prüfung der Signifikanz der Mittelwertunterschiede von AV 1 und AV 2 erschöpfen. Der entscheidende Vorteil des Experiments ohne Voruntersuchung: Interaktionen zwischen UV und AV sind eliminiert!

Solomon-Experimente:

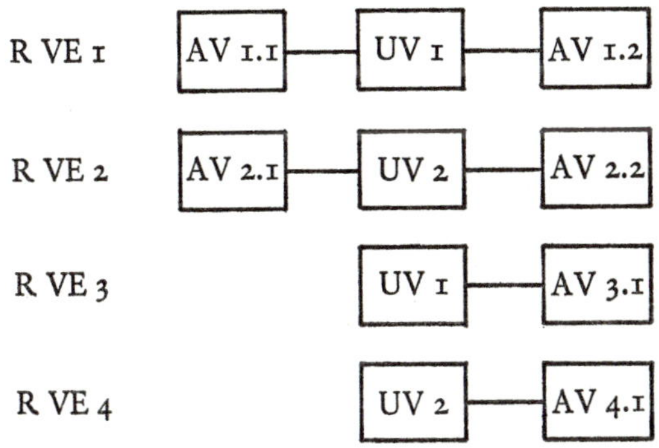

Das Planschema zeigt das in Sozialwissenschaften schon klassische Experiment nach Solomon (1949) mit 4 randomisierten Versuchseinheiten. Es ist nichts weiter, als die Kombination der beiden erstgenannten Designs. Es verbindet deren Vorteile miteinander und bietet darüber hinaus noch einen spezifischen Vorteil: Das wird deutlich, wenn wir die Möglichkeiten seiner statistischen Auswertung gedanklich durchspielen.

Um das Verständnis zu erleichtern, wollen wir davon ausgehen, daß UV 2 schlicht „Nichtbehandlung" im Unterschied zur experimentellen Behandlung UV 1 heißt, letztere nennen wir jetzt einfach UV.

Zunächst das Auswertungsschema:

$$d\,1 = AV\,1.2 - AV\,1.1$$
$$d\,2 = AV\,2.2 - AV\,2.1$$
$$d\,3 = AV\,3.1 - \frac{AV\,1.1 + AV\,2.1}{2}$$
$$d\,4 = AV\,4.1 - \frac{AV\,1.1 + AV\,2.1}{2}$$
$$d\,i = d\,1 + d\,4 - (d\,2 + d\,3)$$

di ist das Maß der Interaktion zwischen UV und AV.

Die Werte d 1 bis d 4 werden miteinander verglichen, d. h. auf statistische Signifikanz ihrer Mittelwertunterschiede hin geprüft.

Nun die gedankliche Verfolgung im einzelnen. Werden signifikante Unterschiede zwischen den Mittelwerten der Differenzen d 1 bis d 4 gefunden, so interpretiert man sie wie folgt (ZG heißt zwischenzeitliches Geschehen, das in allen VE möglichst das gleiche sein muß):

Unterschiede zwischen d 1 und d 2 werden so interpretiert: Voruntersuchung + UV + ZG + Interaktion zwischen UV und AV hat eine andere Wirkung (auf AV) als Voruntersuchung + ZG. (UV 2 ist ja, wie gesagt, „Nichtbehandlung").

Unterschied zwischen d 1 und d 3 wird so interpretiert: Voruntersuchung + UV + ZG + Interaktion zwischen UV und AV hat eine andere Wirkung als UV + ZG.

Unterschied zwischen d 1 und d 4 wird so interpretiert: Voruntersuchung + UV + ZG + Interaktion zwischen UV und AV hat eine andere Wirkung als bloßes ZG.

Unterschied zwischen d 2 und d 3 wird so interpretiert: Voruntersuchung + ZG hat eine andere Wirkung als UV + ZG.

Unterschied zwischen d 2 und d 4 wird so interpretiert: Voruntersuchung + ZG hat eine andere Wirkung als bloßes ZG.

Unterschied zwischen d 3 und d 4 wird schließlich so interpretiert: UV + ZG hat andere Wirkung als bloßes ZG.

Jetzt ergibt sich überdies noch die statistische Schätzung für das Ausmaß der Interaktion zwischen UV und AV, nämlich so:
di = Voruntersuchung + UV + ZG + Interaktion zwischen UV und AV + ZG – (Voruntersuchung + ZG + UV + ZG).
= Interaktion zwischen UV und AV.

Der Solomon-Plan mit 4 Versuchseinheiten kontrolliert also die Interaktion zwischen UV und AV, ohne aber auf Voruntersuchungen zu verzichten! Es ist mithin für solche didaktischen Experimente besonders geeignet, in denen UV-abhängige Verhaltens*änderungen* ermittelt werden sollen[1].

Einen Nachteil könnte man darin sehen, daß das Solomon-Experiment aufwendiger ist als die erstgenannten Versuchsarten. Vielfach wird auch der Solomon-Plan mit 3 Versuchseinheiten realisiert. Bei ihm entfällt die VE 4 unseres Planschemas. Auch hier kann das Interaktionsmaß errechnet werden, und zwar als di = d 1 – (d 2 + d 3).

Die bisher genannten Designs werden als strengexperimentell bezeichnet, nicht zuletzt auch wegen der in ihnen geforderten Randomisierung der VE.

Nun sollen noch einige quasiexperimentelle Designs betrachtet werden.

Balancierte didaktische Experimente

Das Planschema steht hier nur als ein Beispiel aus vielen Möglichkeiten.

(R) VE 1	UV 1	AV	UV 2	AV	UV 3	AV
(R) VE 2	UV 2	AV	UV 3	AV	UV 1	AV
(R) VE 3	UV 3	AV	UV 1	AV	UV 2	AV

Diese Anordnung ist auch als „Lateinisches Quadrat“ bekannt. Die experimentelle Behandlung besteht hier aus einer Serie von Einzelbehandlungen. VE 1 wird diesen in der Reihenfolge UV 1–2–3 unterzogen und nach jeder einzelnen Behandlung untersucht (AV). VE 2 erfährt die gleichen Behandlungen, aber in anderer Reihenfolge: UV 2–3–1; und so fort. Die Erweiterung des Experiments um weitere VE und UV ist selbstverständlich möglich, wird aber dann bald allzu aufwendig. Für balancierte Versuche

[1] Ausführliche Kommentare zum SOLOMON-Experiment liefern Selltiz et al. 1959, 49 ff.

ist entscheidend, daß sie in drei Dimensionen ausgewertet werden können:

1. Dimension: Wirkungen der Einzelbehandlungen
In unserem Schema wird die Summe der drei AV-Werte, die zu UV 1 gehören, mit der Summe der drei AV-Werte, die zu UV 2 bzw. UV 3 gehören, statistisch verglichen. Ergeben sich Unterschiede, so wird gefolgert, daß UV 1 anders wirkt als UV 2 bzw. UV 3; und zwar zunächst ohne Rücksicht auf unterschiedliche Versuchsphasen und -einheiten.

2. Dimension: Wirkungen der Versuchsphasen
Nach unserem Schema wird die Summe der drei AV-Werte der ersten Spalte (die ja zu UV 1, 2 und 3 gehören) mit der Summe der drei AV-Werte der zweiten bzw. dritten Spalte (die ebenfalls jeweils zu UV 1, 2 und 3 gehören) verglichen. Ergeben sich Unterschiede, so folgert man, daß die Versuchs*phase* spezifische Einwirkungen auf AV zeitigt.

3. Dimension: Wirkungen der Behandlungssequenz
Unser Schema enthält jetzt noch die Möglichkeit, die Summe der AV-Werte der Zeile 1 (VE 1) mit der Summe der AV-Werte der Zeile 2 bzw. 3 (VE 2 und 3) zu vergleichen. Ergeben sich hier Unterschiede, so kann gefolgert werden, daß die unterschiedliche Reihenfolge der Einzelbehandlungen spezifisch auf AV wirkt.

Als VE kommen Einzelpersonen und Personengruppen in Betracht. Wenn es möglich ist, randomisiert man auch hier die VE und vielleicht auch noch die UV-Sequenzen, um ein strenges Experiment zu erhalten. Meistens ist das Balancieren aber gerade der Ersatz für vollständiges Randomisieren aller Versuchsbedingungen.

Unser Planschema ist trotz seiner Symmetrie ein Beispiel unvollständigen Balancierens. Vollständig ausbalanciert wäre der Versuch hinsichtlich der UV-Serie erst dann, wenn jede VE jede der drei möglichen UV-Sequenzen hintereinander erhielte und wenn zudem jede Sequenz dieser Sequenzen jeder VE geboten würde. Das führt aber in didaktischen Versuchen oft zu sinnlosen Anordnungen (z. B. müßte ein Fernstudent den gleichen Studienbrief mehrmals durcharbeiten) oder zu einem organisatorisch unerträglichen Aufwand.

Daher ist man in aller Regel mit einfach balancierten Designs zufrieden, auch wenn diese nur quasiexperimentell sind und lediglich die Haupteffekte der Versuchsphase, der Einzelbehandlungen und der Behandlungssequenzen kontrollieren.

Didaktische Experimente mit serieller Vor- und Nachuntersuchung in einzelnen Versuchseinheiten

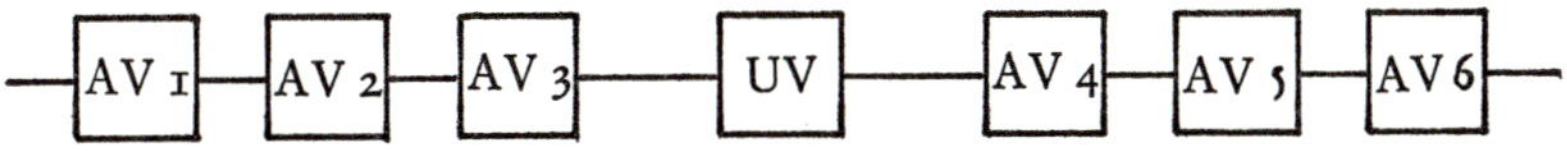

Versuche nach diesem Design eignen sich zur *unnterrichtsbegleitenden* Forschung und können auch mit einer einzelnen Person oder Personengruppe durchgeführt werden, ohne „Kontrollperson“ oder „Kontrollgruppe“.

Vor der experimentellen Behandlung UV wird ein bestimmtes Verhaltensmerkmal AV mehrmals hintereinander ermittelt, d. h. auf etwaige von UV unabhängige Veränderungen hin untersucht; entsprechend *nach* der Behandlung.

Sinnvoll sind solche AV-Untersuchungen nur, wenn sie nicht selbst reaktiv sind, also nicht als *Behandlungen* auf AV einwirken, und wenn AV nicht per se größeren Schwankungen unterworfen ist, in denen eine etwaige UV-Wirkung verschwindet.

Zeigt der Werteverlauf der Nachuntersuchungen einen signifikant anderen Verlauf als der Werteverlauf der Voruntersuchungen, so wird dies auf die Wirkung der UV zurückgeführt (vgl. Campbell/Stanley 1963, 208).

UV-Einfluß ist *unwahrscheinlich* bei z. B. folgenden Werteverläufen:

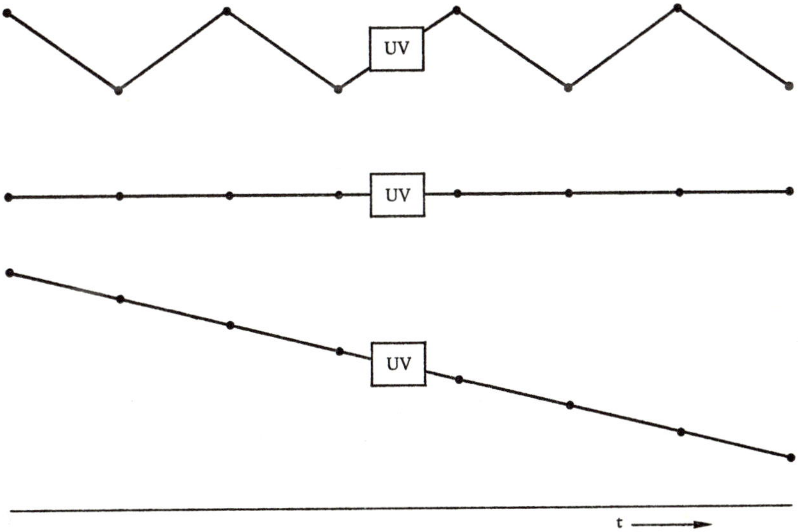

UV-Einfluß ist *wahrscheinlich* bei z. B. folgenden Werteverläufen:

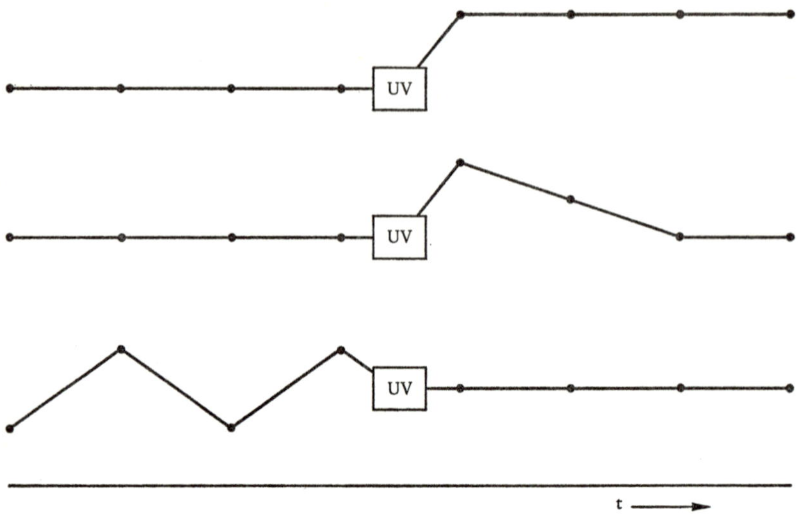

Wäre der Werteunterschied zwischen letzter Voruntersuchung und erster Nachuntersuchung der gleiche beim jeweils obersten Fall der beiden Diagramme, so wären beide gleichen Differenzen doch nicht gleichsinnig zu interpretieren. Ein einfacher Vergleich von einzelnen Werten oder auch Mittelwerten von Vor- und Nachuntersuchung genügt also nicht zur Auswertung.

Die größte Schwäche des Plans: Er kontrolliert nicht das zwischenzeitliche Geschehen. In manchen Versuchssituationen könnte nämlich die (nicht prüfbare) Gegenhypothese naheliegen, daß nicht UV, sondern irgendein anderer Einfluß für den Weiterverlauf der Nachuntersuchung maßgebend sei. Insbesondere bei längeren Untersuchungsserien besteht die Gefahr, daß sich im Laufe der Zeit die Haltungen der VL und/oder VP zum Versuch, und damit die Beobachtungsverfahren und/oder die Verhaltensäußerungen der VP ändern und die UV-Wirkung verfälschen bzw. überdecken.

Ebenso nahe liegt bei längeren Versuchen die Gefahr, daß der Umfang (und die Struktur) der Gruppen sich – etwa durch Dropout – ändern.

Didaktische Experimente mit serieller Behandlung und Nachuntersuchung in einzelnen Versuchseinheiten

Der im Schema fixierte *regel*mäßige Wechsel von UV 1 und UV 2 ist nicht zwingend, er kann auch randomisiert sein. Jede UV tritt aber mehrmals irgendwie hintereinander auf, und zwar in *unterschiedlichen* unterrichtlichen Situationen. Die VE (Einzelperson oder Gruppe) kann hier als ihre eigene „Kontrolleinheit“ angesehen werden.

Experimente dieser Art sind angebracht, wenn die UV möglichst „natürliche“ Gegebenheiten des Unterrichts in veränderlichen Situationen sind und ihre Auswirkungen schnell im Verhalten (AV) erscheinen und wieder verschwinden, also nicht konfundieren.

Ein nach diesem Design angesetztes Experiment kontrolliert also selbst nicht Interaktionen oder Konfundierungen UV/UV bzw. UV/AV, auch nicht die Wirkung einer UV, die von der anderen UV isoliert wäre.

Didaktisches Experiment mit randomisierter Vor- und Nachuntersuchung

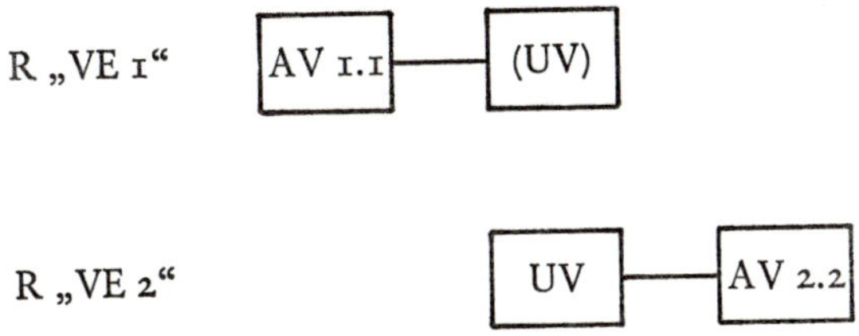

Dieses Planschema ist so zu verstehen: Eine experimentelle Behandlung, z. B. irgendeine Unterrichtsveranstaltung, wird in gleicher Weise (UV) für irgendeine Gruppe von Personen durchgeführt.

Vor dieser Veranstaltung wird aus dieser „Versuchspopulation“ nach Zufall (R) eine Stichprobe gezogen (VE 1) und voruntersucht. *Nach* der Veranstaltung wird wiederum aus der Gesamtgruppe der Beteiligten eine Zufallsstichprobe erhoben (VE 2) und in Hinsicht auf dasselbe Merkmal untersucht (AV 2.2).

Dabei kann man je nach Größe der Gesamtgruppe und erwünschter Versuchsexaktheit so vorgehen, daß VE 1 sozusagen wieder in die ganze Versuchspopulation hineingegeben wird und demnach Personen aus VE 1 zufällig auch wieder in VE 2 dabei sein können.

In der oberen Zeile des Schemas ist UV eingeklammert, weil die experimentelle Behandlung als Unterricht zwar für alle Beteiligten verbindlich, im Sinne des Versuchs aber nur für VE 2 relevant ist.

Die Auswahl aus der in der Literatur bereits vorliegenden experimentellen Designs soll nicht weiter fortgesetzt werden. Die wichtigsten streng experimentellen Pläne sind hier genannt.

Im übrigen wird der Leser dieses Buches seine Phantasie spielen lassen, wenn er hochschuldidaktische Forschungsprojekte plant. Das ist der besonderen Situation sicher oft angemessener als die bloße Übernahme fertiger Pläne.

Nachbemerkung

In diesem Kapitel war von didaktischen Experimenten die Rede, mit denen man Hypothesen prüft. Das hypothesenprüfende Experiment erfordert einigen theoretischen und organisatorischen Aufwand und ist oft auch teuer. Ist dieser Aufwand zu rechtfertigen? Wer in der Hochschuldidaktik bereits experimentiert hat, wird diese Frage mit Nachdruck bejahen. Nicht nur, weil irgendeine Hypothese geprüft werden konnte. Wohl immer zeitigen didaktische Experimente Wirkungen, die ursprünglich gar nicht vorgesehen sein mögen: Wir gelangen sozusagen nebenbei zu Ideen der Unterrichtsgestaltung und Anregungen für Innovationen in der Hochschule, die weit über die anfängliche Fragestellung hinausgehen.

Das hypothesenprüfende Experiment erscheint als das beste Mittel zur Gewinnung neuer und wirklich innovativer didaktischer Konzepte. Je konsequenter es ausgewertet oder nur durchgeführt oder auch nur geplant wird, desto mehr erweist es sich als *der* heuristische Weg zu überraschenden unterrichtlichen Perspektiven. Auch in der Hochschuldidaktik gibt es so etwas wie die Kettenreaktion experimenteller Praxis.

IV

ERFAHRUNGEN AUS DEM SEMINAR

„Forschungsplanung und Forschungsinstrumente im Anwendungsbereich Hochschuldidaktik"

1. Planung und Verlauf des Seminars

Vorbereitung des Seminars

Wie schon erwähnt, wurde der Inhalt der voranstehenden Kapitel in einem Kompaktseminar behandelt, das in der vorlesungsfreien Zeit vom 15. bis zum 19. Februar 1971 an der Universität Tübingen stattfand. Dieses Seminar wandte sich an Universitätsangehörige, die Forschungspläne für hochschuldidaktische Vorhaben entwerfen wollten oder bereits erstellt hatten. Erziehungswissenschaftliche (besser: unterrichtswissenschaftliche) Vorbildung war nicht Voraussetzung.

Als Lehrziel legten wir fest, daß der Teilnehmer nach Abschluß des Seminars

— eine genau umrissene Grundausstattung von Kenntnissen und Fertigkeiten erworben haben sollte, die ihm eigenständige, kritische Durchsicht vorliegender hochschuldidaktischer Forschungsprojekte ermöglicht;
— zu kritischer Zusammenarbeit mit Erziehungswissenschaftlern bei der Anlage eigener Forschungspläne in der Lage sein sollte;
— ein erstes Problembewußtsein gebildet haben sollte, das ihn daran hindert, methodisch und instrumentell unzureichende Forschungsprojekte zu planen oder zu übernehmen;
— Anregungen erfahren haben sollte, das Dargebotene und gemeinsam Erarbeitete in selbständigen Studien zu erweitern und zu vertiefen.

Um dieses Ziel zu erreichen, wurden aus der Fülle der sich anbietenden Stoffe solche Themen ausgewählt, die sich dreifach charakterisieren lassen: sie sollten als notwendiger (wenn auch nicht ohne alle weiteren Studien hinreichender) Fundus didaktischer Forschung gelten dürfen, sie sollten aktuell sein und sie sollten sich schließlich dazu eignen, in einer Lehrveranstaltung als relativ geschlossene Erstorientierung angeboten zu werden, wie sie bislang in irgendeiner einzelnen Publikation noch nicht vorgelegen hat.

Vor Beginn des Seminars wurden die ausgewählten Themen zu 15 Instruktionsblättern ausgearbeitet.

1. Das System Unterricht, seine konstitutiven Elemente und deren Interdependenz (vgl. I, 1).
2. Überblick über den Stand der Curriculumforschung (vgl. I, 2).
3. Lehrzielbeschreibung – Möglichkeiten und Grenzen bei der Verwendung operationaler und taxonomischer Definitionen (vgl. I, 3).
4. Formen der Verhaltensermittlung (vgl. II, 1).
5. Methoden der Beobachtung (vgl. II, 2 und 3).
6. Interview und Fragebogen (vgl. II, 4 und 5).
7. Der lernzielorientierte Test (vgl. II, 6).
8. Gütekriterien von Forschungsinstrumenten (vgl. II, 6).
9. Maschinell auswertbare Testaufgaben (vgl. II, 7).
10. Die Entwicklung lernzielorientierter Tests (vgl. II, 6).
11. Der Unterrichtsversuch (vgl. III, 1 bis 6 und III, 9).
12. Versuchsfehler (vgl. III, 7).
13. Kontrolle von Versuchsfehlern (vgl. III, 8).
14. Strengexperimentelle Versuchspläne (vgl. III, 10).
15. Quasiexperimentelle Versuchspläne (vgl. III, 10).

Die beiden ersten Instruktionsblätter enthielten grundlegende Informationen zur Einführung in das Seminar, die dort nicht weiter vertieft werden sollten. Das dritte stellte die Grundlage für den ersten Seminartag dar. Alle drei Unterlagen erhielten die Teilnehmer mit der Einladung zur vorbereitenden Lektüre zugesandt. Hinzu kam hier noch ein Bericht über Verlauf und Ergebnisse eines Unterrichtsversuchs („Gruppenarbeit in Vorgerückten-Übungen des Fachbereichs Rechtswissenschaft der Universität Tübingen"), der allen Teilnehmern als gemeinsamer Praxisbezug dienen sollte.

Vor Seminarbeginn wurden vier informelle Instrumente in einer ersten Fassung erarbeitet. Sie sollten der Verhaltensermittlung dienen aber auch die behandelten Forschungsinstrumente veranschaulichen und eine Revisionsgrundlage für das Seminar darstellen, ohne daß dabei von „Unterrichtsforschung" die Rede sein kann.

Es handelt sich um:

— eine Sammlung von 40 Aufgaben unterschiedlicher Struktur zur anonymen Selbstermittlung des individuellen Wissensstandes (vgl. S. 168 ff);
— einen Kurzfragebogen mit offenen Antworten zum täglichen Einsatz, mit dem wir die individuellen Meinungen zu Inhalt und Form der täglichen Zusammenarbeit zu sammeln versuchten;
— einen detaillierten Fragebogen zur Erhebung der Stellungnahmen der Teilnehmer zu Inhalt und Form des Seminars, der am Seminarende eingesetzt werden sollte (vgl. S. 163 ff);
— einen Beobachtungsbogen, der einige Kategorien zur Erfassung der

Interaktionen zwischen Veranstaltern und Teilnehmern enthielt und zur Erstellung eines täglichen Kurzprotokolls gedacht war.

Verlauf des Seminars

In dem folgenden Bericht über den Verlauf des Seminars sind die Ergebnisse des oben erwähnten Fragebogens eingearbeitet. Die vorbereitete Fassung dieses Instruments wurde im Verlauf des Seminars mit einigen interessierten Teilnehmern überarbeitet. Mängel des Fragebogens ergaben sich aus der bewußten Absicht, nicht allzu detailliert zu fragen (z. B. bei den Fragen nach der Diskussionsleitung und nach dem Zeitplan), um einen bestimmten Umfang nicht zu überschreiten. Auf einen Vortest wurde ebenfalls verzichtet.

Wegen dieses informellen Charakters des Fragebogens haben wir die Auswertung nur als Grundauszählung vorgenommen, da wir der Meinung sind, daß das Niveau der Datenerhebung nicht nachträglich durch die Anwendung anspruchsvoller statistischer Methoden gehoben werden kann.

Der Fragebogen wurde von zweiundzwanzig der rund vierzig Seminarteilnehmer beantwortet. Die angegebenen Werte beziehen sich auf diese Zahl.

Zeit- und Themenplan für das Seminar:

Mit geringen Abweichungen wurde folgender Zeitplan von Montag bis Donnerstag eingehalten:

9.00–12.00	Arbeit im Plenum: Besprechung der Instruktionsblätter, Erläuterungen durch den Autor, Diskussion. Ab Dienstag wurden zu Beginn der Plenumssitzungen Kurzberichte über die Gruppenarbeit gegeben.
14.00–15.00	Gelegenheit zu individuellen Gesprächen mit den Seminarveranstaltern.
15.00–17.00	Gruppenarbeit.

An den einzelnen Tagen wurden im Plenum folgende Themen behandelt:

Montag:	Diskussion der für die Seminararbeit vorgesehenen Ziele und Methoden; Bearbeitung der Aufgabensammlung zur Veranschaulichung des Seminarinhalts; Lernzielbeschreibung (Instruktionsblatt 3; die Instruktionsblätter 1 und 2 wurden im Seminar nur noch kurz besprochen).
Dienstag:	Untersuchungsinstrumente (Instruktionsblätter 4–6).
Mittwoch:	Test und Testentwicklung (Instruktionsblätter 7–10).

Donnerstag: Versuchsplanung und -durchführung (Instruktionsblätter 11–15).

Freitag: Diskussion über das Seminar; Bearbeitung des Fragebogens.

Im großen und ganzen konnte der Seminarablauf – in zeitlicher und thematischer Hinsicht – eingehalten werden. Am Montagnachmittag konnte entgegen der ursprünglichen Absicht noch nicht in den Gruppen gearbeitet werden, da sich über die Seminarplanung am Vormittag eine längere Diskussion entwickelt hatte. Am Ende des Seminars mußte das Thema Versuchsplanung und -durchführung – für das zwei Plenumssitzungen vorgesehen waren – stark gekürzt werden, weil bei den einzelnen Themen immer wieder wissenschaftstheoretische Fragen angeschnitten wurden. Der letzte Seminartag wurde deshalb ganz für dieses Thema reserviert.

Entgegen der Planung konnte der erwähnte Bericht über einen Unterrichtsversuch im Fachbereich Rechtswissenschaft (s. S. 148) nicht in die Arbeit einbezogen werden, da die Seminarteilnehmer sich nicht auf diese Untersuchung einengen lassen wollten.

In einem weiteren Punkt trafen die Erwartungen der Veranstalter nicht ein. Die jeden Nachmittag vorgesehene Gelegenheit für Einzelgespräche wurde nicht so häufig wie erwartet wahrgenommen. Dies lag wohl an dem ohnehin hohen Zeitaufwand während des Seminars, da nach der Seminarwoche noch eine Reihe von Gesprächen mit Teilnehmern geführt wurden.

Teilnehmer und Teilnahmegründe

Die rund vierzig Teilnehmer – Lehrkräfte, wiss. Angestellte und Studenten – vertraten die Fachrichtungen Theologie, Germanistik, Anglistik, Romanistik, Musikwissenschaft, Geschichte, Rechtswissenschaft, Wirtschaftswissenschaften, Mathematik, Physik, Chemie, Medizin, Soziologie, Politik, Psychologie und Erziehungswissenschaft.

Die Studenten waren in diesem Seminar in der Minderzahl. Dies ist jedoch nicht mit geringerem Interesse an der Thematik, sondern mit der Art der Ankündigung zu erklären. Während die Angehörigen des Lehrkörpers, die sich mit hochschuldidaktischen Problemen und Projekten befaßten, durch eine Umfrage des Rektoramts bekannt waren und direkt zum Seminar schriftlich eingeladen wurden, konnten die Studenten lediglich in der üblichen Art (Vorlesungsverzeichnis, Aushang im Seminar) über diese Lehrveranstaltung informiert werden.

Die Mehrzahl der Teilnehmer (14) war auch aufgrund dieser schriftlichen Einladung ins Seminar gekommen. Darunter waren allerdings zehn, an die die Einladung weitergegeben worden war. Lediglich vier Teilnehmer waren auf dem üblichen Weg (Vorlesungsverzeichnis, Anschlag) über das Seminar informiert worden. Die restlichen Beantworter des Fragebogens hatten in privaten Gesprächen oder bei der Sitzung der Senatskommission für Hochschuldidaktik von dieser Lehrveranstaltung erfahren.

Besonders solche Universitätsangehörige, die sich bereits schon mit hochschuldidaktischen Fragen befaßt hatten, fühlten sich durch die Einladung angesprochen. Auf die Frage nach den Teilnahmegründen nannten elf Personen „spezielles Interesse an Hochschuldidaktik, z. B. bereits erfolgte eigene Versuche mit neuen Lehrverfahren oder ähnlichem". Sechs davon hatten bereits eigene hochschuldidaktische Forschungsprojekte bei der DFG beantragt, bzw. hatten die Absicht, eines zu beantragen. Siebzehnmal wurde „allgemeines Interesse an Hochschuldidaktik" als Teilnahmegrund genannt (z. T. in Verbindung mit den vorgenannten Motiven). Zwei Teilnehmer wurden von der Fachbereichskonferenz in das Seminar delegiert. Einer von diesen beiden hatte jedoch auch „spezielles Interesse an Hochschuldidaktik ...". Elfmal wurde als Teilnahmegrund genannt „möchte die Problematik von Forschungsarbeiten im Bereich der Hochschuldidaktik kennenlernen". Dieser Grund wurde jedoch immer in Verbindung mit „allgemeinem" oder „speziellem" Interesse genannt.

Seminarorganisation

Da sich Vertreter aller Hochschulgruppen – vom Ordinarius bis zum Studenten aus verschiedenen Fachbereichen – zur Teilnahme anmeldeten, war zu erwarten, daß die Spannweite der Diskussion erweitert und diese dadurch belebt würde. Auf der anderen Seite bestand die Gefahr, daß sich die verschiedenen Fachvoraussetzungen und -interessen der Teilnehmer nur schwer überbrücken und in der Diskussion zusammenbringen lassen würden.

Dieses Problem sollte dadurch gelöst werden, daß in den *Plenarsitzungen* (im wesentlichen an den Vormittagen) der Inhalt der Instruktionsblätter diskutiert werden sollte. Parallel dazu war geplant, die so gewonnenen Erkenntnisse immer wieder auf den erwähnten Bericht über den Unterrichtsversuch der Juristen anzuwenden.

Deshalb sollten die Plenarsitzungen durch *Gruppenarbeit* ergänzt werden, wobei die Gruppen fachlich homogener als das Plenum zusammengesetzt sein sollten. Ziel dieser Gruppenarbeit sollte die (fachbezogene) Ergänzung und Vertiefung der Plenumsarbeit sein.

Der beachtliche zeitliche Aufwand für die Seminararbeit, der in der Regel im Anschluß an die Gruppensitzungen noch überschritten wurde, wurde von den Teilnehmern voll akzeptiert. Acht bezeichneten die zur

Verfügung stehende Zeit als „gerade richtig", vierzehn hielten sie sogar für „zu knapp"; angesichts des stofflichen Umfangs eine zu erwartende Stellungnahme. Da die meisten Teilnehmer neben der Arbeit im Seminar aber noch dienstliche Verpflichtungen wahrzunehmen hatten, ist diese Bereitschaft, Zeit zu investieren, nicht als selbstverständlich anzusehen.

Die Gruppenarbeit:
Die Größe und Zusammensetzung der Gruppen sollte sich nach Anzahl sowie fachlichen Kenntnissen und Voraussetzungen der in Frage kommenden Gruppenleiter richten. Da im Rahmen der Gruppenarbeit die allgemeinen hochschuldidaktischen Theorien auf die jeweiligen Fachinhalte angewandt werden sollten, schien es erforderlich, daß der Gruppenleiter auch über einige Kenntnisse der betreffenden Fächer verfügte.

Am Beginn des Seminars wurde folgende Aufteilung gewählt: Philologie (15 Teilnehmer), Naturwissenschaften (7), Mathematik (9), Sozialwissenschaften (9).

Für die vorgegebene Aufteilung in Plenums- und Gruppenarbeiten sprachen sich zwölf Teilnehmer aus. Die zehn weiteren Beantworter wollten zum größten Teil mehr in der Kleingruppe (8), zum kleineren Teil (2) ausschließlich in der Kleingruppe arbeiten.

Die Aufteilung in Gruppen wurde besonders mit dem Lernziel und der fachlichen Heterogenität der Teilnehmer begründet: neun Beantworter kreuzten an, die Aufteilung sei dem Lehrziel angemessen gewesen, drei waren nicht dieser Meinung. Elf hielten die Aufteilung im Hinblick auf die Heterogenität der Teilnehmer für vorteilhaft, drei für unvorteilhaft. Acht nannten eine persönliche Vorliebe für die Kleingruppenarbeit, und sechs sahen in der Kleingruppe ihre Interessen stärker berücksichtigt. Diese Vorliebe für die Arbeit in der Gruppe klang auch ständig in den täglichen schriftlichen Stellungnahmen an, die von den Teilnehmern am Ende jeder Gruppensitzung im Rahmen der Kurzbefragung gegeben wurden.

Im folgenden soll die Arbeit in den Gruppen kurz geschildert werden, um zu zeigen, daß die Gruppenarbeit sich in wesentlich geringerem Maß vorplanen läßt als Plenumssitzungen. In der kleineren Gruppe können Wünsche und Anregungen der Teilnehmer viel stärker zur Geltung kommen, die im Plenum der „Geschäftsordnung" zum Opfer fallen. Dies zeigt der sehr unterschiedliche Verlauf in den vier ursprünglich vorgesehenen Arbeitsgruppen. Auf gruppendynamische Wirkungen, die sich selbstverständlich ebenfalls ergaben, soll hier nicht eingegangen werden.

Gruppe „Naturwissenschaften": Diese Gruppe war fachlich sehr homogen zusammengesetzt. Dazu kam, daß alle Mitglieder fachdidaktische Interessen hatten, so daß immer wieder der Bezug zu eigenen praktischen Unterrichtsvorhaben hergestellt werden konnte.

Inhaltlich folgte die Arbeit in dieser Gruppe – entsprechend den Absichten der Veranstalter – bis auf eine Sitzung dem Thema des Plenums. Dabei sind folgende selbständig erarbeitete Ergebnisse hervorzuheben:

— Im Bereich der Naturwissenschaften sind Lernziele aus dem affektiven und psychomotorischen Bereich neben dem kognitiven Bereich von erheblicher und gleichberechtigter Bedeutung (etwa in Praktika, Laborarbeit u. ä.). Dementsprechend sollten die Lernziele der Naturwissenschaften von vornherein dreidimensional beschrieben werden.
— Operationale und taxonomische Beschreibung von Lernzielen sind keine sich gegenseitig ausschließenden Alternativen, vielmehr sollten im Idealfall beide Verfahren angewendet werden. Nichttaxonomische Operationalisierung ist jedoch ebenso möglich wie nichtoperationale Taxonomierung.
— Die taxonomische Beschreibung von Lernzielen kann irreführend sein, wenn die Methode, durch die sie erreicht werden sollen, nicht mitbeachtet wird. So können Problemlösungen und Lösungen zu sogenannten „Verständnisfragen" durch Drill vorgegeben werden, so daß es sich nur um „Kenntnis" handelt und das Lernziel auf der ersten taxonomischen Ebene im kognitiven Bereich bleibt.
— Am zweiten Nachmittag stellte einer der Teilnehmer ein von ihm geplantes Unterrichtsprojekt vor, das später auch noch im Anschluß an das Thema „Versuchsplanung und -durchführung" behandelt wurde. Im Laufe der Gruppenbesprechungen wurde dieses Vorhaben in eine gestraffte Form gebracht und auf eine klare, hypothesenliefernde Fragestellung reduziert.

Dieser konkrete Versuchsplan stieß bei den meisten Gruppenmitgliedern auf so großes Interesse, daß sie einige Zeit nach dem Seminar noch an einer Diskussion über Vortest und Vorbefragung – die bis dahin im Entwurf vorlagen – teilnahmen.

Das Thema „Test" war im Laufe der Gruppenarbeit anhand der computer-unterstützten Prüfungen zum Quadriga-Funkkolleg „Erziehungswissenschaft" besprochen worden.

Gruppe „Mathematik": In der Regel wurden die Themen aus dem Plenum wie vorgesehen ergänzt und vertieft. Hervorzuheben sind folgende Punkte:

— Ausgehend von der Bloomschen Taxonomie wurde die Frage nach dem Exaktheitsgrad von pädagogischen gegenüber mathematischen Theorien aufgeworfen. Da die Kategorienzuweisung im Rahmen der Taxonomie nicht durchweg eindeutig erfolgen kann, wurde angezweifelt, ob Pädagogik als Wissenschaft überhaupt sichere Aussagen bieten könne.
— Auch in dieser Gruppe konnte auf ein Projekt eines der Gruppenmitglieder Bezug genommen werden. Dabei wurde besonders die Schwierigkeit deutlich, die mit der Stichprobenbildung und der man-

gelnden Repräsentativität solcher Stichproben bei Unterrichtsversuchen im Bereich der Hochschule verbunden ist.

Gruppe „Philologie“: Während der gesamten Dauer des Seminars konzentrierte sich in dieser Gruppe die Diskussion vor allem auf folgende Themen: Operationalisierung und Taxonomierung und damit im Zusammenhang stehende Probleme wie Formen von Testitems, konkrete Formulierung von operationalisierten Lernzielen ausgehend von Fachbüchern, Einordnung dieser Lernziele nach taxonomischen Kriterien. Diese Fragen wurden – ähnlich wie in der Gruppe der Naturwissenschaftler – anhand des konkreten Beispiels der Prüfverfahren zum Funkkolleg Erziehungswissenschaft erarbeitet.

In dieser Gruppe wurde also die Absicht der Veranstalter, das Thema der jeweiligen Plenumssitzung zu ergänzen und zu vertiefen, nicht erreicht. Dafür arbeitete die Gruppe eigenen Wünschen entsprechend intensiv auf einem Spezialgebiet. Von der Planung des Seminars her arbeitete diese Gruppe also nicht erfolgreich; aus der Sicht der Teilnehmer und der Gruppenleiter wurde die Arbeit jedoch sehr positiv beurteilt.

Gruppe „Sozialwissenschaften“: In noch geringerem Maß hielt sich die Gruppe der Sozialwissenschaftler an die Themen der Plenumssitzungen. Dies lag wohl daran, daß sich die Gruppenleiter stark im Hintergrund hielten, da sie davon ausgingen, daß die Gruppenmitglieder keine zusätzlichen Sachinformationen benötigten. Ein weiterer Grund dürfte in der Gruppenzusammensetzung zu suchen sein; das Spektrum der Disziplinen reichte von Betriebswirtschaftslehre über Soziologie, Psychologie usw. bis Theologie. Dementsprechend reichten auch die Kenntnisse und Voraussetzungen der Gruppenmitglieder von stärker pragmatisch orientierter Methodenkenntnis bis zu einer Akzentuierung der wissenschaftstheoretischen Problematik.

Vermutlich wegen dieser beiden Gründe – wenig straffe Leitung und große fachliche Heterogenität der Gruppe – ergab sich anfangs keine einheitliche Linie bzw. kein Schwerpunkt für die Diskussion. Mehrere Gruppenmitglieder äußerten deshalb schon nach der zweiten Gruppensitzung den Wunsch, sich einer der drei anderen Gruppen anzuschließen, da sich dort konkrete Schwerpunkte gebildet hatten. Die Gruppenmitglieder verteilten sich deshalb auf die anderen Gruppen.

Die Plenumssitzung:

Die Plenumsdiskussionen wurden jeweils von einem anderen – vom Plenum bestimmten – Diskussionsleiter geleitet. Er hatte keine Weisungen für sein Vorgehen. Je nach persönlicher Eigenart führte er nur die Rednerliste oder strukturierte und ergänzte die Diskussion.

Diese Art der formalen Diskussionsleitung – strenggenommen hätte allerdings nach jedem einzelnen Diskussionsleiter gefragt werden müssen

– wurde neunzehnmal „insgesamt positiv“ und dreimal „insgesamt negativ“ beurteilt. Auch die Diskussion von Verfahrensfragen (Abweichungen vom Zeitplan, vom vorgesehenen Thema etc.) wurden fünfzehnmal für „nötig“ und von niemandem für „grundsätzlich unnötig“ gehalten. Diese insgesamt positive Beurteilung der formalen Seite der Diskussionen darf vielleicht als Beweis für die sachliche Einstellung der Teilnehmer gewertet werden, besonders da nie der Eindruck aufkam, diese Äußerlichkeiten seien Selbstzweck.

So wurde es auch von fünfzehn Teilnehmern als „angemessen“ beurteilt, daß die Seminarveranstalter (Dohmen, Glück, Rütter) außerhalb der Rednerliste zu Wort kamen. Vier Teilnehmer hielten dies für „nicht angemessen“. Teilweise wurden zu diesem Punkt Bemerkungen wie „nicht angemessen, aber niemals störend“ oder „im Prinzip nicht angemessen“ geäußert.

Bewertung der Instruktionsblätter[1]

Anhand der Instruktionsblätter sollten die Sitzungen vorbereitet werden, ohne den Seminarteilnehmer mit der Suche der wichtigsten Aufsätze, Texte usw. zu belasten; die Information sollte in komprimierter, für jeden zugänglicher Form vorliegen. Bei der Durchführung früherer Kompaktseminare hatte sich gerade darin immer wieder ein Engpaß gezeigt, daß die Literatur nur ein- oder zweifach zur Verfügung stand.

Da sich innerhalb einer kurzen Zeit fast sämtliche Seminarteilnehmer informieren wollten, reichten die in den Bibliotheken vorhandenen Exemplare in der Regel nicht aus. Die Absicht der Seminarveranstalter war deshalb, durch Bereitstellen von schriftlichem Material in gedrängter Form eine ausreichende Diskussionsgrundlage für alle Teilnehmer zu schaffen. Die Seminarteilnehmer wurden gefragt: „Wie haben sie diese Papiere in ihre Arbeit einbezogen?“

Dabei ergaben sich folgende Ergebnisse: Die Papiere 1–8 wurden von den meisten Beantwortern des Fragebogens (ca. 75%) „ausführlich gelesen“, von den restlichen nur „überflogen“, und nur in drei Fällen wurden die Papiere „nicht gelesen“. Zwischen vierzehn und achtzehn Beantwortern hielten die Papier 1–8 für eine „ausreichende Diskussionsgrundlage“; zwischen zwei und sieben der Teilnehmer hielten die Papiere als Diskussionsgrundlage für „nicht ausreichend“. Hier wäre es interessant gewesen, nach den Gründen zu fragen, die zu den letzteren Antworten führten. Da der Inhalt dieser Papiere auch von den Teilnehmern, die sie nicht für eine ausreichende Diskussionsgrundlage hielten, zum größten Teil als gut verständlich bezeichnet wurde, ist die Interpretation

[1] Die Bewertung der Instruktionsblätter war mit Grundlage der Überarbeitung für diesen Band.

erlaubt, daß die Papiere nicht genügend Information boten, bzw. daß die Diskussion an einzelnen Stellen über den Inhalt des Instruktionsblattes hinausging. Dies ist auch aus der Tendenz abzulesen, die Papiere um so weniger für eine ausreichende Diskussionsgrundlage zu halten, je ausführlicher sie gelesen wurden. Wenn viele Teilnehmer ein Papier nur überflogen hatten, so erhielt es relativ öfter die Beurteilung „ausreichende Diskussionsgrundlage", als wenn es von den meisten Teilnehmern ausführlich gelesen worden war.

Dies ist verständlich von der Konzeption der Papiere, auf knappem Raum einen Überblick bzw. eine Kurzdarstellung zu bieten. Bei ausführlicher Lektüre wurden den Lesern gerade diese Beschränkungen eher bewußt als beim Überfliegen.

Die gleiche Tendenz zeigt sich auch bei den Instruktionsblättern 9–15. Diese Papiere wurden nur noch von vier bis dreizehn Teilnehmern „ausführlich gelesen", von acht bis vierzehn Teilnehmern „nur überflogen". Trotzdem erhielten die einzelnen Papiere noch zwischen zwölf- und achtzehnmal die Beurteilung „ausreichende Diskussionsgrundlage".

Die Papiere 14 (strengexperimentelle Versuchspläne) und 15 (quasiexperimentelle Versuchspläne) wurden nur von je zwölf Teilnehmern als ausreichende Diskussionsgrundlage angesehen. Diese Papiere hatten allerdings in der Fassung, in der sie dem Seminar vorlagen, stark formalen und abstrakten Charakter, so daß sie für solche Seminarteilnehmer, denen diese Themen völlig neu waren, sehr schwer zu lesen waren.

Diese Papiere wurden nur von vier bzw. fünf Teilnehmern als „gut verständlich" bezeichnet, von sieben bzw. elf als „schwer verständlich" und von jeweils zwei als „unverständlich". Der Rest gab kein Urteil ab, da er diese Papiere nicht gelesen hatte. Die Papiere 1 bis 6 wurden zwischen vierzehnmal und siebzehnmal als „gut verständlich" bezeichnet; die Papiere 7 bis 13 zwischen fünfzehnmal und zehnmal.

Umgekehrt wie bei der Frage, ob die Papiere als Diskussionsgrundlage ausreichten, zeigt sich bei der Frage nach der Verständlichkeit, daß die Beurteilung „gut verständlich" zunimmt, je häufiger das Papier ausführlich gelesen wurde.

Beurteilung des Seminars aus der Sicht der Teilnehmer

Am Beginn dieses Kapitels wurde die Zielsetzung des Seminars bereits ausführlich erläutert (vgl. Seite 147).

Auf die Frage, wie diese Ziele, vom Teilnehmer aus gesehen, erreicht wurden, gaben bei dem ersten Ziel (Grundbegriffe, Methoden) zwei Teilnehmer an, dieses Ziel sei „nicht erreicht", sechs gaben an, es sei „teilweise erreicht" und dreizehn meinten, es sei „erreicht". Ähnlich günstig beurteilen die Teilnehmer das zweite Ziel (Problembewußtsein): einmal wurde „nicht erreicht", siebenmal „teilweise erreicht" und vierzehnmal „erreicht" angekreuzt.

Beim dritten Lehrziel (Kommunikationsfähigkeit) gaben sechzehn Teilnehmer an, es sei „teilweise erreicht", je zwei, es sei „nicht erreicht" bzw. „erreicht".

Inwiefern diese subjektive Einschätzung seitens der Teilnehmer den Tatsachen entspricht, hätte sich für das erste Lehrziel (Vermittlung von Grundbegriffen und Methoden) anhand des durchgeführten Tests überprüfen lassen. Da mit der den Seminarteilnehmern vorgelegten Aufgabensammlung in erster Linie didaktische Absichten verfolgt wurden (vgl. S. 168), muß diese Frage offen bleiben. Für das Erreichen des zweiten und dritten Ziels können die häufigen Gespräche und Folgekontakte verschiedener Seminarteilnehmer mit den Veranstaltern als Beleg angesehen werden, wenn auch nicht in quantitativer Form.

Die Angabe, das Lehrziel sei „nicht erreicht" worden, stimmt in fast allen Fällen mit der Antwort überein, der thematische Rahmen war aus meiner Sicht „zu weit" bzw. „zu eng". Die Veranstalter des Seminars waren sich von vornherein darüber im klaren, daß in diesem Falle weniger vielleicht doch mehr wäre; andererseits wollten sie nicht darauf verzichten – besonders im Hinblick auf die Schaffung eines Problembewußtseins – die ganze Breite des Bereichs im Seminar anzuschneiden. Trotzdem hielten fünfzehn Teilnehmer den „thematischen Rahmen" aus ihrer Sicht für „gerade richtig", vier für „zu weit" und nur drei für „zu eng".

Weitere Hinweise darauf, wie die Absichten der Veranstalter mit dem Seminar für einen so umrissenen Adressatenkreis einem tatsächlich vorhandenen Bedürfnis entsprachen, ergeben sich aus der Beantwortung der Frage: „Wie hat das Seminar ihre persönlichen Pläne beeinflußt?".

Hier antworteten zwölf Personen, das Seminar „hat mir für meine Arbeit an einem hochschuldidaktischen Projekt genützt"; zwei gaben an, sie seien in der Absicht, ein solches Projekt zu beantragen, bestärkt worden; fünf gaben an, sie seien durch das Seminar auf die Idee gebracht worden, „ein hochschuldidaktisches Projekt in Angriff zu nehmen". Keiner der Teilnehmer wollte „von der Absicht, ein hochschuldidaktisches Projekt zu beantragen, Abstand nehmen". Diese Antworten sprechen für das Erreichen des vierten Lernziels (Anregungen für die eigene Arbeit).

Die Beantwortung der Frage: „Wie hat das Seminar den Erwartungen entsprochen, die sie mit der Teilnahme verbunden haben?" läßt sich mit einiger Vorsicht ebenfalls so interpretieren, daß das Seminar auf die aktuellen Bedürfnisse und Wünsche ausgerichtet war. Hier gaben zwölf Teilnehmer an, es habe ihren Erwartungen „entsprochen"; acht meinen, es habe ihren Erwartungen „zum Teil entsprochen"; keiner kreuzte an „nicht entsprochen".

Der Erfolg des Seminars im Verhältnis zum Aufwand wurde von einem Teilnehmer für „schlecht“, von elf für „normal“ und von neun für „gut“ gehalten. Zwei Anmerkungen hierzu bewerteten besonders den in den Instruktionsblättern steckenden Vorbereitungsaufwand als positiv. (Hier wird ein Mangel der Frage deutlich, „Aufwand“ war nur pauschal vorgegeben). Ein Teilnehmer schränkte das Urteil „gut“ allerdings ein durch die Feststellung, „im Vergleich zum Gros der Hochschulveranstaltungen“.

2. Kritik und Alternativen zum Seminar „Forschungsplanung und Forschungsinstrumente im Anwendungsbereich Hochschuldidaktik“

Wenn darüber Einigkeit besteht, daß die verschiedenen Determinanten des Systems Unterricht in einem Interdependenzverhältnis stehen, daß jede Maßnahme Reaktionen im Gesamtsystem bewirkt, so kann von dem Erziehungswissenschaftler mit Recht verlangt werden, daß er die Ziele, die sein Handeln bestimmt haben, offenlegt. Wir haben dies im Falle der Determinante „Lernziele“ getan und es könnte selbstverständlich darüber diskutiert werden, ob die Verfolgung dieser Lernziele sinnvoll ist. Dieser Aspekt soll für unsere kritische Betrachtung außer acht bleiben; vielmehr wollen wir die Lernziele zunächst als vorgegeben akzeptieren und überprüfen, ob ihre Realisierung mit den von den Veranstaltern getroffenen organisatorischen Maßnahmen möglich war bzw., ob sich durch eine Änderung dieser Maßnahmen eine eventuell bessere Erreichung der Lernziele bewirken ließe. Der Begriff „organisatorische Maßnahme“ ist hier im weitesten Sinne zu verstehen: er umfaßt alle Aspekte, dic im Abschnitt „Erfahrungen aus dem Seminar“ aufgeführt wurden und berührt somit auch Probleme inhaltlicher Art.

Wie allem Handeln im kognitiven Bereich lagen auch unseren Maßnahmen Hypothesen zu Grunde, wenn auch nicht in streng kontrollierbarer Form. Vielmehr trugen sie bewußt den Charakter vorläufiger Grundannahmen und sollten nur soweit reichen, daß eine begründete Revision ermöglicht würde.

1. Grundannahme: Die Instruktionsblätter können und sollen die Funktion erfüllen, den Teilnehmer mit den inhaltlichen Aspekten des Seminars vertraut zu machen und ihn zur aktiven Teilnahme an der Plenumsdiskussion zu befähigen.

2. Grundannahme: Der Eigenlektüre folgt die Plenumsarbeit; sie systematisiert die Inhalte und klärt noch offene Fragen.

3. Grundannahme: Die Gruppenarbeit zielt auf die Operationalisierung der im Plenum erarbeiteten Kenntnisse hin; sie intensiviert diese und versucht eine erste Anwendung. Diese kann mittels eines für alle Teilnehmer verbindlichen Forschungsprojekts, in unserem Fall des Forschungsberichts der Juristen, erreicht werden.

Diskussion der Grundannahmen

Unbestritten ist, daß die Instruktionsblätter notwendig waren. Fraglich ist dagegen, ob sie den richtigen Stellenwert erhielten. Selbst wenn man sich weiterhin bemüht, die Papiere von inhaltlichem Ballast zu befreien, wird die Lektüre schwierig sein, besonders wenn man berücksichtigt, daß unsere Adressaten zum größten Teil erstmalig mit theoretischen Fragen der Erziehungswissenschaft konfrontiert wurden. Es wäre deshalb sinnvoll, in künftigen Veranstaltungen dem Teilnehmer die Möglichkeit zu bieten, bereits im Stadium der Lektüre Fragen stellen und Zusatzinformationen einholen zu können. Durch dieses unmittelbare „feed–back" dürfte eine intensivere und gezieltere Lektüre erreicht werden. Dies wiederum hätte positive Auswirkungen auf die Planung des Seminars, da die Veranstalter von der Unsicherheit befreit würden, ob bzw. wie intensiv die Papiere gelesen und verstanden wurden.

Dieses Ziel wäre wohl am besten dadurch zu realisieren, daß eine durch einen Tutor betreute Lektürestunde in kleineren Gruppen als integrierter Bestandteil des Seminars geschaffen wird. Akzeptieren wir die Notwendigkeit dieser Maßnahme, so hat dies Konsequenzen für unsere weiteren Grundannahmen.

Für das weitere Vorgehen stehen nach Abschluß der betreuten Lektürestunde die beiden Alternativen „Plenumsarbeit" und „Gruppenarbeit" zur Verfügung. Wenn wir hierbei von dem nach der betreuten Lektüre zu erwartenden Bewußtseinsstand der Teilnehmer und ihrer damit in Zusammenhang stehenden Motivationslage ausgehen, so liegt es nahe, als nächsten Schritt in die Gruppenarbeit einzutreten. Sie kann ihre ursprünglichen Funktionen der Operationalisierung, Intensivierung und ersten Anwendung beibehalten. Hierbei darf jedoch nicht übersehen werden, daß dieses Vorgehen die Gefahr der Aufsplitterung des Seminars in mehrere (fachspezifische) Seminare in sich trägt, da wir bei unseren Überlegungen davon ausgegangen waren, daß die Aufteilung der Gruppen nach fachspezifischen Gesichtspunkten erfolgen sollte. Eine klare Entscheidung zu Gunsten homogener bzw. heterogener Gruppenbildung zu treffen, dürfte kaum möglich sein. Vielmehr können wir versuchen, den aufgezeigten Gefahren dadurch zu begegnen, daß wir der Plenumsarbeit neue Funktionen zuweisen. Diese Funktion sehen wir darin, daß die Plenumsarbeit eine Diskussionsplattform für die verschiedenen, in der Gruppenarbeit konzipierten Ansätze bildet. Auf diese Weise könnte das übergeordnete Ziel des Seminars, dem Fachwissenschaftler die Kommunikation mit dem Erziehungswissenschaftler zu ermöglichen, in Richtung einer interdisziplinären Kommunikation erweitert werden.

Weitere Determinanten der Planung

Nachdem wir die globalen Grundannahmen des Seminars diskutiert und zu einer Neukonzeption umstrukturiert haben, sollen noch die anderen bei der Planung berücksichtigten Determinanten behandelt werden. Wir trennen sie deshalb von den Grundannahmen, weil hier durch äußere Gegebenheiten der didaktische Entscheidungsspielraum a priori eingeengt oder festgelegt war.

Diese Determinanten beziehen sich auf:
- die inhaltliche Abgrenzung
- die zeitliche Ausdehnung
- die Teilnehmerstruktur.

Die inhaltliche Abgrenzung:
Auch im Rückblick auf dieses Seminar stellte sich den Veranstaltern die Frage, ob nicht weniger mehr gewesen wäre, d. h. ob die intendierten Lernziele nicht straffer durch eine exemplarische Methode hätten erreicht werden können. Diese Frage wird sich, unabhängig davon wie eng oder wie weit man den thematischen Bereich eines Seminars absteckt, prinzipiell stellen. Rekurrieren wir auf die Erfahrungen aus dem Seminar unter Beachtung der intendierten Lernziele, so können wir feststellen, daß keines der behandelten Themen als entbehrlich erachtet wurde, sondern daß vielmehr die Lücken deutlich wurden, die noch zu füllen sein werden. Intensivierung kann also nur dadurch erreicht werden, daß wir versuchen, andere Determinanten zu beeinflussen bzw. zu verändern.

Die zeitliche Ausdehnung:
Man kann zeitliche Begrenzung prinzipiell als Hindernis für ein problemorientiertes Lernen betrachten. Versucht man, das Handicap „Zeit" nur durch eine Straffung des Ablaufs zu überwinden, so besteht die Gefahr, daß die einzelnen Faktoren des Systems (hier Programm, Veranstalter, Teilnehmer) sich nicht mehr in Kongruenz befinden, daß die Synchronisation der Veranstaltungselemente (Lektüre, Gruppenarbeit, Plenumsarbeit) nicht mehr gegeben ist. Ein Ausweg aus diesem Dilemma könnte darin bestehen, daß man Kompaktseminare nur für strikt begrenzte inhaltliche Bereiche vorsieht. Wenden wir diese Überlegung auf unseren konkreten Fall an, so würde sich das Seminar entsprechend den thematischen Ein-

heiten in fünf zeitlich voneinander abgesetzte „Kompaktseminare" auftrennen. Diese Trennung bedeutet nicht völlige Isolierung der einzelnen Teile; es wäre durch dieses Verfahren vielmehr möglich „Pufferzonen" zu schaffen, d. h. Differenzen im Arbeitstempo, Kenntnis- und Bewußtseinsstand der einzelnen Teilnehmer und Gruppen auszubalancieren. Die entstehenden Zwischenräume könnten dadurch genutzt werden, daß den Teilnehmern entsprechend ihrem erreichten Kenntnisstand längerfristige Projektaufträge (z. B. Beobachtungsaufgaben, Anfertigung eines Forschungsdesigns) zugeteilt würden.

Diese Maßnahme hat prinzipiell keine Auswirkungen auf den gesamten zeitlichen Umfang des Seminars. Ein „Kompaktseminar" würde nach unserem Vorschlag etwa einen Tag umfassen; nach einem festgelegten oder jeweils neu zu bestimmenden Intervall würde das nächste Kompaktseminar stattfinden. Nach dieser Konzeption könnte sich unser Seminar über einen Zeitraum von insgesamt zwei Wochen erstrecken. Es wäre dabei möglich, diesen Gesamtzeitraum noch nach inhaltlichen Kriterien in zwei Blöcke zu teilen; eine solche inhaltliche Zäsur wäre sinnvoll bei einer Trennung in „Forschungsinstrumente" und „Versuchsplanung" gegeben. Jede dieser beiden Teileinheiten bestünde dann aus drei Seminartagen und zwei bis drei als Pufferzonen eingeschobenen Vor- und Nachbereitungstagen. Dieser Vorschlag soll nur der Illustration dienen: wesentlich wäre es in jedem Falle, für Kompaktseminare Tage zu finden, die eine von zeitlichen Beschränkungen freie Behandlung eines Themas erlauben. Bei der Festlegung der Intervalle wiederum wäre zu beachten, daß sie so bemessen sein müßten, daß die unter den Teilnehmern entstandenen Kontakte nicht abreißen und daß das geweckte Interesse nicht durch zu lange Zwischenräume erlahmt.

Teilnehmerstruktur:
Wir haben das Problem der doppelten Heterogenität der Teilnehmer (Lehrende – Lernende verschiedener Disziplinen) an früherer Stelle schon angeschnitten. Im Rückblick kann gesagt werden, daß die Teilnehmerzusammensetzung aus Studenten und Lehrkräften bei der Planung des Seminars als problematisch angesehen wurde, daß sie sich in der Realität jedoch nie negativ, sondern vielmehr positiv im Sinne einer Aktivierung der Diskussionen auswirkte.

Als problematisch erwies sich dagegen der Versuch, die Gesamtgruppe dadurch zu homogenisieren, daß jede Gruppe sich mit dem gleichen Anwendungsbeispiel (Bericht über die Gruppenarbeit im Fachbereich Rechtswissenschaft) auseinandersetzen sollte. Die einzelnen, fachlich homogenen Gruppen, lehnten dieses Vorgehen aus verschiedenen Gründen ab: die sich in den einzelnen Fachwissenschaften bietenden fachdidaktischen Probleme seien jeweils verschieden; die Anwendung der erworbenen Kenntnisse könne durch kritische Überprüfung und Rekonstruktion abgeschlossener Projekte nur unvollkommen erreicht werden.

Eine Möglichkeit, das intendierte Lernziel zu erreichen, läge u. E. darin, daß die Arbeit in den Gruppen stärker auf ein fachspezifisches und konstruierendes Vorgehen ausgerichtet würde. Dies könnte z. B. dadurch geschehen, daß ein Unterrichtsversuch konkret geplant und die notwendigen Untersuchungsinstrumente und Auswertungsverfahren konzipiert würden.

Die generelle Frage, ob die Kombination „fachlich heterogenes Plenum" und „fachlich homogene Gruppe" eine optimale Lösung darstellt, kann hier nur spekulativ entschieden werden: wenn wir das Lernziel setzen, daß Fachwissenschaftler ihre fachdidaktischen Probleme auf dem Gebiet des Unterrichts und der Unterrichtsforschung erkennen und im Rahmen einer allgemeinen Hochschuldidaktik diskutieren und relativieren sollen, dann erscheint uns diese Form der Gruppenzusammensetzung sinnvoll und notwendig.

Alternativen für die Seminargestaltung

Aus der Analyse der Grundannahmen und der Determinanten des Seminars „Forschungsplanung und Forschungsinstrumente im Anwendungsbereich Hochschuldidaktik" ergaben sich eine Reihe von alternativen Verfahrensweisen, die nochmals zusammengefaßt werden sollen:

— Die Lektüre der Instruktionsblätter sollte in einem Tutorium stattfinden.
— Zwischen die einzelnen Seminartage sollten zeitliche „Pufferzonen" für Vor- und Nachbereitung eingeschoben werden.
— Da die Gesamtthematik aus den beiden Bereichen „Forschungsinstrumente" und „Versuchsplanung" besteht, wäre die Durchführung von zwei Seminaren angebracht.
— Die Gruppenarbeit sollte konstruktiv als Planspiel an einem fiktiven oder konkreten Projekt durchgeführt werden.
— Die Plenumsarbeit sollte eine Plattform bieten für eine interdisziplinäre Diskussion didaktischer Probleme.

Diese Vorschläge beziehen sich nur auf das durchgeführte Seminar. Sie können nicht ohne weiteres auf eine andere Thematik und andere Adressaten übertragen werden. Dazu können sie allenfalls als Hinweise dienen.

V

ANHANG

1. Fragebogen

1. *Wodurch wurden Sie über diese Lehrveranstaltung informiert?*

Vorlesungsverzeichnis/Anschlag	(4)	8
Direkte schriftl. Einladung	(4)	9
Wurde durch einen Eingeladenen darauf aufmerksam gemacht	(10)	10
Sonstiges	(3)	11
Bitte nennen: . . .		

2. *Welches sind die Gründe für Ihre Teilnahme an diesem Seminar (Mehrfachnennungen möglich)?*

Allgemeines Interesse an Hochschuldidaktik	(17)	12
Spezielles Interesse an Hochschuldidaktik (z. B. bereits erfolgte eigene Versuche mit neuen Lehrverfahren o. ä.)	(11)	13
Hochschuldidaktisches Forschungsprojekt bei der DFG angemeldet	(1)	14
Beantragung eines Projekts bei der DFG beabsichtigt	(5)	15
Möchte die Problematik von Forschungsarbeiten im Bereich der Hochschuldidaktik kennenlernen	(11)	16
Wurde von einem Gremium delegiert	(2)	17
Bitte nennen Sie dieses Gremium: . . .		

3.1. *Bitte geben Sie Ihre Stellungnahme zur Aufteilung der Seminararbeit in Plenum und Kleingruppen ab.*

Habe an Gruppenarbeit:		
Regelmäßig teilgenommen	(18)	18/1
Teilweise teilgenommen	(4)	18/2
Nicht teilgenommen	(0)	18/3

[1] Es handelt sich um den unrevidierten Fragebogen, wie er den Seminarteilnehmern vorgelegt wurde. Er wurde von N = 22 Teilnehmern beantwortet. Die außerhalb der Klammern stehenden Zahlen stellen die Vercodung dar; die eingeklammerten Zahlen geben die Antworthäufigkeiten an. Die Summe der Beantwortungen weicht von 22 ab, wenn Mehrfachnennungen möglich sind bzw. wenn einzelne Teilnehmer nicht geantwortet haben.

3.2. *Hätten Sie die Arbeit in Plenum und Kleingruppen lieber zeitlich anders aufgeteilt?*

Ja	(10)	19/1
Nein	(12)	19/2

Wenn ja: Wie hätten Sie lieber gearbeitet?

Nur im Plenum	(0)	20/1
Mehr im Plenum	(0)	20/2
Mehr in der Kleingruppe	(9)	20/3
Nur in der Kleingruppe	(2)	20/4

3.3. *Nennen Sie bitte die Gründe für Ihre Angabe (Mehrfachnennungen möglich):*

	ja	nein
Die Aufteilung war dem Lernziel angemessen	(9)/1	(3) 21/2
Die Aufteilung war besonders im Hinblick auf die Heterogenität der Teilnehmer vorteilhaft	(11)/1	(3) 22/2
Ich arbeite lieber in Kleingruppen	(8)/1	(1) 23/2
In der Kleingruppe wurden meine Interessen stärker berücksichtigt	(6)/1	(2) 24/2

Weitere Gründe: . . .

4.1. *Wie beurteilen Sie die formale Diskussionsleitung?*

Insgesamt positiv	(19)	25/1
Insgesamt negativ	(3)	25/2

4.2. *Die Nicht-Einhaltung des Zeitplans wurde von einzelnen Seminarteilnehmern bemängelt. Wir bitten Sie um Ihre Stellungnahme:*

Der Zeitplan wurde aus meiner Sicht

Eingehalten	(12)	26/1
Nicht eingehalten	(9)	26/2

Ich halte die Einhaltung/Nicht-Einhaltung für

Positiv	(15)	27/1
Negativ	(3)	27/2

4.3. *Im Verlauf des Seminars wurden häufig Verfahrensfragen diskutiert. Fanden Sie diese Diskussionen:*

Nötig	(15)	28/1
An den betreffenden Stellen unnötig	(6)	28/2
Grundsätzlich unnötig	(0)	28/3

4.4. *Die Seminarveranstalter (Dohmen, Glück, Rütter) griffen teilweise außerhalb der Rednerliste in die Diskussion ein. Halten Sie dies für*

Angemessen	(15)	29/1
Nicht angemessen	(4)	29/2
Bemerkungen:		30

5. *Unsere Absicht war, durch Bereitstellen schriftlichen Materials ausreichende Diskussionsgrundlagen für alle Teilnehmer zu schaffen. Wie haben Sie diese Papiere in Ihre Arbeit einbezogen?*

Titel des Papiers	Ich habe die Papiere nicht gelesen	nur überfl.	ausführl. gelesen		Als Diskussionsgrundlage ausr.	nicht ausr.	
1. Das System Unterricht	(0)	(3)	(19)	31	(18)	(2)	46
2. Curriculumforschung	(0)	(5)	(17)	32	(14)	(7)	47
3. Lehrzielbeschreibung	(0)	(3)	(19)	33	(15)	(6)	48
4. Verhaltensermittlung	(0)	(7)	(15)	34	(17)	(2)	49
5. Beobachtungsmethoden	(0)	(7)	(15)	35	(17)	(3)	50
6. Interview/Fragebogen	(1)	(6)	(15)	36	(17)	(3)	51
7. Lehrzielorientierter Test	(1)	(3)	(18)	37	(16)	(3)	52
8. Gütekriterien	(1)	(4)	(16)	38	(17)	(3)	53
9. Maschinell auswertbare Testaufgaben	(2)	(8)	(11)	39	(16)	(4)	54
10. Testentwicklung	(0)	(8)	(13)	40	(16)	(4)	55
11. Unterrichtsversuch	(1)	(10)	(11)	41	(18)	(2)	56
12. Versuchsfehler	(1)	(8)	(13)	42	(17)	(4)	57
13. Kontrolle v. Versuchsfehlern	(1)	(11)	(10)	43	(18)	(3)	58
14. Strengexperimentelle Versuchspläne	(4)	(14)	(4)	44	(12)	(7)	59
15. Quasiexperimentelle Versuchspläne	(7)	(10)	(5)	45	(12)	(8)	60

Titel des Papiers	Der Inhalt war für mich gut verständl.	schwer verständlich	unverständlich	
1. Das System Unterricht	(17)	(3)	( )	61
2. Curriculumforschung	(16)	(4)	( )	62
3. Lehrzielbeschreibung	(17)	(2)	(1)	63
4. Verhaltensermittlung	(14)	(5)	( )	64
5. Beobachtungsmethoden	(16)	(2)	(1)	65
6. Interview/Fragebogen	(16)	(3)	( )	66
7. Lehrzielorientierter Test	(13)	(6)	( )	67
8. Gütekriterien	(12)	(8)	( )	68
9. Maschinell auswertbare Testaufgaben	(15)	(4)	( )	69

Fortsetzung dieser Tabelle auf nächster Seite

Titel des Papiers	Der Inhalt war für mich gut verständl.	schwer verständlich	verständlich	
10. Testentwicklung	(12)	(6)	( )	70
11. Unterrichtsversuch	(13)	(4)	(1)	71
12. Versuchsfehler	(11)	(8)	( )	72
13. Kontrolle v. Versuchsfehlern	(10)	(7)	( )	73
14. Strengexperimentelle Versuchspläne	(4)	(11)	(2)	74
15. Quasiexperimentelle Versuchspläne	(5)	(7)	(2)	75

6. Beurteilen Sie bitte das Seminar als Ganzes.

6.1. Der thematische Rahmen war aus meiner Sicht:

Zu weit	(4)	76/1
Gerade richtig	(15)	76/2
Zu eng	(3)	76/3

6.2. Folgende Lehrziele wurden von mir aus gesehen:	nicht erreicht	teilweise erreicht	erreicht	
Vermittlung von Grundbegriffen und Methoden der Hochschuldidaktik	(1)	(6)	(13)	8
Schaffung eines Problembewußtseins	(2)	(7)	(14)	9
Fähigkeit zur Kommunikation mit Didaktikern und Psychologen	(2)	(16)	(2)	10

6.3. Die zur Verfügung stehende Zeit war insgesamt:

Zu knapp	(14)	11/1
Gerade richtig	(8)	11/2
Zu viel	( )	11/3

6.4. Den Erfolg im Verhältnis zum Aufwand halte ich für:

Schlecht	(1)	12/1
Normal	(11)	12/2
Gut	(9)	12/3

Bemerkungen: . . .

7. *Bewerten Sie bitte die Bewältigung der einzelnen Seminarthemen mit den Ziffern 1 (+) bis 5 (–).*
Bitte ankreuzen.

Diskussion des dem Seminar gestellten Lehrziels:

1	2	3	4	5	
(3)	(7)	(6)	(5)	(1)	41

Taxonomische und operationale Lehrziele:

1	2	3	4	5	
(8)	(8)	(4)	(1)	(1)	51

Beobachtung, Befragung, Interview:

1	2	3	4	5	
(1)	(6)	(7)	(4)	(3)	61

Lehrzielorientierte Tests, Gütekriterien:

1	2	3	4	5	
(2)	(6)	(8)	(2)	(2)	71

Unterrichtsversuch, Versuchsfehler und -pläne:

1	2	3	4	5	
(1)	(4)	(5)	(8)	(1)	81

8. *Wie hat das Seminar den Erwartungen entsprochen, die Sie mit der Teilnahme verbunden haben?*

Entsprochen	(12)	19/1
Zum Teil entsprochen	(8)	19/2
Nicht entsprochen	(0)	19/3

9. *Wie hat das Seminar Ihre persönlichen Pläne beeinflußt?*

Hat mir für meine Arbeit an einem hochschuldidaktischen Projekt genutzt	(12)	20/1
Hat mich in der Absicht, ein hochschuldidaktisches Projekt zu beantragen, bestärkt	(2)	21/1
Läßt mich von der Absicht, ein hochschuldidaktisches Projekt zu beantragen, Abstand nehmen	( )	22/1
Hat mich auf die Idee gebracht, ein hochschuldidaktisches Projekt in Angriff zu nehmen	(5)	23/1

10. *Sie hatten im Verlauf des Seminars 2 Tests und 1 Fragebogen zu bearbeiten. Wir bitten Sie hierzu um Ihre Stellungnahme:*

	Halten Sie dies für			
	sinnvoll	weniger sinnvoll	nicht sinnvoll	
Vortest	(14)	(8)	( )	24
Schlußtest	(19)	(2)	(1)	25
Fragebogen	(19)	(3)	( )	26

2. Aufgaben zur Selbstprüfung

Funktion der Aufgabensammlung:

Wir geben im Anhang dieses Bandes die revidierte Form der Aufgabensammlung wieder, die zu Beginn und am Ende des Seminars als „Test" eingesetzt wurde. Nach formalen Gesichtspunkten betrachtet, wäre diese Aufgabensammlung den informellen, lernzielorientierten Tests zuzuordnen, ohne allerdings statistische Gütekriterien zu erfüllen. Diese Definition kann jedoch nicht genügen, wenn wir überprüfen, welche Funktionen ein Test im Rahmen *dieses* Seminars haben mußte: aus der Zielsetzung des Seminars ergab sich zwingend, daß der Test nicht primär diagnostische sondern didaktische Aufgaben wahrnehmen mußte. Konkret bedeutet dies: der Test sollte nicht die Teilnehmer prüfen, vielmehr wurden von Seiten der Veranstalter folgende Ziele verfolgt:

— Darstellung der Lernziele in operationalisierter Form
— Darstellung der verschiedenen Möglichkeiten der Itemkonstruktion
— Demonstration der Stichprobenbildung (als Verfahren zur Erreichung der Lernzielrepräsentanz).

Durchführung: Diese plurale Zielsetzung hatte für die Gestaltung und die Durchführung des Tests folgende Konsequenzen: es wurden von den Autoren der einzelnen Informationspapiere Aufgaben konstruiert, die die jeweils gesetzten Lernziele repräsentieren sollten. Diese Aufgaben wurden in nur einer Testform zusammengefaßt, die insgesamt 40 Aufgaben enthielt. Diese Anzahl, die alle vorgeschlagenen Aufgaben ohne Selektion umfaßte, stellte ein bewußtes Überangebot dar, das eine doppelte Funktion erfüllte: die Testautoren konnten subjektive Vorentscheidungen über die Brauchbarkeit einzelner Items umgehen und jede Aufgabe einem ersten Evaluierungsprozeß unterziehen; den Teilnehmern selbst, die jeweils nur 20 Aufgaben zu bearbeiten hatten, konnte demonstriert werden, wie durch das Verfahren der Zufallsstichprobe die Repräsentanz eines operationalisierten Lernziels gewährleistet werden kann.

Da mehrere Teilnehmer die gleichen Aufgaben zu Beginn und am Ende des Seminars bearbeiteten, wäre in diesen Fällen eine Lernzuwachsmessung und Testevaluierung durch statistische Verfahren theoretisch möglich gewesen. Wir haben hierauf bewußt verzichtet, da statistische Aussagen wegen der relativ geringen Anzahl der Probanden (es haben nur 16 Teilnehmer sowohl den Vortest als auch den Schlußtest bearbeitet; die restlichen Teilnehmer haben nur an einem bzw. keinem der Testtermine ihr Exemplar abgegeben), eine Scheinpräzision vorgetäuscht hätten.

Hinzu kam, daß bewußt beide Testexemplare zu Beginn des Seminars ausgeteilt worden waren mit der Bitte, ein Exemplar daheim sofort, das andere am Ende des Seminars zu bearbeiten. Es wurde somit auf diesem Gebiet auf eine objektive Durchführung verzichtet, auch um das didaktische Ziel der Instruktion zu verfolgen: es war durchaus eingeplant, daß die Teilnehmer zur Lösung der Aufgaben die schriftlichen Unterlagen benutzten. Die trotz dieser Einschränkungen errechneten Schwierigkeitsindizes hatten nur die Aufgabe, für die Testrevision einen ersten Ansatzpunkt zu liefern.

Testrevision: Für die Testrevision standen mehrere Kriterien zur Verfügung

— die erwähnten Schwierigkeitsindizes, die den Prozentsatz der Richtiglösungen für die Einzelaufgabe über beide Testtermine hinweg ausdrücken;
— die kritischen Anmerkungen und Fragen in den Testheften, wozu die Teilnehmer im Vorspann des Tests ausdrücklich aufgefordert waren;
— die Erfahrungen aus den Plenums- und Gruppendiskussionen, die Schwierigkeiten bei bestimmten Lernzielen schwerpunktmäßig deutlich machten;
— das Expertenurteil der einzelnen Testautoren, die ihre ursprüngliche Beurteilung der Lösbarkeit der einzelnen Aufgaben bestätigt oder widerlegt sahen.

Die nachfolgende Tabelle gibt die in Kategorien aufgeschlüsselte Kritik der Teilnehmer an den unrevidierten Aufgaben wieder. Wir möchten damit diese Möglichkeit, Testitems einem ersten Evaluierungsverfahren

		Kritische Anmerkungen der Teilnehmer über:		
Aufgabennummer	Distraktoren	Fragestellung/ Begriffsanwendung	Aufgabenform/Umfang	Anspruchsniveau
1				
2				
3				
4		1		
5		1		
6		1		
7	1[1]			
8				
9				

Fortsetzung dieser Tabelle auf nächster Seite

[1] Die Zahlen geben an, wie oft Kritik an der betreffenden Aufgabe auftrat.

Aufgaben-nummer	Distrak-toren	Kritische Anmerkungen der Teilnehmer über: Fragestellung/ Begriffs-anwendung	Aufgaben-form/Umfang	Anspruchs-niveau
10		1		
11		6		1
12	1	4		1
13		2		1
14				
15		4		
16				
17				
18		3	3	
19		3		1
20		1		
21				
22		2	1	
23	1	1	2	
24				
25		1		
26	1	3		
27			2	
28				
29		1		
30				
31	1	4		3
32		2		2
33		1		
34	1			
35		3		4
36				
37			4	4
38				3
39				
40				4

zu unterziehen, veranschaulichen. Für die Testrevision konnten auf Grund der Kriterien folgende Prinzipien gelten:

— es konnten alle Aufgaben, was ihr Lern- oder Prüfungsziel betrifft, beibehalten werden;
— die Aufgaben, und hier besonders die von den Teilnehmern kritisierten, sollten durch innere Umstrukturierung revidiert werden. Diese

Umstrukturierung hatte hauptsächlich zum Ziel, Fragestellungen zu präzisieren und die Auswertung zu objektivieren.

Ein Beispiel soll veranschaulichen, wie versucht wurde, diese Präzisierung und Objektivierung zu erreichen.

Die Aufgabe Nr. 18 lautet in ihrer ursprünglichen Form:

Bei einem standardisierten Interview sind die Fragen dem Interviewer genau vorgegeben und die Reihenfolge ist festgelegt, während beim nichtstandardisierten Interview nur ein Gerüst der vom Interviewer anzusprechenden Fragen vorgegeben ist. Nennen Sie bitte jeweils die Vorteile beider Interviewtypen:

Vorteile des standardisierten Interviews:

1. ...
2. ...

Vorteile des nicht (bzw. halb-) standardisierten Interwiews:

1. ...
2. ...

Die Aufgabe gehört ihrer Form nach zur Klasse der Aufgaben mit ungebundener Antwort.

Die Auswertung machte sowohl die Problematik dieser Aufgabenform deutlich, als auch eine Fehlerquelle, die vermutlich aus der doppelten Aufgabenstellung resultierte: zwar waren zwei Punkte bzw. Zeilen pro Unterfrage vorgegeben, die Aufgabenstellung war jedoch nicht genügend operationalisiert, da weder die Anzahl der zu nennenden Vorteile angegeben war, noch Anweisungen bestanden, in welcher Art die Antwort (als Stichwort oder als Satz) niedergeschrieben werden sollte:

Dies führte dazu, daß die Aufgabe zwar weitgehend richtig (Schwierigkeitsindex .50) beantwortet wurde, daß aber die Beantwortungsquantität und -qualität sehr große Unterschiede aufwies: Die Spannweite reichte von zwei richtigen bzw. falschen Stichworten bis zu elf richtigen bzw. falschen Stichworten oder Sätzen. Eine objektive Quantifizierung des Kriteriums „richtig" war somit nicht möglich. Hinzu kam, daß durch die willkürliche Reihenfolge der Antworten eine Erschwerung der Auswertung und somit eine zusätzliche Fehlerquelle auftrat, was besonders bei größeren Teilnehmerzahlen ins Gewicht fällt. – Durch die Aufteilung der Aufgabe in zwei konträre, aber gleichartige Fragestellungen wurden die Antworten offensichtlich wechselseitig beeinflußt und die eigentliche Arbeitsanweisung („Nennen Sie die Vorteile beider Interviewtypen") nicht mehr beachtet; denn ein hoher Prozentsatz der Probanden stellte Vergleiche zwischen den Vor- und Nachteilen der einzelnen Interviewtypen an, bzw. verglich beide miteinander. Neben diesem Punkt war zu fragen, ob die Arbeitsanweisung präzis genug gefaßt war, d. h. ob der Proband tatsächlich das beantworten konnte, was der Testautor von ihm wissen wollte. Unsere Intention war es gewesen, zu prüfen, ob der Proband die Charakteristika der einzelnen Interviewtypen kennt, zielte also nur auf die taxonomische Stufe „Wissen“ ab. Die Formulierung „nennen Sie die Vorteile“ forderte zu einer komplexen Leistung auf: der Proband mußte die Charakteristika kennen und sie klassifizieren, was nach Bloom der taxonomischen Stufe der Analyse entsprechen dürfte. Diese „Aufwertung“ einer Aufgabe ist an sich kein Mangel, sondern ein Positivum. Fraglich ist vielmehr, ob der Proband die geforderte Leistung überhaupt erbringen konnte, d. h. ob der Operationalisierungsstand der Aufgabe genügend war. Was wir vermutlich gemessen haben, waren individuelle Einstellungen zu verschiedenen Merkmalen der beiden Interviewtypen. Eine „richtig-falsch“ Beurteilung wäre im Grunde schon deshalb nicht möglich, weil wir die Kriterien, die zur jeweiligen Beurteilung führten, nicht vorgegeben hatten und sie nicht rekonstruieren konnten.

Für die Revision der Aufgabe wurde deshalb die ursprüngliche Zielsetzung wieder aufgenommen:

— sie sollte nur Kenntnisse prüfen,
— sie sollte eindeutig und einfach auswertbar sein.

Es entstand nach diesen Zielsetzungen folgende Aufgabe:

Kreuzen Sie bitte alle die Punkte an, die erfüllt sein müssen, damit wir ein Interview als standardisiert bezeichnen können.

— Aufgaben mit ungebundener Antwort und Aufgaben mit gebundener Antwort stehen im Verhältnis 1 zu 2.
— Es dürfen nur Aufgaben mit gebundener Antwort enthalten sein.
— Die Reihenfolge der Fragen muß strikt eingehalten werden.
— Das Interview muß bei Personen aller Altersgruppen einsetzbar sein.
— Es muß von jeder beliebigen Person (die lesen und schreiben kann) durchgeführt werden können.
— Zwei von drei Auswertern müssen die Antwort des Probanden in gleicher Weise interpretieren.
— Es muß bei einer Wiederholung nach einem Jahr etwa die gleichen Ergebnisse liefern.

Man kann gegen diese Aufgabe einwenden, daß sie eigentlich Wissen in hohem Maße vorgibt und in erster Linie die Diskriminationsfähigkeit des Probanden prüft.

Wir können diese Frage nur an den übergeordneten Lernzielen des Seminars überprüfen. Es wurde dort gefordert, daß der Teilnehmer zu „kritischer Durchsicht hochschuldidaktischer Forschungsprojekte“ und zu „kritischer Zusammenarbeit mit Erziehungswissenschaftlern“ befähigt werden sollte. Gewichten wir die taxonomische Stufe des Wissens an diesen Lernzielen, so muß die Fähigkeit zur Diskrimination impliziert sein.

Hinweise zu den Testaufgaben

Die nachfolgende Aufgabensammlung[1] stellt keinen in sich geschlossenen Test dar. Sie können also nach den von Ihnen jeweils intendierten Lernzielen entsprechende Aufgaben auswählen.

Die jeweils angegebenen Richtiglösungen orientieren sich an den Inhalten und Definitionen der Instruktionspapiere bzw. an der diesen zugrunde liegenden Literatur. Sie beanspruchen somit keine generelle „Richtigkeit".

Falls Sie mit Hilfe unserer Testaufgaben eine Messung des Lernzuwachses durchführen wollen, achten Sie bitte auf einige Details technischer Art:

— Kennzeichnen Sie die Exemplare deutlich als Vor- und Nachtest, um Verwechslungen zu vermeiden.
— Überprüfen Sie, ob die Testhefte jeweils eindeutig einem Probanden zuzuordnen sind, d. h. seinen Namen oder seine Kennziffer tragen.
— Denken Sie daran, daß bei einer größeren Anzahl von Aufgaben die Lösungsquantität und -qualität einer Aufgabe dadurch negativ beeinträchtigt werden kann, daß sie erst am Ende des Tests zu bearbeiten ist. Falls Sie ein Lernziel durch mehrere Aufgaben überprüfen wollen, dürfte es deshalb sinnvoll sein, diese an verschiedenen Stellen des Tests einzustreuen, um nicht eventuell alle diese Aufgaben dem genannten negativen Einfluß auszusetzen.
— Achten Sie rechtzeitig auf die rationelle und sichere Auswertbarkeit des Tests, indem Sie Raum für Korrekturen vorsehen bzw. die graphische Gestaltung so anlegen, daß die Auswertung mit Schablonen vorgenommen werden kann.

Testaufgaben

1. Auf welche Bereiche bezieht sich nach Heimann/Schulz, Didaktik als Theorie des Unterrichts?
   a) gesellschaftliche Voraussetzungen
   b) ökonomische Voraussetzungen
   c) individuelle Voraussetzungen
   d) rechtliche Voraussetzungen
   e) methodische Voraussetzungen

[1] Die Aufgabensammlung basiert im wesentlichen auf den Testaufgaben, die von den Autoren der Instruktionsblätter für das Seminar entworfen wurden. Sie wurden zum Teil überarbeitet und ergänzt.

2. „Lernen ist systematische Verhaltensänderung des Menschen durch Erfahrung bzw. durch Interaktion mit einer planvoll ausgewählten Umwelt."
Streichen Sie bitte die Begriffe bzw. Satzteile, die über eine Definition des Begriffs „Lernen", so wie er im Beitrage „Unterricht als Forschungsobjekt" verwendet wird, hinausgehen.

3. Kennzeichnen Sie im Folgenden die Zugehörigkeit zu den Bedingungsfeldern des Unterrichts mit 1, die Zugehörigkeit zu den Entscheidungsfeldern des Unterrichts mit 2, (entsprechend dem Unterrichtsmodell von Heimann/Schulz).
a) Intelligenzquotient
b) Einstellung des Elternhauses zur Schule.
c) Schulsystem
d) Motivation des Lehrers
e) Ziele des Unterrichts
f) Klassengröße
g) Inhalte des Unterrichts
h) Gruppenunterricht
i) Dia-Projektion

4. Kreuzen Sie bitte die Charakteristika eines Curriculum an.
a) Es stellt einen Konsensus zwischen Lehrern und Schülern dar.
b) Es enthält operationalisierte Lernziele.
c) Lernziele sind nach individuellen Lernvoraussetzungen aufgeschlüsselt.
d) Übergeordnete Erziehungsziele sind angegeben.
e) Der Spielraum des Lehrers für die methodische Gestaltung des Unterrichts wird stark eingeengt.
f) Die methodische Umsetzbarkeit der Lernziele ist nicht berücksichtigt.
g) Es werden nur Stoffe aufgenommen, die wissenschaftlich völlig abgesichert sind.

5. Kreuzen Sie bitte die Punkte an, in denen sich ein Curriculum von einem Lehrplan unterscheiden sollte.
a) Es wird allen Lehrern zur Verfügung gestellt.
b) Die Inhalte sind als operationalisierte Lernziele angegeben.
c) Tests zur Überprüfung des Lernerfolgs stehen zur Verfügung.
d) Da sich das Curriculum auch an den Fachwissenschaften orientiert, enthält es sehr viel Stoff.
e) Der Entscheidungsprozeß, der zur Erstellung eines Curriculum führt, ist intersubjektiv überprüfbar.

6. Welches sind die *drei Vorentscheidungen*, von denen Robinsohn bei der Konzeption seiner Theorie des Curriculums ausgeht?
   a) Das Curriculum ist als Gesamtcurriculum zu entwickeln.
   b) Das Curriculum soll die pluralistische Gesellschaftsordnung widerspiegeln.
   c) Das Curriculum orientiert sich an den Fachwissenschaften.
   d) Auch nichtfachwissenschaftliche Inhalte müssen im Curriculum enthalten sein.
   e) Curriculumsentscheidungen müssen intersubjektiv überprüfbar sein.
   f) Fach- und Erziehungswissenschaftler arbeiten bei der Entwicklung eines Curriculums zusammen.

7. Welche Minimalvoraussetzung(en) muß(müssen) erfüllt sein, daß Lernziele operationalisiert werden können?
   a) Vorhandensein einer Taxonomie.
   b) Vorhandensein übergeordneter Lernziele.
   c) Genaue Information über den Kenntnisstand des Lerners.
   d) Abklärung der methodischen Durchführung der Instruktionsphase.
   e) Möglichkeit, das Lernverhalten zu beobachten.

8. Ordnen Sie die Bloomschen Kategorien nach dem Grad Ihrer Komplexität. – Benutzen Sie für die unterste Stufe die Ziffer 1.
   a) Verständnis
   b) Problemlösen
   c) Kreativität
   d) Wissen
   e) Analyse

9. Welche der untenstehenden Skalierungen würde der Bloomschen Taxonomie am ehesten entsprechen? – Die Definition der Skalentypen finden Sie – ohne Bezug auf die Taxonomie – in II, 6.
   a) Nominalskala
   b) Intervallskala
   c) Ordinalskala

10. Kennzeichnen Sie durch ein Kreuz, an welcher Stelle im zeitlichen Ablauf Taxonomierung stattfinden sollte.

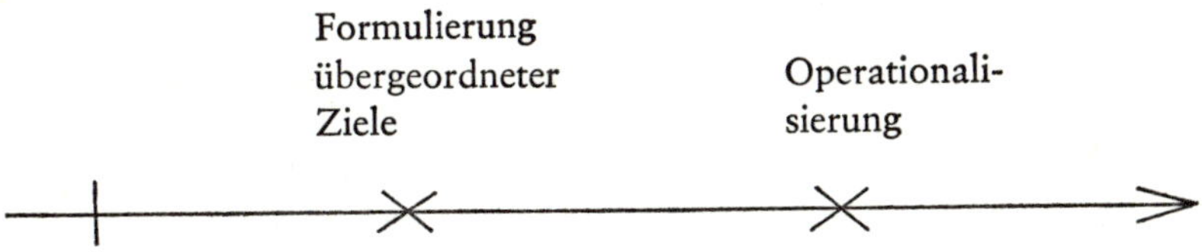

11. Auf welche(s) der vier Entscheidungsfelder wirkt sich die Bloomsche Taxonomie primär (Kennzeichnung P), auf welche(s) sekundär (Kennzeichnung S) aus?
   a) Unterrichtsmethoden
   b) Medien
   c) Lernziele
   d) Lehrinhalte

12. Welches der folgenden Verfahren – mit beliebiger instrumenteller und methodischer Ausstattung – ist am ehesten zur Aufzeichnung direkter Interaktion zwischen Unterrichtspartnern, d. h. Lehrenden und Lernenden, geeignet?
   a) Befragung der Unterrichtspartner während ihrer Interaktion durch Dritte.
   b) Beobachtung der Unterrichtspartner während ihrer Interaktion durch Dritte.
   c) Tests für die Lernenden vor und nach der Interaktion mit dem oder den Lehrenden.
   d) Befragung der Lernenden während ihrer Interaktion durch den oder die Lehrenden.
   e) Interview mit den Unterrichtspartnern vor und nach ihrer Interaktion.

13. Sie wollen ermitteln, wie Schüler ihren Lehrer beurteilen. Welche(s) Verfahren müssen Sie unbedingt anwenden, um das Untersuchungsziel erreichen zu können?
   a) Interview mit Lehrer.
   b) Befragung der Schüler nach dem Unterricht.
   c) Objektive Beobachtung des Lehrerverhaltens durch Dritte.
   d) Objektive Beobachtung des Schülerverhaltens durch Dritte.
   e) Überprüfen des Lernerfolgs der Schüler.

14. Bei welchen Untersuchungszielen erscheint Ihnen die Beobachtung in Laborsituation geeignet zu sein (1), in welchen Fällen die teilnehmende Beobachtung (2)?
   a) Registrierung des mimischen Verhaltens auf bestimmte visuelle Reize.
   b) Abhängigkeit der Aufmerksamkeit von Schülern bei unterschiedlichen Reizeinflüssen.
   c) Interaktionshäufigkeit von Studenten im Tutorium (oder Praktikum).
   d) Vergleichen der Redehäufigkeit des Lehrers und der Schüler.

15. Ordnen Sie den einzelnen Verhaltensbereichen die Untersuchungsmethode(n) zu, die Ihnen am geeignetsten erscheinen.

Verhaltensbereiche:	*Methoden:*
a) kognitiver Bereich	1. Test
b) affektiver Bereich	2. Fragebogen/Interview.
c) psychomotorischer Bereich	3. Beobachtung

16. Wer bzw. was ist für das Auftreten von logischen Fehlern (1), Halo-Effekt (2) und Milde-Effekt (3), verantwortlich?
    a) das Testmaterial
    b) die Versuchspopulation
    c) der Beobachter

17. Kennzeichnen Sie in der untenstehenden Liste die Punkte, die stärker für das standardisierte Interview zutreffen mit 1, diejenigen, die stärker für das nichtstandardisierte Interview zutreffen mit 2.
    a) hohe Flexibilität
    b) hohe Validität
    c) hohe Reliabilität
    d) geringe Fehlerrate
    e) beliebige Wiederholbarkeit
    f) starke Situationsabhängigkeit

18. Kreuzen Sie bitte alle die Punkte an, die erfüllt sein müssen, damit wir ein Interview als standardisiert bezeichnen können.
    a) Aufgaben mit ungebundener Antwort und Aufgaben mit gebundener Antwort stehen im Verhältnis 1 zu 2.
    b) Es dürfen nur Aufgaben mit gebundener Antwort enthalten sein.
    c) Die Reihenfolge der Fragen muß strikt eingehalten werden.
    d) Das Interview muß bei Personen aller Altersgruppen einsetzbar sein.
    e) Es muß von jeder beliebigen Person (die lesen und schreiben kann) durchgeführt werden können.
    f) Es muß bei einer Wiederholung bei denselben Personen nach einem Jahr die gleichen Ergebnisse liefern.

19. Sie führen am Ende eines Seminars bei einer Studentengruppe einen lernzielorientierten Test durch. Über welche(n) Bereich(e) können Sie anschließend Aussagen machen?
    a) Höhe des individuellen Lernzuwachses.
    b) Höhe des Lernzuwachses der Gruppe.
    c) Grad der Kriterienvalidität.
    d) Grad der Testreliabilität.
    e) Höhe der individuellen Lernzielerreichung.
    f) Höhe der allgemeinen Lernzielerreichung (Gruppenleistung).

20. Zur Konstruktion eines lernzielorientierten Test seien unter anderem folgende drei Testfragen gegeben:
1. „Welche chemischen Elemente enthält die Salpetersäure?"
2. „Wie heißt die Hauptstadt von Australien?"
3. „Welche Instrumente werden in einem Streichtrio gespielt?"
Tragen Sie die Ziffern dieser Testfragen bitte bei der jeweils adäquatesten der unten aufgeführten gebundenen Aufgabenformen ein: Es bedeutet (m a n) – Aufgabe: Der Prüfling hat aus einer ihm vorgegebenen Anzahl von n Antworten eine ihm bekanntgegebene Anzahl von m Antworten auszuwählen)
a) (m a n)-Aufgabe ist adäquat zu Testfrage Nr. ......
b) Reihenfolgeaufgabe ist adäquat zu Testfrage Nr.......
c) (1 a n)-Aufgabe ist adäquat zu Testfrage Nr.......
d) (x a n)-Aufgabe ist adäquat zu Testfrage Nr.......
e) Zuordnungsaufgabe ist adäquat zu Testfrage Nr.......
f) Interpretationsaufgabe ist adäquat zu Testfrage Nr.......

21. Kreuzen Sie bitte in der folgenden Aufgabe die Distraktoren an.
In einem Streichquartett werden gespielt ...
a) Violine
b) Bratsche
c) Kontrabaß
d) Cello
e) Gambe

22. Welches der folgenden Kriterien macht Aussagen über die *inhaltliche* Qualität eines lernzielorientierten Tests?
a) Validität
b) Reliabilität
c) Objektivität

23. Bei welche(n) der untenstehenden Untersuchungsmethode(n) bzw. Ergebnissen sollten Validität (1), Reliabilität (2), Objektivität (3) bestimmt werden? – Bitte kreuzen Sie an.

a) lernzielorientierte Tests	1	2	3
b) teilnehmende Beobachtung	1	2	3
c) Beobachtung in Laborsituation	1	2	3
d) standardisiertes Interview	1	2	3

24. Unter welchen der folgenden Bedingungen muß eine Revision des Tests durchgeführt werden:
a) wenn die Reliabilität zu groß ist
b) wenn die Gültigkeit zu klein ist
c) wenn er nicht objektiv durchgeführt wurde, d. h. wenn der Versuchsleiter die Anweisungen zur Durchführung nicht beachtet hat

d) wenn die Zuverlässigkeit zu gering ist
e) wenn die Validität kleiner als die Reliabilität ist

25. Bestimmen Sie bitte, welche Teile der folgenden Definition *unrichtig* sind!
Eine Versuchshypothese muß ...
a) sich auf eine definierte Population beziehen
b) für eine definierte Unterrichtssituation gelten
c) die unabhängigen Variablen (UV) nennen
d) die abhängigen Variablen (AV) nennen
e) verifizierbar sein
f) falsifizierbar sein

26. Was bezeichnen wir als externe Validität eines Unterrichtsversuchs?
a) Die Gültigkeit des Versuchsverlaufs für die Versuchshypothese, vorausgesetzt, daß diese zuverlässig für die Unterrichtspraxis ist.
b) Die Gültigkeit des Versuchsverlaufs für die Unterrichtspraxis, soweit sie im theoretischen Unterrichtsmodell abgebildet ist.
c) Die Gültigkeit der Versuchshypothese für den Versuchsverlauf, soweit er im Versuchsplan angegeben ist.
d) Die Gültigkeit der Versuchsergebnisse für die Versuchshypothese, vorausgesetzt daß diese für die Unterrichtswirklichkeit zuverlässig ist.
e) Die Gültigkeit der Versuchshypothese für die Unterrichtspraxis, wie sie im theoretischen Unterrichtsmodell abgebildet ist.

27. Wie kann man in einem Unterrichtsversuch mit einer Versuchsgruppe VG und einer Kontrollgruppe KG den Regressionseffekt vermeiden?
a) Ist VG eine Extremgruppe (z. B. extrem langsam Lernende), wählt man als KG eine gegensätzliche Extremgruppe (z. B. extrem schnell Lernende).
b) Man wählt gegensätzliche Extremgruppen, wenn die experimentelle Behandlung UV eine Minderung der Extremwerte erwarten läßt.
c) Man vermeidet gegensätzliche Extremgruppen.
d) Ist VG eine Extremgruppe, so wählt man als KG keine Extremgruppe.
e) Man wählt gegensätzliche Extremgruppen, wenn die experimentelle Behandlung UV eine Steigerung der Extremwerte erwarten läßt.

28. In welchem Fall sprechen wir von Testreaktivität?
a) Ein Test wirkt auf das Verhalten zurück, das er ermitteln soll.
b) Ein Test ruft bei wiederholtem Einsatz an einem Probanden immer gleiche Reaktionen hervor.

c) Ein Test ermittelt immer nur ein Verhalten, das spezifische Reaktion auf die in den Testaufgaben dargebotenen Reizmuster ist.
d) Ein Test reagiert auf eine ihm vorausgegangene experimentelle Behandlung UV je nach seiner instrumentellen und methodischen Ausstattung spezifisch.
e) Ein Test ist nicht starres Reizmuster, sondern reagiert seinerseits auf das Reizmuster des Probandenverhaltens.

29. Sie sollen in einem Unterrichtsversuch folgende Hypothese prüfen: „Schüler mit der Note befriedigend lernen mit Methode A besser als Schüler mit der Note gut." Kennzeichnen Sie in der nachstehenden Liste die Abhängige(n) Variable(n) mit AV, die Unabhängige(n) Variable(n) mit UV.
a) Note
b) Intelligenzquotient
c) Vortestresultat
d) Nachtestresultat
e) Methode A

30. An welchem(n) Zeitpunkt(en) müssen Sie zur Prüfung der in Aufgabe 29 genannten Hypothese eine Leistungsmessung durchführen, um die Wirkung der UV feststellen bzw. die Hypothese prüfen zu können? – Kreuzen Sie bitte die entsprechende Stelle an.

Versuchsbeginn Versuchsende

Lösungen und Hinweise zu den Testaufgaben

Die zu den einzelnen Aufgaben angeführten Buchstaben bzw. Ziffern bezeichnen jeweils die richtigen Lösungen.

1. Das Modell von Heimann/Schulz umfaßt alle fünf genannten Bereiche.
2. Zu streichen wären die Wörter „systematisch" und „planvoll ausgewählt".
3. a = 1, b = 1, c = 1, d = 1, e = 2, f = 1, g = 2, h = 2, i = 2.
4. b; die Antwort e ist ebenfalls zutreffend, wenn man von dem erweiterten Begriff des Curriculum ausgeht.
5. b, e; die Antwort c ist ebenfalls zutreffend, wenn man von dem erweiterten Begriff des Curriculum ausgeht.
6. a, c, d.

7. b; die Notwendigkeit übergeordneter Ziele wird in Beitrag I, 3 nicht explizit dargestellt, ergibt sich jedoch aus der Einleitung und allen Grundlagenbeiträgen.
8. siehe hierzu I, 3.
9. c; da die Stufen hierarchisch angeordnet sind.
10. Ihr Kreuz sollte zwischen den beiden Kreuzen liegen (vgl. das Flußdiagramm in II, 6). Man kann allerdings die Taxonomierung auch nach der Operationalisierung durchführen oder die Taxonomie als Hilfsmittel zur Entdeckung von übergeordneten Lernzielen verwenden.
11. a = S, b = S, c = P, d = S.
12. b.
13. b.
14. a = 1, b = 1, c = 2, d = 2.
15. a = 1, b = 2, c = 3. Diese Zuordnung ist im Einzelfall natürlich nicht immer so zu treffen, sie gilt nur tendenziell für eine große Zahl von Fällen. In der Psychologie werden für die Erfassung des affektiven Bereichs auch oft Tests eingesetzt, (z. B. projektive Testverfahren).
16. c (vgl. II, 2).
17. a = 2, b = 1, c = 1, d = 1, e = 1, f = 2.
18. c.
19. e, f (vgl. II, 6, S. 88). Sofern eine Halbierung des Tests in zwei inhaltlich vergleichbare Hälften möglich ist, kann auch die Zuverlässigkeit ermittelt werden; in diesem Fall wäre auch d richtig.
20. d = 1, c = 2, a = 3.
21. c, e.
22. a (vgl. II, 1).
23. Prinzipiell müßten die drei Gütekriterien bei allen angegebenen Untersuchungsmethoden ermittelt werden, auch wenn sich dies in der Praxis nicht immer realisieren läßt.
24. b, d.
25. e.
26. e; wird davon ausgegangen, daß ein intern nicht valider Versuch auch extern nicht valide sein kann, ist auch Antwort b richtig.
27. c.
28. a.
29. a = UV, d = AV.
30. Die Leistungsmessung bezeichnet das Versuchsende.

3. Literaturverzeichnis

Achtenhagen, F./ Meyer, H. L. (Hrsg.), Curriculumrevision – Möglichkeiten und Grenzen. München 1971.

Achtenhagen, F./Menck, P., Langfristige Curriculumentwicklung und mittelfristige Curriculumforschung. In: Z. f. Päd. 1970, 407–429. Wiederabgedruckt in: Achtenhagen, F., Meyer, H. L. (Hrsg.), Curriculumrevision – Möglichkeiten und Grenzen. München 1971.

Allinger, U./ Busch, H./ Gross, M./ Rütter, Th., Computerunterstützte Prüfungen im Quadriga Funkkolleg. IBM–Fachbibliothek Sindelfingen 1970.

Ausubel, D. P./ Robinson, F. G., School Learning. An Introduction to Educational Psychology. New York 1969.

Bales, R. F., Die Interaktionsanalyse: Ein Beobachtungsverfahren zur Untersuchung kleiner Gruppen. In: König, R. (Hrsg.), Beobachtung und Experiment in der Sozialforschung. Praktische Sozialforschung II. Köln 1956, [3]1966.

BAK, Auszüge aus dem Protokoll der 1. Sitzung des Ausschusses für Hochschuldidaktik. Göttingen 1978. In: Spindler, D. (Hrsg.), Hochschuldidaktik, 25 Dokumente zur Hochschul- und Studienreform. Bonn 1968.

BAK, Forschendes Lernen – Wissenschaftliches Prüfen. (Schriften der BAK 5.) Bonn 1970.

BAK, Kreuznacher Hochschulkonzept. Bonn 1968.

Blankertz, H. u. a., Curriculumforschung – Strategien, Strukturierung, Konstruktion. Essen 1971.

Blankertz, H., Theorien und Modelle der Didaktik. München 1969.

Bloom, B. S. (Hrsg.), Taxonomy of Educational Objectives. The Classification of Educational Goals. Handbook I: Cognitive Domain. New York 1956 (Reprinted 1969).

Bredenkamp, J., Experiment und Feldexperiment. In: Graumann, C. F. (Hrsg.), Handbuch der Psychologie, 7. Bd. Sozialpsychologie. 1. Halbbd. Theorien und Methoden, Göttingen 1969, 332 ff.

Brocher, T., Gruppendynamik und Erwachsenenbildung. Braunschweig 1967.

Brown, F. G., Principles of Educational and Psychological Testing. Hinsdale 1970.

Brügge, P., Und der Schummel liegt so nahe. In: Der Spiegel, Nr. 49, 24. Jg.

Bruner, J. S., Towards a Theory of Instruction. Cambridge, Mass. 1966.

Campbell, D. T./Stanley, J. C., Experimantal and Quasiexperimental Designs for Research on Teaching. In: Gage, N. L. (Ed.), Handbook of Research on Teaching. Chicago 1963, 171 ff. Deutsche Fassung:

Schwarz, E., Experimentelle und quasiexperimentelle Anordnungen in der Unterrichtsforschung. In: Ingenkamp, K. (Hrsg.), Handbuch der Unterrichtsforschung, Teil I. Weinheim 1970, 445 ff.

Cattell, R. B., Handbook of multivariate experimental psychology. Chicago 1966.

Chauncey, H./ Dobbin, J. E., Der Test im modernen Bildungswesen. Stuttgart 1968.

Clauss, G./ Ebner, H., Grundlagen der Statistik für Psychologen, Pädagogen und Soziologen, Frankfurt a. M.–Zürich 1970.

Cochran, W. G./ Cox, G. M., Experimental designs. New York 1957.

Cranach, M. v./ Frenz, H.–G., Systematische Beobachtung. In: Graumann, C. F. (Hrsg.), Handbuch der Psychologie, 7. Bd. Sozialpsychologie. 1. Halbbd. Theorien und Methoden. Göttingen 1969.

Dahrendorf, R., Arbeiterkinder an deutschen Universitäten. Tübingen 1965.

Dallmann, G./ Preibusch, W., Unterrichtsmedien. In: Ingenkamp, K. (Hrsg.), Handbuch der Unterrichtsforschung Teil II. Weinheim 1970, 1529–1800.

Dave, R. H., Eine Taxonomie pädagogischer Ziele und ihre Beziehung zur Leistungsmessung. In: Ingenkamp, K./ Marsolek, Th. (Hrsg.), Möglichkeiten und Grenzen der Testanwendung in der Schule. Weinheim 1968.

Dietrich, G., Bildungswirkungen des Gruppenunterrichts. Persönlichkeitsformende Bedeutung des gruppenunterrichtlichen Verfahrens. München 1969.

Dohmen, G., Fernstudium im Medienverbund. Entlastung und Reformanstoß für die Hochschulen. Tübinger Beiträge zum Fernstudium Band 4, Weinheim 1970.

Ebel, R. L., Measuring Educational Achievement. New Jersey 1965.

Ebel, R. L., Writing the Test Item. In: Lindquist, E. F. (Hrsg.), Educational Measurement. Washington D. C. [6]1966.

Fischer, G. H., Psychologische Testtheorie. Bern 1968.

Flechsig, K. H. u. a., Probleme der Entscheidung über Lernziele. In: Achtenhagen, F./ Meyer, H. L. (Hrsg.), Curriculumrevision – Möglichkeiten und Grenzen. München 1971, 243–282.

Flechsig, K. H./Ritter, U. P. (Hrsg.), Konstanzer Werkstattseminar. (Reihe Blickpunkt Hochschuldidaktik Heft 8.) Hamburg 1970.

Freudenstein, R., Der programmierte Unterricht und seine lerntheoretischen Grundlagen. In: Klafki, W. u. a., Funkkolleg Erziehungswissenschaft, Studienbegleitbrief 6. Weinheim 1971.

Frey, K., Die Taxonomie: Instrument oder Theorie der Curriculumkonstruktion? In: Achtenhagen, F./ Meyer, H. L. (Hrsg.), Curriculumrevision – Möglichkeiten und Grenzen. München 1971, 234–242.

Friedrichs, J./Lüdtke, H., Teilnehmende Beobachtung. Zur Grundlegung einer sozialwissenschaftlichen Methode empirischer Feldforschung. Weinheim 1971.

Gagné, R. M., Die Bedingungen des menschlichen Lernens. Hannover 1969.

Glück, G., Die kognitiven Anforderungen der Prüfungsaufgaben beim Quadriga Funkkolleg Erziehungswissenschaft. Ein Beitrag zur inhaltlichen Validität der Lehrbrief-, Haus- und Klausuraufgaben unter Verwendung der Bloomschen Taxonomie. In Rebel, K./Kadelbach, G. (Hrsg.), Die Funkkollegs. Weinheim 1972 (in Vorbereitung).

Goode, J./Hatt, P. K., Grundelemente der wissenschaftlichen Methode. In: König, R. (Hrsg.), Beobachtung und Experiment in der Sozialforschung. Praktische Sozialforschung II. Köln 1956 ³1966.

Guilford, J. P., Fundamental Statistics in Psychology and Education. New York 1956.

Guilford, J. P., Grundlegende Fragen bei kreativitätsorientiertem Lehren. In: Mühle, G./ Schell, Ch. (Hrsg.), Kreativität und Schule. München 1970, 139–164.

Hasemann, K., Verhaltensbeobachtung. In: Heiss, R. (Hrsg.), Handbuch der Psychologie, 6. Bd. Psychologische Diagnostik. Göttingen 1964.

Heimann, P., Didaktik als Theorie der Lehre. In: Die Deutsche Schule 1962, 407–427.

Heipcke, K., Wissenschaftstheoretische Grundlagen der Unterrichtsforschung. In: Ingenkamp, K. (Hrsg.), Handbuch der Unterrichtsforschung, Teil I. Weinheim 1970, 139–268.

Heiss, R. (Hrsg.), Handbuch der Psychologie, 6. Bd. Psychologische Diagnostik. Göttingen 1964.

Hofstätter, P. R./Wendt, D., Quantitative Methoden der Psychologie. München ³1967.

Huber, L. (Hrsg.), Unterrichtsbeobachtung und Unterrichtskritik an der Hochschule. Hamburg 1969.

Huhse, K., Theorie und Praxis der Curriculumentwicklung. Ein Bericht über Wege der Curriculumreform in den USA mit Ausblicken auf Schweden und England. Berlin 1968.

Hymann, H. H. u. a., Interviewing in Social Research. Chicago 1954. Survey Design and Analysis: Principles, Cases and Procedures. Glencoe III. 1955.

Ingenkamp, K. (Hrsg.), Die Fragwürdigkeit der Zensurengebung. Weinheim 1971.

Ingenkamp, K./ Marsolek, Th. (Hrsg.), Möglichkeiten und Grenzen der Testanwendung in der Schule. Weinheim 1968.

Jahoda, M./Deutsch, M./Cook, S. W., Beobachtungsverfahren. In: König, R. (Hrsg.), Beobachtung und Experiment in der Sozialforschung. Praktische Sozialforschung II. Köln 1956 ³1966.

Jaspers, K./ Rossmann, K., Die Idee der Universität. Berlin-Göttingen-Heidelberg 1961.

Jenne, M./Krüger, M./Müller-Plattenberg, U., Student im Studium. Untersuchungen über Germanistik, Klassische Philologie und Physik. Stuttgart 1961.

Kahn, R./Cannel, Ch., The Dynamics of Interviewing. New York 1957.

Knab, D., Konsequenzen der Curriculum-Problematik im Hinblick auf Curriculumforschung und Lehrplanentscheidungen in der BRD. In: Achtenhagen, F./Meyer, H. L. (Hrsg.), Curriculumrevision – Möglichkeiten und Grenzen. München 1971, 159–177.

Klafki, W. u. a., Funkkolleg Erziehungswissenschaft. (Studienbegleitbrief 4.) Weinheim 1969.

Kluckhohn, F., Die Methode der teilnehmenden Beobachtung. In: König, R. (Hrsg.), Beobachtung und Experiment in der Sozialforschung. Praktische Sozialforschung II. Köln 1956, ³1966.

König, R. (Hrsg.), Beobachtung und Experiment in der Sozialforschung. Praktische Sozialforschung II. Köln 1956, ³1966.

König, R. (Hrsg.), Das Interview. Köln ⁵1966.

Krathwohl, D. R./Bloom, B. S./Masia, B. B., Taxonomy of Educational Objectives. The Classification of Educational Goals. Handbook II: Affective Domain. New York 1964.

Krathwohl, D. R., Der Gebrauch der Taxonomie von Lernzielen in der Curriculumkonstruktion. In: Achtenhagen, F./Meyer, H. L. (Hrsg.), Curriculumrevision – Möglichkeiten und Grenzen. München 1971, 75–97.

Kunz, G., Stichwort Interview. In: Bernsdorf, W. (Hrsg.), Wörterbuch der Soziologie. Stuttgart 1969.

Lenzen, D., Eine „edukative" Strategie für Curriculumkonstruktion. In: Blankertz, H. u. a., Curriculumforschung – Strategien, Strukturierung, Konstruktion. Essen 1971.

Lienert, G. A., Testaufbau und Testanalyse. Weinheim ³1969.

Lindquist, E. F., Design and Analysis of Experiments in Psychology and Education. Bonston 1953.

Lord, F. M./Novick, M. R., Statistical Theories of Mental Test Scores. London 1968.

Maccoby, E. E./ Maccoby, N., Das Interview: Ein Werkzeug der Sozialforschung. In: König, R. (Hrsg.), Das Interview. Köln ⁵1966.

Mager, R. F., Lernziele und programmierter Unterricht. Weinheim ³1969.

Mc Collough, C./van Atta, L., Statistik programmiert. Weinheim 1970.

McGuigan, F. J., Experimental Psychology: A Methodological approach. Englewood Cliffs 1960.

Messner, R., Funktionen der Taxonomien für die Planung von Unterricht. Kritische Anmerkungen zur Verwendung der Taxonomien von Bloom,

Krathwohl und ihren Mitarbeitern in didaktischen Entwicklungsprozessen. In: Z. f. Päd. 1970, 755–779.

Messner, R./Posch, P., Perspektiven für einen neuen Lehrplan. Zum Problem der Operationalisierung von Lehrzielen. In: Messner, R./Rumpf, H. (Hrsg.), Didaktische Impulse. Studientexte zur Analyse von Unterricht. Wien 1971, 9–59.

Meyer, H. L., Das ungelöste Deduktionsproblem in der Curriculumforschung. In: Achtenhagen, F./Meyer, H. L. (Hrsg.), Curriculumrevision – Möglichkeiten und Grenzen. München 1971, 106–132.

Michel, L., Allgemeine Grundlagen psychometrischer Tests. In: Heiss, R. (Hrsg.), Handbuch der Psychologie, 6. Bd. Psychologische Diagnostik. Göttingen 1964, 19 ff.

Mittenecker, E., Planung und statistische Auswertung von Experimenten. Wien [6]1966.

Noelle, E., Umfragen in der Massengesellschaft. Reinbek 1963.

Nipkow, K. E., Curriculumdiskussion. In: Z. f. Päd. 1971, 1–10.

Parten, M., Grundformen und Probleme des Samples in der Sozialforschung. In: König, R. (Hrsg.), Das Interview. Köln [5]1966.

Pause, G., Merkmale der Lehrerpersönlichkeit. In: Ingenkamp, K. (Hrsg.), Handbuch der Unterrichtsforschung, Teil II. Weinheim 1970, 1353 – 1526.

Popper, K. R., Logik der Forschung. Tübingen 1966.

Pross, H./Boetticher, K./Laubsch, L., Professoren in der Provinz. Neuwied 1970.

Regenbrecht, A., Notwendigkeit und Aufgaben hochschuldidaktischer Reformen. In: Z. f. Päd. 8. Beiheft 1969, 41–56.

Robinsohn, S. B., Bildungsreform als Revision des Curriculum. Neuwied 1967.

Roth, H., Pädagogische Psychologie des Lehrens und Lernens. Hannover 1962.

Rumpf, H., Sachneutrale Unterrichtsbeobachtung? In: Z. f. Päd. 1969, 293–314.

Rumpf, H., Lernziele. Die Taxonomie von B. S. Bloom und Mitarbeitern. In: Die höhere Schule 23, 1970 Heft 7, 172 ff.

Rütter, Th., Computerunterstützte Prüfungen. In: Eckstein, B. (Hrsg.), Hochschulprüfungen: Rückmeldung oder Repression? Blickpunkt Hochschuldidaktik 13, Hamburg 1971, S. 78 ff.

Sader, M. u. a., Kleine Fibel zum Hochschulunterricht. München 1970.

Scheuch, E. K., Das Interview in der Sozialforschung. In: König, R. (Hrsg.), Handbuch der empirischen Sozialforschung. Bd. 1. Stuttgart 1967.

Scheuch, E. K., Methoden. In: König, R. (Hrsg.), Fischer–Lexikon Soziologie. Frankfurt 1967.

Schmalohr, E., Die Wirksamkeit akademischer Lehrveranstaltungen. In: Z. f. Päd. 1969, 1, 37–61.

Schmidt, G. R., Die Wert- und Zielproblematik in der amerikanischen Curriculumforschung seit 1950. In: Z. f. Päd. 1971, 31–54.

Schulz, W./Teschner, W. P./Vogt, J., Verhalten im Unterricht. Seine Erfassung durch Beobachtungsverfahren. In: Ingenkamp, K. (Hrsg.), Handbuch der Unterrichtsforschung, Teil I. Weinheim 1970, 633–852.

Schulz, W., Aufgaben der Didaktik. In: Päd. Arbeitsblätter 1969, 5/6.

Selltiz, Cl./Jahoda, M./Deutsch, M./Cook, S. W., Research Methods in Social Relations. New York 1959.

Sixtl, F., Meßmethoden der Psychologie. Weinheim 1967.

Skowronek, H., Lernen und Lernfähigkeit. München 1969.

Solomon, R. L., An Extension to control group design. In: Psychological Bulletin 46/1949, 137 ff.

Spitznagel, A., Diagnostik sozialer Beziehungen. In: Heiss, R. (Hrsg.), Handbuch der Psychologie, 6. Bd. Psychologische Diagnostik Göttingen 1964.

Tausch, R./Tausch, A. M., Erziehungspsychologie. Göttingen 1970.

Teschner, M., Politik und Gesellschaft im Unterricht. Frankfurt/M. 1968.

Thorndike, R. L./Hagen, E., Measurement and Evaluation in Psychology and Education. New York–London–Sydney–Toronto [3]1969.

Wagenschein, M., Zum Problem des genetischen Lernens. In: Z. f. Päd. 1966, 305 ff.

Winnefeld, F. (Hrsg.), Pädagogischer Kontakt und pädagogisches Feld. München–Basel 1952.

Wulf, C., Curriculumevaluation. In: Z. f. Päd. 1971, 175–201.

Zander, A., Systematische Beobachtung kleiner Gruppen. In: König, R. (Hrsg.), Beobachtung und Experiment in der Sozialforschung. Praktische Sozialforschung II. Köln 1956 [3]1966.

4. Verzeichnis der Autoren

Dohmen, Günther, o. Prof. (Dr. phil), Institution: Institut für Erziehungswissenschaft der Universität Tübingen und Deutsches Institut für Fernstudien. Arbeitsgebiete: Hochschuldidaktik, Fernstudium im Medienverbund.

Glück, Gerhard, Wissenschaftlicher Assistent (Dr. phil.), Institution: Institut für Erziehungswissenschaft der Universität Tübingen. Arbeitsgebiete: Empirische erziehungswissenschaftliche Forschung, Hochschuldidaktik.

Henk-Riethmüller, Ursula, stud. phil. Wissenschaftliche Hilfskraft, Institution: Universität Tübingen und Deutsches Institut für Fernstudien. Arbeitsgebiet: Unterrichtstechnologie.

Kolb, Günter, stud. phil. Wissenschaftliche Hilfskraft, Institution: Universität Tübingen und Deutsches Institut für Fernstudien. Arbeitsgebiete: Mediendidaktik, Massenkommunikation.

Mattl, Walter, Wissenschaftlicher Angestellter, Institution: Deutsches Institut für Fernstudien. Arbeitsgebiet: Empirische Unterrichtsforschung.

Mutschler, Klaus, Wissenschaftlicher Angestellter, Institution: Deutsches Institut für Fernstudien. Arbeitsgebiet: Empirische Unterrichtsforschung.

Rütter, Theodor, Wissenschaftlicher Assistent (Dr. phil.), Institution: Institut für Erziehungswissenschaft der Universität Tübingen. Arbeitsgebiete: Evaluationstheorie, Versuchstheorie, Unterrichtsobjektivierung.

5. Sachregister

Buchanzeige

Zur Hochschuldidaktik
erschien außerdem in der Reihe
‹Beck'sche Elementarbücher›

Kleine Fibel zum Hochschulunterricht

Überlegungen, Ratschläge, Modelle.
Von Manfred Sader, Beate Clemens-Lodde, Heike Keil-Specht
und Andrea Weingarten
2. Auflage. 1971. 185 Seiten. Kartoniert DM 9.80

«Sader und seine Mitarbeiter entwickelten Ratschläge, die Einstellungsänderungen aller an der Hochschule Beteiligten voraussetzen – insofern mag ihr Buch in weiten Teilen noch utopisch anmuten; wer eine vernünftige Hochschulreform will, kann aber an ihren Vorschlägen nicht vorübergehen ... Sie sind pragmatisch orientiert und theoretisch gesichert.»
Heinz Ludwig Arnold in der ‹Zeit›

«Eine ungewöhnlich gute Veröffentlichung, die sich mit den Möglichkeiten, den Hochschulunterricht moderner zu gestalten, auseinandersetzt. In gut übersichtlichen Kapiteln werden die Methoden geschildert, kritisiert und auf ihren Wert für die Hochschule untersucht. Eine Unmenge von Anregungen wird dabei gegeben, so daß nicht nur Studenten und Professoren, sondern jeder Erzieher, auch der für Erwachsenenschulung, daraus profitieren kann.»
Mensch und Arbeit

«Das Neue und Wichtige an diesem Buch ist eine Konkretheit, wie sie in der Hochschuldidaktik bisher gefehlt hat ... Es tritt überdies aus dem Bereich bloßer pädagogischer Theorie heraus, ist Erfahrungsbericht und Forderungskatalog zugleich.»
Frankfurter Rundschau

Verlag C. H. Beck München